À PROPOS DE L'AUTEUR

Dans ses romans, Michelle Styles nous fait découvrir sa passion pour l'histoire grâce à des récits qui mêlent avec art véracité historique et souffle romanesque. D'origine américaine, elle vit actuellement en Angleterre, où elle partage son temps entre sa famille et l'écriture de ses romans.

Sous la protection du Viking

MICHELLE STYLES

Sous la protection du Viking

Traduction française de
FLORENCE BELLOT

Les Historiques

HARLEQUIN

Collection : LES HISTORIQUES

Titre original :
CONVENIENTLY WED TO THE VIKING

HARPERCOLLINS FRANCE
83-85, boulevard Vincent-Auriol, 75646 PARIS CEDEX 13
Service Lectrices — Tél. : 01 45 82 47 47 - www.harlequin.fr
ISBN 978-2-2804-5162-8 — ISSN 1159-5981

Composé et édité par HarperCollins France. Achevé d'imprimer en avril 2021.
par CPI Black Print - Barcelone - Espagne
Dépôt légal : mai 2021.

FSC
www.fsc.org
MIXTE
Papier issu de sources responsables
FSC® C159065

Pour limiter l'empreinte environnementale de ses livres, HarperCollins France s'engage à n'utiliser que du papier fabriqué à partir de bois provenant de forêts gérées durablement et de manière responsable.

Pour Elena F.

Prologue

Royaume de Maerr, sur la côte Ouest de la Norvège actuelle – Automne 874

Comment était-on censé dire à son frère, à son frère aîné et vénéré, que l'on était responsable de la mort de son épouse bien-aimée ?

Sandulf Sigurdsson était assis face au sentier du nord, dans l'attente du retour de son frère, et serrait contre lui son bras blessé, celui avec lequel il maniait son épée. Il n'était pas plus près de savoir répondre à cette question que lorsque le timonier de son père, le fidèle second de celui-ci, l'avait sorti des décombres encore fumants de la maison.

Les dernières paroles de Brandt avant son départ résonnaient encore aux oreilles de Sandulf : « Je compte sur toi, Sandulf, pour veiller sur ma bien-aimée et garantir sa sécurité. »

Sandulf avait essayé.

En tant que benjamin, il avait passé toute sa vie à tenter de se hisser à la hauteur de ses quatre frères et avait voulu leur montrer, ces derniers temps, qu'il était désormais un adulte, digne de leur respect après les quatre campagnes de guerre auxquelles il avait participé.

Il n'était plus le petit garçon qui gesticulait sans cesse dans leurs jambes avec son épée en bois, sans jamais réussir à les rattraper. Il avait cru mettre un terme définitif à ses doutes l'été précédent, quand ses faits d'armes avaient renversé le cours de la bataille et assuré leur victoire.

Son père l'avait alors approuvé et invité officiellement aux discussions stratégiques qui s'étaient tenues ensuite. Mais ses frères, Brandt en particulier, continuaient à le rabaisser et à ne pas le prendre au sérieux.

Sandulf avait trouvé l'endroit idéal où installer Ingrid dans la grande salle après qu'elle lui avait confié ne pas se sentir très bien avant le début de la cérémonie. C'était une place près d'une porte, afin qu'elle puisse sortir facilement si l'atmosphère devenait trop confinée, car elle en était au dernier stade de sa grossesse. Il lui avait même trouvé un coussin pour soulager son dos et une assiette de prunes au miel, sa friandise préférée, avant même qu'elle ait eu le temps de réclamer quoi que ce soit. Ingrid avait éclaté de rire, lui avait offert une prune et l'avait complimenté, lui disant quel bon mari il ferait pour une heureuse épouse quand son temps viendrait.

Puis cela avait été le chaos.

Plus de prunes au miel, ni de rires, mais un massacre général, du sang et de la fumée en un instant.

En moins de temps qu'il n'en fallait pour une étincelle de s'élever d'un foyer et s'éteindre aussitôt, Sigurd, le père de Sandulf, le très redouté grand roi de Maerr, protecteur de la famille, avait vu son règne trouver son terme de la manière la plus brutale qui fût. Sa gorge et celle de la fiancée d'Alarr, autre frère de Sandulf qui devait se marier ce jour même, avaient été tranchées dès l'entrée de celui-ci dans le sanctuaire supposé de la grande salle.

Des torches enflammées avaient été jetées sur le sol couvert d'ajoncs avant que quiconque ait pu comprendre que les portes avaient été condamnées.

En dépit de la fumée qui s'épaississait inexorablement, Sandulf avait essayé de tenir sa promesse et de mettre

Ingrid en sécurité avant de laisser libre cours à sa rage et de s'attaquer aux assassins.

Mais, en raison de son énorme ventre, Ingrid était lente et ses mouvements malaisés. Après avoir découvert que la porte juste à côté d'eux avait été barricadée, Sandulf avait entraîné la jeune femme vers la porte secrète derrière la table haute sur l'estrade, connue des seuls membres de la famille en cas de danger, comme son père l'avait ordonné.

Dissimulé dans l'écran de fumée, un assassin avec une cicatrice argentée en forme d'étoile filante sur le visage leur avait bloqué le passage, l'épée dégoulinante de sang. Son sourire s'était élargi quand il avait découvert Ingrid, toujours si belle en dépit de son état. Il l'avait arrachée à l'étreinte protectrice de Sandulf en lui assénant un coup du tranchant de son arme sur l'avant-bras et avait déclaré qu'elle serait son trophée. Elle avait crié et lui avait donné des coups de poing. Sandulf avait alors tiré son épée du fourreau et tenté de la libérer, réussissant à arracher le bracelet manchette du guerrier, mais un autre assaillant s'était interposé. Sandulf avait fondu sur le second combattant, et ils avaient lutté un moment, en hurlant, grognant, à grands coups d'épée jusqu'à ce que Sandulf réussisse à désarmer son agresseur, qui était en fait une femme, en lui infligeant une sérieuse entaille dans le dos. Il s'était assuré qu'elle était hors d'état de combattre avant de se retourner pour affronter le balafré.

Il s'était retrouvé face à une vision encore plus atroce que tout ce qu'il aurait pu imaginer.

Dans les derniers rayons du soleil, Sandulf avait frissonné et avait compris que l'image de l'homme penché au-dessus de l'épouse de son frère, mourante et déshonorée, resterait gravée dans son esprit pour le reste de sa vie.

Quand sa comparse avait hurlé de douleur, le balafré avait abandonné sa proie, et ils avaient tous deux disparu dans la fumée.

Sandulf était resté auprès d'Ingrid, impuissant, si ce n'était d'assister à son agonie tandis que les derniers souffles de vie la quittaient. Elle avait réussi à prononcer quelques mots, la respiration rauque et irrégulière. Il ne l'avait pas abandonnée pour se lancer à la poursuite de la femme, du balafré et de leurs deux complices. Il était resté avec elle jusqu'à ce que les flammes commencent à les lécher tous deux dangereusement, au moment où le timonier de son père était arrivé et l'avait exhorté à sortir sur-le-champ, pour sauver sa vie.

Un cri s'éleva, annonçant le retour du groupe mené par le frère aîné de Sandulf. Cependant ils ne revenaient pas vers la cérémonie de mariage fastueuse à laquelle ils s'attendaient. Ce fut pour eux la découverte des ruines fumantes de la maison, des bateaux ayant tous la coque percée sous la ligne de flottaison, et des morts et des mourants allongés en rangées, exposés au soleil d'automne.

Sandulf se précipita vers son frère, pressé de le rejoindre avant quiconque.

— Brandt, tu dois savoir quelque chose, murmura-t-il, commençant le petit texte qu'il avait répété inlassablement dans sa tête afin de lui transmettre les ultimes paroles d'Ingrid, mais Brandt le bouscula d'une bourrade impatiente et se précipita vers leur mère qui lui faisait signe depuis l'endroit où avaient été déposés les corps.

Un cri inhumain jaillit de la gorge de Brandt quand il découvrit le corps mutilé de sa femme.

Sandulf se précipita vers son frère, qui s'était écroulé auprès de la dépouille.

— Laisse-le, ordonna leur demi-frère Rurik en retroussant la lèvre avec mépris.

Son regard semblait jauger le bras blessé de Sandulf et la plaie sur sa tête. Des blessures bénignes. Qui guériraient en quelques semaines, à la différence de ce que son frère Brandt venait d'endurer, qui mettrait des années à s'effacer.

— Que s'est-il passé ? demanda Rurik.

— Ils sont entrés dans la maison… J'ai essayé de…, commença Sandulf avant de sentir une boule lui bloquer la gorge, car il savait qu'aucune parole ne pourrait retranscrire ce carnage. Père est mort, Rurik.

Ses frères se mirent à parler entre eux, couvrant les mots de Sandulf. Il attendit qu'ils se taisent, et Rurik lui tourna le dos pour s'en aller. Sandulf lui saisit le bras. Le regard que Rurik lui lança exprimait tout le mépris de ce dernier devant son échec.

— J'ai essayé de les arrêter. J'en ai blessé un, au dos, reprit Sandulf, dans l'intention de tout lui raconter sur son combat pour sauver la femme de Brandt et de lui montrer le bracelet manchette qu'il avait arraché au balafré.

Il n'aurait pas oublié de préciser que la personne qu'il avait blessée était une femme, qui faisait partie des assaillants, mais Rurik le fit taire d'un geste impatient.

— Tu l'as seulement blessé ? Et tu n'as même pas été capable d'en tuer un seul ? En dépit de tes fameux talents à l'épée dont tu ne cesses de te vanter ?

Sandulf déglutit péniblement et referma la main sur le bracelet manchette.

— Non.

Rurik s'écarta vivement et partit à la recherche de son frère jumeau, sans attendre d'en entendre plus.

— Sandulf ! le héla sa mère, lui rappelant aussitôt ses devoirs envers Brandt.

Sandulf obéit sans un mot et s'approcha de Brandt pour une nouvelle tentative.

— Mon frère…

Les yeux de celui-ci, qui étaient si pétillants de vie et d'amour pour sa femme lorsqu'ils s'étaient fait leurs adieux quelques heures plus tôt, étaient désormais aussi troubles et voilés que le ciel de Maerr en janvier. Les traits de son visage s'étaient durcis en une expression nouvelle qui rappela à Sandulf leur père lorsqu'il était en proie à l'une de ses colères redoutables.

— Oui ?

Sandulf se redressa. Le moment était venu, et il savait ce qu'il avait à dire.

— Je suis resté avec elle jusqu'à la fin. Elle n'est pas morte seule.

Les doigts gantés de Brandt se refermèrent autour du cou de Sandulf. Suffoquant, il se débattit, mais ses mouvements pour se dégager ne firent que resserrer la poigne de son frère.

— Tu aurais dû donner ta vie pour elle.

Les cris d'Hilda, leur mère, intimant à Brandt de s'arrêter lui parvinrent tel un écho lointain.

— Je t'en prie, je t'en prie ! disait-elle d'un ton suppliant.

— Ça suffit ! Si nous nous battons entre nous, ce sont nos ennemis qui gagnent ! lança le timonier de leur père tandis qu'il les séparait sans ménagement.

Sandulf put enfin respirer une bouffée d'air salvateur.

— Je vais le tuer, Joarr, je le jure ! hurla Brandt avant d'essuyer sa bouche d'un geste rageur. Je lui confie une tâche, une seule tâche, et mon abruti de petit frère n'en est même pas capable. Exactement comme quand il a fait un beau gâchis lors de la dernière bataille, où nous nous sommes retrouvés coincés sur un promontoire grâce à ses soins.

— Je…, commença Sandulf en bredouillant.

Il tripota le bracelet manchette dans sa poche. S'il le montrait à Brandt, celui-ci n'en comprendrait pour le moment ni la signification ni la portée.

— J'ai essayé, continua-t-il. Tu n'étais pas là. C'est arrivé si vite ! Les portes avaient été bloquées.

— Tu es resté pétrifé, Sandulf. Tout comme l'été dernier, et l'été d'avant. Tu es sans cesse pétrifié et tu attends que les autres viennent à ton aide, martela Brandt, qui s'empourprait peu à peu, exactement comme leur père avant qu'il explose de colère.

Puis il sortit son épée du fourreau.

— Tu es une disgrâce pour le nom de cette famille, asséna-t-il. Père n'est plus là pour te protéger…

— Assez de meurtres et de sang versé, j'ai dit ! cria Joarr depuis le fond de la cour.

Même en pleine crise de rage, Brandt était assez sensé pour obéir à Joarr, l'homme qui lui avait appris toutes les techniques de navigation, et qui était considéré également comme l'un des meilleurs guerriers de son père.

Brandt s'effondra brusquement à côté du corps de sa femme, le corps secoué de sanglots, bredouillant qu'il aurait dû se trouver allongé sans vie sur le sol, pas elle.

— Il faut que tu fasses partir Sandulf d'ici, déclara Kolga, la tante de Sandulf, en s'adressant à Hilda.

Kolga quitta le siège où elle avait tenu serré contre elle son fils unique, un jeune garçon frêle de quelques mois plus jeune que Sandulf, pour se rapprocher de sa sœur et lui parler tout bas.

— Brandt est comme son père, continua-t-elle. Quand il est dans cet état, il pourrait arriver n'importe quoi. Il en serait peut-être contrit et désolé ensuite, mais la tristesse ne peut ramener les morts à la vie. Toi et moi le savons bien.

Aux côtés de Joarr, Hilda devint soudain blême. Kolga n'avait nul besoin de s'expliquer plus avant. Tout le monde ici savait qui elle tenait pour responsable de la mort du roi, et pour quelle raison.

— Oui, je le sais, répondit la mère de Sandulf d'une voix à peine audible. S'il y a ici une personne qui n'a pas besoin qu'on lui rappelle de quoi mon époux Sigurd était capable, c'est bien moi, ma sœur. Je retrouve bon nombre de ses traits de caractère chez Brandt.

— Je peux aider à les retrouver ! hurla Sandulf pour plaider sa cause, sachant que sa mère l'enverrait immédiatement avec son cousin dans un quelconque endroit ennuyeux où il serait en sécurité.

De plus, il ne croyait pas sa tante : Brandt ne lèverait pas la main sur lui. Il connaissait les limites à ne pas franchir. Il savait aussi se contrôler.

— Je peux aider à les retrouver ! répéta-t-il. Je suis tout à fait capable de manier une épée. Nous aurons besoin de chaque homme pour venger ce… cet affront innommable.

— Laisse-moi faire avec tes frères, répliqua Joarr. Il y a du vrai dans ce que dit ta tante. Dans l'état où il se trouve présentement, Brandt tuera d'abord et aura des remords ensuite. Tu as mis les nerfs de tous à rude épreuve, Sandulf, lors de la bataille finale de l'été dernier. La chance était avec toi dans cette victoire, mais elle ne le sera pas toujours.

Sandulf considéra son frère, qui se relevait lentement. Les traits ravagés de Brandt trahissaient son profond désespoir et son infini chagrin.

— Donnez-moi une autre chance, répondit Sandulf à Joarr. J'ai vu les assassins. Je sais des choses. Vous verrez. Je compte pour vous, et pour mes frères.

Brandt retroussa les lèvres avec un rictus méprisant.

— Combien de fois t'ai-je entendu prétendre cela, alors que ça a toujours été le contraire ? Comme lors de notre dernière bataille, quand tu as échoué à protéger nos flancs car tu cherchais ta gloire personnelle !

Brandt n'hésitait jamais à mettre le doigt sur les fautes de Sandulf, ayant décrété qu'il avait besoin de leçons. Leur père avait cru à son explication, selon laquelle il avait vu les ennemis s'approcher furtivement et s'était lancé à leur assaut, même si les autres avaient refusé de le faire. Sandulf baissa les yeux et scruta le sol. Sa gorge se serra. Son père ne prendrait plus jamais sa défense.

— L'un des bateaux de mon nouveau mari part à la prochaine marée pour la Russie dans le but de commercer avec Constantinople, déclara la tante de Sandulf en posant la main sur la manche de sa mère. On peut y trouver une place pour Sandulf. J'en suis certaine. Et, quand il reviendra, Brandt lui aura pardonné.

Hilda se couvrit le visage de ses mains.

— Pas cela ! Bon nombre de ceux qui vont là-bas ne reviennent jamais. N'y a-t-il pas un autre moyen ?

Kolga ressemblait à Hyrrokkin, la plus terrifiante des géantes de glace.

— Donne-lui une chance de vivre, ma sœur, reprit-elle. Les vents du changement sont finalement arrivés. Tu le sais aussi bien que moi.

Hilda resta les yeux braqués sur les cadavres, plutôt que d'oser affronter le regard de sa sœur aînée.

— J'ai perdu un mari aujourd'hui. Je n'ai aucun désir de perdre aussi mon plus jeune fils. Brandt finira par lui pardonner, avec le temps.

— Et pourquoi devrais-je lui pardonner, alors que les assassins de ma femme ont encore le sang de la vie qui coule dans leurs veines ? s'écria Brandt en tirant son épée avant de la pointer vers Sandulf. Pars pour Constantinople, Sandulf, et laisse tes grands frères réparer les dégâts que tu as contribué à causer. J'en ai assez de toi. Nous en avons tous assez de toi et de tes excuses. Tu ne mérites pas de te faire appeler mon frère.

Rurik et son jumeau vinrent se placer épaule contre épaule avec Brandt. Pris d'une soudaine nausée, Sandulf réalisa que la seule raison pour laquelle leur frère Alarr n'était pas à leurs côtés était qu'il était si gravement blessé qu'il ne pouvait se tenir debout. Ses frères, les glorieux fils de Sigurd, les héros de son enfance, s'unissaient contre lui. Ils le bannissaient, sans même écouter sa version des faits ni tenter de discerner la vérité.

Sandulf se cramponna au bracelet manchette et les défia du regard. Brandt n'avait aucun droit de le commander, il ne s'en privait pas néanmoins. Mais Sandulf retrouverait les assassins d'Ingrid, et il les exécuterait, seul. Alors tous ses frères verraient que lui aussi méritait d'être appelé fils de Sigurd. Digne d'être leur frère d'armes plutôt qu'une présence gênante tolérée uniquement en raison des liens du sang.

— J'accepte ton offre, ma tante, avec plaisir, déclara-t-il d'un ton ferme.

Chapitre 1

Environs de Dun Ollaigh,
royaume de Strahclyde, Oban, Écosse – Juin 877

Autrefois Ceanna de Dun Ollaigh, descendante du clan de Cenél Loairn, croyait aux héros séduisants qui viendraient la sauver sur leur destrier blanc lorsqu'elle serait en péril. Elle adorait les histoires que lui racontait sa vieille nourrice et désirait croire très fort qu'elles fussent vraies. Elle les avait écoutées en ouvrant grand les oreilles et avait perdu des heures à guetter par la petite lucarne de l'ancienne tour l'arrivée du héros qui lui était destiné, alors qu'elle aurait dû les consacrer à ses ouvrages de broderie et ses travaux de couture.

Désormais adulte, Ceanna savait que ce n'étaient que de simples histoires pour calmer un enfant qui n'arrivait pas à s'endormir. Les héros sur des destriers blancs, qui venaient sauver les jeunes filles de toutes sortes de choses désagréables, n'existaient pas, contrairement aux êtres vils, aux monstres à visage humain.

Elle pouvait prendre son destin en main, si elle se décidait à agir.

Ceanna refusait d'être mariée à un monstre lubrique simplement pour servir la quête de pouvoir de sa belle-mère, alors même qu'à l'aube de chaque nouveau jour son père s'affaiblissait toujours un peu plus, jusqu'à ce qu'il devienne incapable de se tenir debout ou de formuler des paroles cohérentes.

Son père, qui l'avait à peine reconnue quand elle lui avait fait ses adieux tout bas ce matin-là. Ceanna craignait son trépas avant même la fin du mois. Alors tous les gens de Dun Ollaigh se retrouveraient sans protecteur, ainsi que toute la forteresse et le village niché au pied de ses murs. Ils seraient à la merci de Feradach, le capitaine des gardes du père de Ceanna, celui-là même que sa belle-mère lui avait choisi pour époux.

Et, selon Ceanna, cet homme était bien pire que la horde barbare qui avait failli envahir Alba l'été précédent.

Elle avait préparé ses plans d'évasion à la perfection, tout en prétendant accepter ce mariage. Elle les mettrait à exécution quand ils auraient cessé de la surveiller de près. Ce serait au moment de la cérémonie. Sa belle-mère et Feradach attendraient en vain l'épouse sacrificielle dans l'église.

Ceanna était donc ce jour-là en route vers l'est, pour gagner le monastère de sa tante, ou du moins elle se trouverait sous peu sur cette route, quand elle aurait découvert où le guide qu'elle avait engagé avait disparu.

Ceanna ajusta sa cape, la serrant davantage afin de s'en envelopper. Elle regrettait de n'avoir pu échanger sa robe de mariée rouge raffinée rebrodée de fils d'or et sa coiffure élaborée contre une tenue de voyage plus adéquate. Mais, si elle avait pris le moindre retard, elle aurait risqué d'être traînée devant l'autel sans autre forme de procès.

Par malchance son guide ne l'attendait pas à l'endroit dont ils avaient convenu, et Ceanna avait été obligée d'entrer dans la taverne où elle savait que l'homme avait ses habitudes. À son signal, le chien-loup de Ceanna, qui était son unique protection, se tapit dans l'ombre et posa la tête sur ses pattes.

— Où est Urist ab Urist ? demanda-t-elle au tavernier, qui leva les yeux de la chope qu'il était en train de remplir. Il doit voyager en direction de Nrurim aujourd'hui. J'ai un message à lui remettre.

L'homme interrompit ce qu'il était en train de faire, et ses yeux s'agrandirent quand il la reconnut.

— Vous nous faites un grand honneur, milady.

Ceanna fronça les sourcils. Jusque-là elle avait réussi à camoufler son départ, et elle fut aussitôt alarmée. Il fallait qu'elle compte sur la loyauté de leurs gens envers son père, en espérant que le respect pour sa famille n'avait pas disparu. Pourvu que son histoire de prétendu message à faire parvenir à Nrurim par l'intermédiaire d'Urist soit assez crédible, songea-t-elle.

Elle garda le menton haut et ignora les regards des curieux à la ronde. Elle fit une nouvelle tentative face à l'air impassible du tavernier.

— Je cherche Urist ab Urist, répéta-t-elle. C'est l'un de vos clients réguliers, alors n'essayez pas de me faire croire que vous ne connaissez pas son nom.

— Il est parti. Il ne reviendra pas avant des semaines. Après Nrurim il a l'intention de se rendre à St. Andrews, milady. Il y a plus de profit à s'y faire qu'en délivrant des messages aux membres de la Cour de feu notre roi, si vous voulez mon avis.

Le tavernier appuya son propos d'un clin d'œil appuyé.

— Il espère que lorsqu'il reviendra ses ennuis seront terminés. Il aurait dû avoir assez de jugeote pour savoir qu'on ne fréquente pas impunément plusieurs femmes en même temps. Peut-être ses visites à St. Fillans et St. Andrews lui enseigneront-elles un meilleur comportement.

Toute la taverne éclata du même rire entendu. Ceanna baissa brièvement les yeux vers les ajoncs sales répandus sur le sol.

Il était évident que son ancien guide avait une vie privée

compliquée, dont elle ignorait tout. Un homme malhonnête, qui trompait plusieurs femmes ! Certainement pas la personne idéale pour la guider jusqu'à sa tante et sa nouvelle vie de religieuse, mais c'était la seule personne à avoir accepté d'entreprendre pareil voyage…

Une terrible appréhension monta à la gorge de Ceanna. Dans tous ses calculs, elle n'avait jamais envisagé qu'Urist partirait sans elle. Il avait pris son or et disparu, la laissant vulnérable face aux sbires et meurtriers à la solde de sa belle-mère. Elle aurait dû se rendre compte que ce n'était qu'un gredin et une fripouille.

Ceanna serra les dents. Elle n'était pas venue aussi loin pour abandonner ensuite. En théorie, elle connaissait le chemin pour se rendre au monastère.

Elle était allée rendre visite à sa tante à trois reprises. C'était l'abbesse de St. Fillans, proche de la bourgade royale de Nrurim. Mais il était impensable qu'une femme voyage seule sur une aussi longue distance, et Ceanna refusait de prendre des risques inutiles. Quand elle était plus jeune, son père avait souvent loué sa prudence et sa retenue, qualités dont devait faire preuve une lady picte.

— Comment cela, il est parti ? Où ? Quand ? s'écria-t-elle.

— Aujourd'hui, aux premières lueurs de l'aube apparemment, lui répondit une voix dans l'ombre du fond de la taverne.

L'accent était étranger, mais on sentait une certaine aisance dans la prononciation, comme si la personne possédait une très bonne connaissance du gaélique.

— Attendre les retardataires et tous ceux qui ont payé pour ses services en pièces d'or sonnantes et trébuchantes semblerait avoir été au-dessus de ses forces. Je vous souhaite meilleure chance que je n'en ai eu à chercher ce qu'il est devenu, ou dans quelle direction il est parti, conclut l'inconnu.

Ceanna scruta la pénombre avec attention. La voix de l'étranger était enveloppante et douce, comme s'il voulait l'inciter à faire ce qu'il désirait. Il y avait quelque chose de sauvage dans la façon de se mouvoir de l'homme qui sortit de l'ombre. Il portait une tenue de voyage, plus élégante encore que celle que Ceanna avait vue sur leur feu roi, la plus belle qu'elle eût jamais eu l'occasion d'admirer. La faible lueur des bougies faisait briller sa chevelure dans des teintes d'or et de brun. Il était plus grand que la moyenne des Pictes, ou même des Gaéliques.

Ceanna se rendit compte un peu trop tard qu'elle le contemplait, les yeux écarquillés.

— Êtes-vous l'un de ces retardataires ? demanda-t-elle tout en lissant en hâte les plis de sa robe et en se concentrant sur les ajoncs éparpillés au sol.

Regarder dans les yeux un tel homme pouvait vous valoir la mort. Tout le monde avait entendu les histoires que l'on racontait sur les Vikings et leurs comportements sanguinaires.

Un léger sourire vint danser sur les lèvres de l'inconnu.

— Disons que j'ai des affaires urgentes à régler à Nrurim, que je n'ai pas l'intention de retarder.

Des affaires urgentes, prétendait-il ? Le double monastère que dirigeait sa tante dominait la ville. St. Fillans de Nrurim était l'une des rares abbayes à accueillir hommes et femmes, sous sa seule et entière direction. Ce privilège qui remontait à deux siècles était réservé aux femmes de lignée royale depuis l'époque de sainte Abbe, l'ancêtre de sa tante qui portait le même nom qu'elle. Et celle-ci ne laissait jamais personne oublier cet héritage.

Ceanna doutait que cet homme eût des affaires à régler là-bas. Les hommes du Nord n'étaient pas chrétiens. C'étaient des païens qui forçaient les portes des monastères pour piller et brûler. Mais peut-être n'étaient-ce que des histoires. Et n'en avait-elle pas assez entendu ? Il valait mieux qu'elle craigne ses ennemis bien réels, et non des hommes rencontrés au hasard d'une taverne.

Ceanna sentit soudain sa gorge se serrer. Cet homme avait-il été envoyé pour la suivre et assurer son retour à Dun Ollaigh ?

Était-ce pour cela que sa fuite avait été si facile jusque-là ?

— Quel genre d'affaires ? demanda-t-elle, tout en vérifiant que sa cape était bien enroulée autour de sa robe. Pourquoi quelqu'un tel que vous aurait-il besoin de voyager jusque là-bas ?

L'inconnu haussa les épaules. Sa cape de laine de belle qualité s'entrouvrit, révélant une large épée à la poignée très travaillée. Ceanna aurait parié sans hésiter que cet homme dissimulait également d'autres armes sur lui.

Il était dangereux, sans l'ombre d'un doute.

— Mes propres affaires, et elles n'en sont pas moins urgentes même si elles sont personnelles, répliqua-t-il.

Il arqua un sourcil et sembla étudier chaque détail de la tenue de mariage raffinée que portait Ceanna.

— Et vous ? J'imagine que vous avez également à faire là-bas, si vous souhaitez vous assurer les services d'Urist.

Ceanna redressa le menton et essaya d'afficher une assurance qu'elle n'avait pas, tandis que sa gorge se serrait de plus en plus.

— Ce sont également des affaires personnelles, répondit-elle.

— Ainsi vous aviez l'intention de vous rendre là-bas, seule, sans compagnons ? Vêtue de la sorte ? insista l'étranger.

Il la détailla de nouveau des pieds à la tête. Ceanna était bien consciente de ses déficiences, comme les qualifiait sa belle-mère, depuis sa petite stature jusqu'à ses formes un peu trop généreuses. Elle regretta de ne pas s'être bandé la poitrine afin de se faire passer pour un adolescent, ou de ne pas porter une robe plus ample et défraîchie. L'homme avait l'air de la voir telle qu'elle était réellement : une femme dépourvue de séduction affublée de vêtements coûteux, totalement inconsciente de la difficulté de la tâche qu'elle allait entreprendre.

— Urist est en possession de ma malle, qui contient mes vêtements de voyage, bredouilla-t-elle, se rappelant trop tard que personne n'était censé connaître ses plans. Elle doit être livrée chez ma tante.

L'inconnu haussa de nouveau un sourcil.

— Je vois. Je demande rarement à une lady comment elle gère sa garde-robe, sachez-le.

Ceanna sentit ses joues devenir brûlantes. Personne n'avait besoin d'en savoir plus que ce qui était absolument nécessaire. Et aucun étranger n'avait besoin de connaître l'histoire de sa vie. Elle se promit de redoubler d'efforts pour être à la hauteur des promesses qu'elle s'était faites dans les prières qu'elle récitait chaque soir avant d'aller se coucher, sur toutes les manières dont elle pourrait s'améliorer.

Elle se racla la gorge et essaya d'arborer un air glacial.

— J'ai pensé qu'il attendrait mon arrivée avant de partir. De toute évidence, ce n'est pas le cas.

— Ainsi les gens sont censés vous attendre, quoi qu'il arrive ? Le monde réel est rarement aussi accommodant, même pour les ladies raffinées.

Le ton de l'étranger laissait entendre qu'il l'estimait incapable de faire cinq pas avant de fondre en larmes, ou pire. Ceanna serra les dents. Elle avait pleuré ses dernières larmes devant les sépultures de sa mère et de son plus jeune frère. C'en était fini pour elle d'être la fille soumise et douce qui obéissait aux moindres désirs de son père, ou à ceux dont sa belle-mère lui faisait part, prétendument au nom de ce dernier. Si le père de Ceanna avait été en possession de toutes ses facultés, il n'aurait jamais souhaité qu'elle fût mariée à une brute épaisse telle que Feradach avec ses gestes déplacés et ses plaisanteries vulgaires.

Elle pinça les lèvres.

— Raffinée, c'est une question de point de vue, objecta-t-elle. Les faits n'en restent pas moins là. Mes plans doivent être modifiés si je veux… si je veux conclure mes affaires. C'est extrêmement contrariant.

Le sourire de l'inconnu s'élargit et transforma les traits fermement ciselés de son visage en une expression qui coupa le souffle de Ceanna un court instant.

Elle replongea de nouveau les yeux vers le sol et tenta de maîtriser les battements de son cœur.

— Pour ma part j'utiliserais un terme bien plus cru que « contrariant », mais je suis d'accord avec vous, répliqua-t-il. Le départ précipité d'Urist a modifié mes plans également, mais je reste déterminé.

Ceanna se rappela soudain qu'elle avait décidé désormais de regarder les gens dans les yeux, au lieu de détourner le regard comme elle en avait l'habitude. Elle s'obligea à relever la tête.

— Je n'ai demandé ni votre accord ni votre approbation, se récria-t-elle.

— J'ai compris, répondit l'étranger avec une étincelle qui brilla l'espace d'un instant dans ses yeux bleu foncé. Aviez-vous une raison particulière de choisir notre guide disparu ?

Ceanna se racla la gorge et commença le discours qu'elle s'était repassé une bonne centaine de fois dans la tête.

— Les gens en qui j'ai confiance tiennent sa réputation de fiabilité en haute estime.

D'autres éléments lui vinrent soudain à l'esprit : Urist avait été la seule personne des environs à prévoir d'entreprendre ce voyage, et la seule qu'elle estimait capable de rester bouche cousue sur ses intentions. Il avait toutes les raisons d'aimer son père, aucune d'être loyal envers sa belle-mère et une inclination naturelle à ne pas poser de questions embarrassantes. Les commérages colportaient également qu'Urist et son ancienne épouse en étaient presque venus aux coups il y avait quelque temps à propos d'une histoire où il était question de semences de grain moisies.

Ceanna avait eu l'impression que les étoiles venaient enfin de s'aligner pour elle quand elle avait appris qu'il projetait de partir.

Elle était peut-être capable d'arriver seule jusque chez sa tante, mais pas assez stupide pour s'imaginer que ce serait tâche facile. Elle y était déjà allée, mais le danger rôdait toujours partout, particulièrement ces temps-ci, alors que la contrée était sens dessus dessous depuis le récent assassinat du roi Aed. C'était l'une des raisons qu'avançait sa belle-mère pour la marier sans attendre, afin de mettre le domaine à l'abri.

Mais Ceanna estimait que ces arguments devaient rester ignorés à la fois de sa tante et de cet étranger.

— Il est tout à fait fiable, répéta-t-elle plus fort, au cas où il ne l'aurait pas bien entendue.

Plusieurs habitués levèrent le nez de leur chope de bière.

— Je crains que vous n'ayez été trompée, dit l'inconnu en haussant les épaules. Nous l'avons été tous les deux.

— Il aura eu ses raisons. Il a peut-être laissé un message, répliqua Ceanna en se forçant à esquisser un sourire. J'ai l'intention d'enquêter. Je vous suggère de faire de même.

— Faites-le donc. Je pense que vous obtiendrez les mêmes réponses que moi. Personne ne sait rien. Une vraie conspiration du silence.

— Je ne suis pas vous.

— C'est tout à fait exact, admit-il en levant sa chope dans sa direction. Je vous souhaite d'avoir plus de chance que moi.

Ceanna serra les poings. Quelqu'un devait certainement avoir constaté sa disparition maintenant. On passerait d'abord la demeure au peigne fin, ensuite les bois, enfin la bourgade et cette taverne.

— Les gens d'ici se méfient des étrangers qui posent

des questions sur leurs affaires, tout en gardant les leurs secrètes.

Ceanna jeta un coup d'œil à la ronde. À part les vieillards au fond de la salle, absorbés dans une partie de dés, la clientèle gardait consciencieusement le nez plongé dans sa chope de bière en feignant de ne pas l'avoir reconnue.

L'homme haussa à nouveau les épaules.

— À quel point est-ce difficile d'atteindre la fameuse cité de Nrurim, c'est là toute la question.

— Tout le monde sait sûrement comment y aller, répondit Ceanna en resserrant sa cape autour d'elle.

Une fossette se dessina au coin de la bouche de son interlocuteur.

— C'est au nord-est, vers la contrée de Strathallan, mais à partir de celle-ci il me faut un guide. En avez-vous aussi besoin ? demanda-t-il en se frottant le menton. Hum, je pense que c'est le cas. Malheureusement je ne puis vous être d'aucune aide, je ne connais pas assez bien cette région.

Ceanna l'ignora et se tourna vers le tavernier.

— Depuis combien de temps Urist ab Urist est-il parti ?

— C'était juste avant l'aube, répondit-il en baissant la voix et en se détournant de l'étranger pour s'assurer qu'elle soit seule à l'entendre. Ils allaient remonter lentement vers le gué. Je devais le dire à toute lady qui m'aurait posé la question, et à personne d'autre, en particulier si c'était un guerrier. Urist était dans tous ses états hier soir. Il n'arrêtait pas de dire qu'il y avait des développements imprévus et qu'il fallait garder tout cela secret. Il a réglé toutes ses ardoises, ce qu'il fait rarement.

Ceanna hocha la tête. Le guide cheminait lentement pour donner le temps aux retardataires, elle-même seulement selon toute probabilité, de le rattraper s'ils savaient quelle direction prendre. Ou, du moins, elle espérait avoir correctement interprété ce message cryptique. Selon elle, Urist n'allait pas vers le gué, comme il l'avait déclaré pour tromper quiconque aurait eu l'intention de le suivre. Au contraire il s'en éloignait, dans la direction opposée, vers le loch.

— Je vous remercie vivement de ces informations. Je trouverai donc quelqu'un d'autre pour… pour porter mon message.

Ceanna hocha brièvement la tête et se dirigea vers la porte. Elle pourrait rattraper Urist si elle se dépêchait.

— Pas si vite, nous n'avons pas terminé notre conversation ! l'interpella l'étranger en lui saisissant fermement le bras.

— Si. Vous avez vos affaires à régler, j'ai les miennes, répliqua Ceanna en le foudroyant du regard. Notre brève rencontre s'arrête là. Lâchez-moi.

— Je n'ai aucune envie de vous alarmer, mais c'est le besoin impératif que j'ai de me rendre à Nrurim qui me fait agir ainsi.

L'homme desserra lentement son étreinte, mais il restait néanmoins bien trop proche. Ceanna recula d'un pas et posa la main sur l'endroit où il l'avait serrée.

— Si vous savez où il est, ayez pitié de moi, je vous en supplie, ajouta l'inconnu.

À la fin de cette supplique il se mit à genoux. Ceanna le dévisagea longuement sans un mot. Il se releva avec un soupir.

— Je ne suis pas d'humeur à supporter les tours que jouent les guides pictes aux voyageurs sans méfiance, poursuivit-il.

— J'ai autant d'idées que vous sur l'endroit où peut se trouver Urist, répondit Ceanna en croisant les doigts dans son dos.

C'était là une petite déformation de la vérité, mais un homme du Nord méritait-il la vérité pleine et entière, si l'on prenait en compte ce que ses compatriotes et lui-même avaient fait subir à la terre de Ceanna ? Et la façon dont il l'avait saisie par le bras et avait exigé qu'elle lui dise tout ce qu'elle savait ? De toute évidence, Urist ne lui avait pas fait confiance. Pourquoi alors le devrait-elle ?

Il approcha le visage tout près du sien.

— J'ai payé d'avance, en pièces d'or. Trouvez-vous cela juste de rouler quelqu'un ?

Ceanna tortilla nerveusement les plis de sa robe entre ses doigts.

— Vous devrez régler cela avec Urist. Je ne peux pas vous aider.

— Si, il le faut !

Toute la taverne devint silencieuse après l'éclat de voix de l'inconnu.

Le tavernier fit un signe de tête pour montrer la porte.

— Dehors, saleté de Viking ! Tu as fini ta bière. On n'a pas besoin de païens comme toi qui fouinent partout et importunent les braves gens. Sors d'ici.

Le reste de la taverne tapa des pieds et frappa du poing sur les tables pour marquer son approbation.

L'étranger sembla sentir que l'humeur des clients avait changé et partit sans se retourner ou dire un mot de plus.

Ceanna se força à respirer calmement. Elle était en sécurité ici. Le propriétaire de la taverne était un homme lige de son père, il avait prêté serment. Elle ne doutait pas qu'il lui conseillerait de rester ici pour attendre le prochain guide, en lui assurant qu'il y avait toujours un autre guide. Mais, si elle acceptait, elle serait retrouvée et traînée à ce maudit mariage, tandis que les gens d'ici seraient punis.

Il valait mieux qu'ils ignorent tout de ses plans.

— Milady…

Elle offrit en réponse ce qu'elle espéra être un signe de tête autoritaire, mais fut persuadée que l'effet en fut gâché par la façon dont l'une de ses fines nattes développa soudain une vie propre et s'échappa sur son front.

— Je vous souhaite le bonjour. Vous m'avez transmis le message d'Urist, comme il l'espérait.

— Cet homme, le Viking. Il a déjà tué à de nombreuses reprises. J'en suis certain. Cela se voit dans ses yeux, déclara le tavernier en hochant la tête. J'aurais dû lui refuser nourriture et boisson. Rentrez donc à Dun Ollaigh et faites envoyer depuis là-bas un message à votre tante. Cessez ces fantaisies de vouloir retrouver Urist. Je ne lui ferais pas plus confiance que cela.

Rentrer à Dun Ollaigh pour y mourir très prochainement à la suite d'un accident malheureux, survenu à un moment propice ? Ceanna se souvenait très bien de ce qu'elle avait entendu deux jours auparavant et des projets de sa belle-mère. Elle ravala son indignation croissante.

— Ce n'est pas un crime de manger ou boire dans son coin sans causer d'ennuis. J'imagine qu'il vous a payé d'avance, répliqua-t-elle quand elle sentit enfin qu'elle pouvait parler sans chevroter.

— Oui, c'est vrai. Et généreusement. Bien mieux que toute cette engeance, assura le tavernier avant de s'esclaffer brièvement puis de retrouver son sérieux pour continuer. Serez-vous en sécurité, milady ? Je peux vous fournir une escorte pour retourner chez votre père à Dun Ollaigh.

— Je vous remercie de votre offre, c'est très gentil de votre part, mais je vais rentrer seule.

Ceanna mesura la distance jusqu'à la porte. Courir ne ferait qu'alerter les gens sur le fait qu'elle agissait secrètement vis-à-vis des résidents de Dun Ollaigh. Elle avancerait lentement, puis elle se mettrait à courir une fois dehors.

— Quels que soient les ennuis qui vous affectent, milady, vous serez en sécurité ici, sous mon toit.

Ceanna posa la main sur celle du tavernier, calleuse et épaisse. En sécurité sous son toit, certes, mais pour combien de temps ? La seule façon de contrecarrer les plans de sa belle-mère sur le long terme était la vie religieuse, car Ceanna était à court de héros sur leur destrier qui viendraient la délivrer.

— Je sais combien mon père vous apprécie, vous-même ainsi que vos services, dit-elle.

Les joues de l'homme rosirent aussitôt, et il se passa la main dans les cheveux.

— Je ne sais pas ce que l'avenir nous réserve. Avec votre père qui est gravement malade, et cette femme qu'il a épousée…

— Je l'ignore aussi, mais je dois continuer mon chemin.

Ceanna inspira profondément et tenta de se remémorer le discours qu'elle avait répété, destiné à ceux qui tenteraient de la détourner de son plan.

— J'ai été bénie du ciel, car j'ai eu la chance d'être visitée par une vision qui m'a révélé que mon futur se trouve à Nrurim, auprès de ma tante. Ignorer pareille vision serait contraire à la volonté de Dieu, car elle m'est venue lorsque j'étais agenouillée pendant ma prière du soir.

Ces paroles sonnèrent creux à ses oreilles, mais le tavernier la regarda avec une sorte de révérence. Ceanna sourit intérieurement. Son idée de prétendre être une servante de Dieu semblait avoir un certain mérite. Si elle faisait assez d'efforts, peut-être serait-ce d'ailleurs vrai un jour.

— Puissent les anges protéger vos pas, milady, conclut le brave homme avant de frapper dans ses mains pour appeler sa femme. Vous devez aller voir mon épouse, Bertana, aux cuisines. Et vous restaurer avant votre voyage. Un ventre vide n'a jamais rien donné de bon.

Après ces mots, l'estomac de Ceanna se rappela violemment à elle et se mit aussitôt à gargouiller.

— Voilà, c'est réglé, ne discutez pas, décréta le tavernier. Vous devez manger, avant de vous évanouir. Je me souviens de l'enterrement de votre mère, milady.

Ceanna se crispa aussitôt. Elle s'était effondrée aux funérailles de sa mère et de son frère, mais c'était à cause du chagrin, qui l'avait fait flageoler sur ses jambes, et parce qu'elle savait que son père avait l'intention de se remarier bien trop vite.

Son dernier repas remontait au souper de la veille, et Dieu seul savait dans combien de temps elle pourrait en faire un nouveau. Il fallait qu'elle garde les pieds sur terre. Quelques mots échangés avec Bertana, qui avait toujours été gentille avec elle, ne changeraient rien au déroulement de son voyage.

— Alors rapidement, dit-elle.

Le tavernier tapota son nez du bout du doigt, pour bien lui confirmer qu'il était dans la confidence.

— Je sais, milady, je sais.

Personne ne se moquait de Sandulf Sigurdsson, et certainement encore moins une femme minuscule qui haussait le menton d'une manière hautaine, vêtue davantage pour une journée à la Cour occupée à grignoter des friandises, échanger des commérages et jouer de la lyre que pour patauger dans la boue et la poussière. Et qui sans nul doute aurait des exigences hors de propos vis-à-vis de tous une fois en route. Enfin… Si le voyage pour Nrurim devait commencer un jour. Il avait surpris son échange de regards avec le tavernier et conclu qu'Urist avait laissé des instructions secrètes à ce dernier, pour qu'il dise à la jeune lady où le retrouver, et à elle seule.

Sandulf enrageait. En dépit de ses défauts évidents, cette femme trop bien vêtue représentait son meilleur espoir d'accomplir sa quête et de retrouver le boucher sanguinaire qui avait assassiné sa belle-sœur.

Il savait que son frère aîné avait perdu le royaume de leur père et que le nouveau dirigeant de Maerr était le mari de sa tante. Il savait aussi que, quoi qu'il puisse faire, cela ne ramènerait jamais les morts à la vie. Mais il pouvait veiller à ce que ceux qui avaient tué Ingrid soient punis.

Sandulf fit de grands efforts pour se contenir une fois sorti de la taverne. Il se contenta de battre des buissons avec un bâton pour se calmer, avant de l'envoyer au loin sur la route.

Un énorme chien-loup surgit de l'ombre et rapporta le bâton à ses pieds avec un air très appliqué. Sandulf le ramassa et le lança de nouveau, plus fort cette fois. Le chien courut après et le lui rapporta prestement, puis le déposa de nouveau à ses pieds. Sandulf eut un sourire désabusé. Il y avait au moins une créature qui l'appréciait, en ces lieux inhospitaliers.

— Qu'est-ce que tu en penses, le chien ? Sait-elle où se trouve mon guide ?

Le chien s'assit et regarda fixement le bâton jusqu'à ce qu'il le lance encore.

— Je vengerai la mort d'Ingrid. Je remplirai mon vœu. Je retournerai dans ma famille, marmonna Sandulf quand le chien revint pour la troisième fois.

Depuis son départ de Maerr, il avait appris parfois durement, au fil des ans, ce qu'il devait faire lorsque son problème demandait une approche différente. Il avait cessé d'être le guerrier têtu et imprudent qui dévalait les collines pour affronter l'ennemi sans avoir songé une seconde à une stratégie.

Il connaissait aujourd'hui la valeur de l'observation et de l'attente, jusqu'à ce que l'instant soit propice.

Une truffe humide s'enfonça dans sa paume. Sandulf plongea aussitôt, par réflexe, la main dans sa poche et offrit au chien-loup gris un morceau de viande séchée et du fromage sec. Le chien le remercia d'un aboiement étouffé.

— Au moins une créature qui a compris que je ne voulais aucun mal à personne ici, murmura Sandulf.

Le chien pencha la tête de côté et aboya de nouveau, cette

fois en pointant le museau vers la taverne tout en agitant la queue. Sandulf remarqua le beau collier de métal autour de son cou. Il n'y avait qu'une seule personne dans cette taverne susceptible de posséder pareil animal.

— Ta maîtresse a-t-elle des ennuis ? demanda-t-il au chien. Est-ce pour cela qu'on dirait bien qu'elle veut s'enfuir de Dun Ollaigh ?

Le chien pencha la tête plus encore et aboya de plus belle. Sandulf éclata de rire.

— Comme si tu pouvais le savoir ! Tu vois, c'est ce qui arrive quand on reste longtemps seul. Je commence à parler aux animaux, comme s'ils allaient me répondre. Mes frères disaient que cela ne tournait pas rond dans ma tête, et ils trouvaient toujours une raison de me dénigrer. La seule chose qui ne m'a pas manqué depuis mon départ de Maerr, c'est de subir leurs reproches continuels.

Il tripota dans sa poche le bracelet manchette qu'il avait arraché à l'assassin balafré, ce jour funeste entre tous.

Depuis que Sandulf était arrivé sur ces rivages, Rurik, l'un de ses frères, lui avait pardonné, et Sandulf avait commencé à espérer qu'un jour ils comprendraient tous qu'il était digne d'être leur frère et leur égal. Après un peu de persuasion, Lady Annis de Glannoventa, la toute nouvelle épouse de Rurik, lui avait révélé le nom de l'homme qui avait sauvagement assassiné Ingrid et son bébé à naître, ainsi que l'endroit où il se trouvait. Il s'appelait Lugh et se cachait dans un monastère près de la ville de Nrurim. Sandulf avait cru Rurik quand celui-ci lui avait juré que Lady Annis et lui avaient mis le passé derrière eux et voulaient savourer leur futur ensemble.

Regagner la confiance d'un frère était une chose, certes, mais ce n'était que la première étape sur la route de la rédemption pour Sandulf. Il évitait toujours son reflet dans les mares ou le verre poli. L'idée d'y voir les yeux de son père fixés sur lui, le réprimandant pour tous ses échecs, lui était insupportable.

Sandulf secoua la tête, s'enfonça dans l'obscurité et se concentra sur la taverne, impatient d'en voir sortir la femme.

La porte s'ouvrit, et un jeune garçon détala aussitôt tel un lapin, venant heurter Sandulf de plein fouet. Il laissa l'adolescent reprendre son équilibre tant bien que mal, après lui avoir asséné une légère bourrade, et le chien grogna tout bas.

— Eh là, pourquoi vous avez fait ça ? s'écria le garçon en se frottant la nuque. Pourquoi vous ne regardez pas où vous allez ?

— Peut-être est-ce toi qui devrais regarder où tu vas, répliqua Sandulf d'un ton menaçant en posant la main sur son épée.

Le garçon blêmit aussitôt.

— Le Viking !

— Tu as l'air bien pressé de te rendre quelque part.

— Je vais à Dun Ollaigh. Leur dire… Leur dire que…, bredouilla le garçon terrifié, vous n'allez pas me faire de mal, dites ? Je sais comment vous êtes.

— Tu pars leur dire que la femme qu'ils sont sans doute en train de chercher a été retrouvée saine et sauve, à la taverne.

Sandulf inclina la tête et laissa jouer un sourire sans joie sur ses lèvres.

— Saine et sauve, en contrepartie d'une belle bourse de pièces sonnantes et trébuchantes pour le tavernier, j'imagine. J'ai déjà rencontré moi-même des hommes tels que lui.

Le garçon écarquilla les yeux.

— Lady Ceanna ne devrait pas se promener toute seule, elle risque de se perdre ou de faire une mauvaise rencontre. Mon maître a décidé… Étant donné que… le guerrier viking a été vu dans les environs… C'est-à-dire…

Il ne termina pas sa phrase, mais Sandulf comprit qu'on l'utilisait comme bouc émissaire.

— Je suis doué pour deviner les choses, dit-il en s'efforçant de contenir son excitation.

S'il réussissait à garder en vie cette Lady Ceanna à la cervelle d'oiseau et à arriver grâce à elle au bout de ce voyage, Sandulf avait une chance d'atteindre Nrurim avant que Lugh apprenne sa présence en ce pays.

En effet, la jeune femme savait désormais où se trouvait le guide, c'était évident, et personne, en particulier ce tavernier et ce gamin, ne l'empêcherait de toucher au but. Lady Ceanna irait à Nrurim, dût-il la porter à chaque pas.

— La tâche qu'on t'a confiée devra attendre, déclara-t-il au garçon.

Celui-ci ferma un œil et le dévisagea.

— Attendre ? Pourquoi ?

Sandulf prit une corde rangée près de l'entrée de la taverne.

— Ta lady a des affaires à régler ailleurs qu'à Dun Ollaigh.

Chapitre 2

Personne ne rôdait aux abords de la taverne en cette fin de journée. Même l'étranger séduisant au regard sévère avait disparu. Ceanna referma doucement la porte. Elle avait eu de la chance jusque-là, mais elle s'inquiétait d'être épiée par une personne qui se dissimulait à ses yeux, attendant qu'elle commette une erreur. Elle secoua vite la tête pour chasser cette pensée. Il était bien trop tard pour s'en préoccuper maintenant.

Elle claqua des doigts. Sa chienne, Vanora, sortit de l'ombre et trotta jusqu'à elle. Le chien-loup émit un court aboiement et lui lécha la main. La façon dont Vanora dressait la tête donna à Ceanna l'impression qu'elle était absolument ravie de quelque chose. Mais elle se dit qu'elle avait trop d'imagination. Il fallait qu'elle abandonne cette habitude de prendre Vanora pour plus que le simple animal qu'elle était.

Une autre chose pour sa liste de vérités dont il fallait se souvenir : les chiens sont des chiens, pas des gens.

— Quel gardien tu fais ! s'exclama Ceanna en s'accroupissant pour caresser les oreilles de la chienne. On dirait que tu as plutôt été occupée à chercher à manger. Il faut que nous partions tout de suite avant qu'ils se mettent sérieusement à ma recherche. Bertana est un vrai moulin à paroles. Je suis certaine qu'elle me retenait à dessein, mais elle a fini par manquer d'arguments, et j'ai réussi à filer.

Vanora regardait les buissons dans l'ombre avec un air d'envie. Ceanna tenta d'y discerner quelque chose, mais rien ne bougeait.

— Je suis sérieuse, Vanora. Tout de suite. J'ai perdu assez de temps, et la chance est encore avec nous.

Elle tendit une part de tourte à la viande à la chienne.

— Bertana m'a donné ceci pour le voyage. Tu en as plus besoin que moi.

Vanora engloutit la tourte en trois bouchées. Puis elle s'assit et lança à Ceanna un regard plein d'espoir pour en avoir encore.

— Allez, on y va. Ce n'est pas la peine de regarder derrière toi. Ou d'espérer plus. C'est tout ce que j'avais, il n'y aura rien d'autre jusqu'à ce que nous rejoignions Urist. Et il nous attendra. Je le sais.

Vanora hocha la tête, comme si elle avait compris.

Ceanna hâta le pas, afin de mettre la plus grande distance possible entre elle et la taverne, tout en faisant de nombreux détours pour arriver au gué de la rivière. Ensuite elle revint sur ses pas, sur le sentier qui menait à Taigh an Uillt et la passe de Brander en direction de Ben Cruachan.

Une fois bien engagée dans la forêt, elle s'arrêta pour souffler et respirer quelques bouffées d'air frais. Puis elle releva le bas de sa robe et le coinça dans sa ceinture. Très ajustée, elle entravait la marche, et Ceanna n'osait même pas penser à l'état des pantoufles délicates qu'elle portait. De grosses bottincs et une robe en laine ample étaient emballées dans le coffre qu'Urist s'était approprié.

Quand elle le retrouverait, il regretterait de ne pas avoir choisi d'agir différemment !

Vanora dessinait des cercles autour d'elle, comme à son habitude. Ceanna remarqua que la chienne restait derrière elle la plupart du temps, mais chaque fois qu'elle lançait un coup d'œil il n'y avait rien, et Vanora ne semblait pas inquiète le moins du monde. Ceanna cessa alors d'être aux aguets. L'amant de sa belle-mère n'était pas si subtil. C'étaient ses nerfs qui lui jouaient des tours, voilà tout ! Elle ne sursauterait plus aux moindres ombres suspectes et irait de l'avant avec détermination.

Quand elle fut arrivée au dernier tournant du sentier avant la rivière, une brindille craqua dans le silence. Ceanna se retourna vivement et découvrit le Viking de la taverne, qui la suivait.

Quand il vit qu'elle l'avait repéré, il lui adressa un petit signe de la main.

— Pourquoi ne m'as-tu pas dit qu'il nous suivait ? demanda-t-elle à Vanora.

La traîtresse retroussa les babines, s'assit et refusa d'avancer.

— C'est votre chien ? lança l'étranger.

Ceanna croisa les bras. À l'extérieur, il semblait plus grand que dans la taverne.

— Je dois vous avertir qu'elle peut être féroce, si on la provoque, dit Ceanna d'une voix fluette et haut perchée qui lui parut complètement artificielle.

Elle ramena une natte folle derrière son oreille.

— Elle réserve sa férocité à vos ennemis, j'imagine. Nous sommes devenus amis tout à l'heure.

Le guerrier s'accroupit et appela Vanora, qui trotta vers lui avec obéissance. Il lui tendit un morceau de viande séchée. La traîtresse lui lécha la main et le gratifia d'un regard d'adoration muette. Ceanna ne put cacher son agacement avec une crispation de la mâchoire. D'habitude Vanora se méfiait des étrangers, et des hommes en particulier.

Elle semblait cependant avoir fait une exception avec ce Viking.

— Je refuse de croire que notre rencontre ici est une

simple coïncidence, lâcha Ceanna en tapant violemment du pied dans la boue.

— Les coïncidences peuvent être une chose merveilleuse.

Il lui fit une révérence, de celles qui conviennent mieux à la Cour que sur un sentier boueux au milieu de nulle part.

— En ces agréables circonstances…, ajouta-t-il avec ironie. Je me suis dit que cette adorable créature vous appartenait, Lady Ceanna.

Il grattouilla Vanora sous le menton. La chienne s'allongea aussitôt à côté des bottes de l'étranger et lui présenta son ventre. Ceanna aurait préféré qu'elle fît preuve d'un peu plus de dignité. Et elle ne savait comment cet homme avait découvert son nom. Elle tira Vanora par son collier, et la chienne la regarda d'un air offensé.

— Elle peut se montrer vraiment féroce, assura-t-elle de nouveau. Vraiment. Un seul ordre de ma part et…

— Elle sent que je ne vous veux aucun mal. Nous désirons tous les deux la même chose : nous rendre à Nrurim sans encombre.

« Sans encombre ». Ceanna savait comment se comportaient les hommes du Nord, et comment ils menaient leurs raids. Elle recula de plusieurs pas, mais se prit les pieds dans sa robe et faillit perdre l'équilibre.

Elle laissa échapper un juron fort peu féminin.

— Je vous ai sauvé la vie tout à l'heure, Lady Ceanna, si cela peut vous faire changer d'attitude.

Il lui tendit la main. Une main avec de longs doigts, élégante. Il avait une petite cicatrice à la base du pouce.

Ceanna l'ignora et se redressa tant bien que mal. Sa robe se déchira à l'aisselle, et elle serra les poings.

— Sauvé la vie ? Quelles fariboles me contez-vous là ? s'exclama-t-elle en laissant libre cours à sa contrariété. Allez, parlez donc, étranger ! Que vous ai-je donc fait ? Pourquoi me harcelez-vous ? Quel droit avez-vous ?

— L'homme qui tient la taverne a envoyé un messager

à Dun Ollaigh pour avertir de votre présence chez lui. Ce messager n'a pas atteint sa destination.

— Je ne vous ai jamais demandé de tuer pour moi ! s'écria Ceanna avant de se plaquer la main sur la bouche.

— Mais je n'ai tué personne, bien sûr ! Disons qu'il s'est retrouvé empêtré dans des cordes. On le découvrira en temps et en heure, sain et sauf, expliqua l'étranger avant de la regarder avec une expression qui la fit frissonner. Je tue quand c'est nécessaire. Ce n'était pas nécessaire.

— C'est bon à savoir.

Le Viking fit un signe de tête en direction de Vanora, qui s'était mise à agiter la queue.

— Votre chienne s'est avérée d'une aide inestimable.

— Pourquoi l'avez-vous fait ? Je n'ai rien que vous puissiez désirer.

— Vous allez me conduire à Nrurim, dussé-je vous porter pendant tout le voyage pour cela. Moi, Sandulf Sigurdsson, je vous en fais le serment.

Ceanna le dévisagea longuement, mais sa gorge trop serrée l'empêcha de lui répondre.

Vanora lança un bref aboiement, et ce bruit sembla rendre la parole à sa maîtresse.

— Vous auriez pu m'aborder quand je suis sortie de la taverne. Pourquoi me suivre aussi longtemps de la sorte ?

— Parce que je ne voulais pas que quiconque nous remarque.

— Je vois. Vous étiez plus soucieux de mon bien-être que des risques que vous encouriez.

Sandulf détailla Ceanna : ses tresses étaient désormais emmêlées en tignasse, sa robe pleine d'accrocs et décousue. Le serment qu'il venait de proférer était censé lui faire accepter sa présence à bras ouverts, sans poser de questions sur ses motivations. Elle aurait dû lui être reconnaissante d'être prêt à engager son épée pour elle, plutôt que de le réprimander.

— Parce que…, commença-t-il, décidé à lui faire la leçon, mais il se tut.

Une vague incertitude doublée de vulnérabilité traversa brièvement le regard de la jeune femme, qu'elle dissimula vite en fronçant les sourcils. Des souvenirs depuis longtemps enfouis revinrent à l'esprit de Sandulf, lui rappelant à quel point il lui avait été difficile d'essayer d'être brave quand il embarquait sur un nouveau navire, et l'énormité de ce qu'il avait fait le submergea.

Lui aussi avait dû apprendre à être reconnaissant de l'aide que lui offrait un étranger.

Il se frotta la nuque. Elle avait raison. Il n'avait pas voulu prendre de risques. Arriver à Nrurim était bien trop important pour qu'il gâche sa chance, sous prétexte de fierté ou de manières galantes.

Comment expliquer à la jeune lady sans lui raconter toute l'histoire, mais avec suffisamment de détails pour lui donner une raison de lui faire confiance ? La confiance était une marchandise bien plus précieuse qu'il ne se l'était imaginé lorsqu'il était enfant. Et il avait besoin de la confiance de cette femme, sans cela il lui serait plus difficile de réussir sa quête, même si son esprit ne voyait aucune raison valable pour qu'elle la lui accordât.

— Parce que…, répéta-t-il, espérant que les paroles adéquates se formeraient par magie dans sa bouche.

— « Parce que » n'est pas une réponse acceptable, même en essayant une seconde fois, le coupa-t-elle avec un geste impulsif de la main. J'ai fait assez de détours sur mon chemin pour être certainc que vous m'avez suivie délibérément. Dites-moi la vérité, je vous prie. Avez-vous l'intention de me trancher la gorge ou de faire du mal à une quelconque de mes connaissances ?

Sandulf la dévisagea longuement. En dépit de son apparence trop sophistiquée, cette femme avait de la trempe. Ou peut-être était-ce simplement de la naïveté téméraire.

Il y avait bien peu de femmes capables de s'adresser à un guerrier sur ce ton. Sa mère, ou tante Kolga, peut-être.

Il s'obligea à prendre une voix basse et posée, presque mielleuse.

— Si je vous avais retrouvée devant la taverne, le seul résultat en aurait été d'alerter notre jeune ami, maintenant ficelé tel un poulet, et ses propres amis ensuite. J'avais bien compris que vous vouliez rester discrète sur votre départ. Et je viens d'estimer qu'il était temps de vous faire connaître ma présence, car je suis désormais certain que personne ne nous suit. Vous pouvez cesser d'avoir peur.

La jeune femme croisa les bras d'un geste de défi.

— Je n'ai pas peur.

— Alors, disons que vous pouvez cesser d'être sur le qui-vive.

Ses traits se détendirent, rappelant à Sandulf un merle qu'il avait tenté d'apprivoiser quand il était enfant. Il l'avait patiemment nourri de miettes de pain, gagnant petit à petit la confiance de l'oiseau. Alarr s'était moqué de lui en lui disant qu'il perdait son temps, mais l'oiseau avait fini par se percher régulièrement sur son épaule. Jusqu'à ce que son père eût décidé que Sandulf devait se concentrer sur son entraînement à l'épée, et l'oiseau avait disparu.

— Est-ce la raison pour laquelle vous vous montrez maintenant ? Parce que vous savez que j'ai réussi à semer tous mes poursuivants, sauf vous ?

Sandulf se pencha pour donner un morceau de fromage à la chienne.

— Votre chienne voulait à manger.

— Ah, l'appétit de Vanora ! s'exclama la jeune femme en levant les yeux au ciel. Est-ce là ce que vous pouvez faire de mieux ?

— Vanora est un nom plutôt inhabituel pour un chien.

— Arrêtez d'essayer de changer de sujet.

Il se redressa lentement et lui tendit les mains, paumes ouvertes.

— Je suis désolé de vous avoir effrayée. J'ai seulement l'intention de me rendre à Nrurim, pour y régler mes affaires. Conduisez-moi à notre guide.

Elle se mordilla la lèvre inférieure.

— Comment savez-vous que je vais rejoindre Urist ?

Sandulf souffla. Enfin ! Elle écoutait. Il énuméra ses arguments en les comptant sur ses doigts.

— Tout à l'heure, le tavernier m'a catégoriquement déclaré qu'il n'avait pas la moindre idée de la teneur des projets de voyage d'Urist. Voilà que vous arrivez, et il vous marmonne en gaélique qu'il semblerait qu'Urist se dirige vers le gué. Il insiste alors pour que je quitte son établissement sur-le-champ. J'imagine donc qu'Urist a laissé un tout autre message pour vous. Cela n'est d'ailleurs pas très logique de prendre le gué, pour quelqu'un qui veut traverser la contrée en direction de Nrurim.

— Vous avez trouvé cela très vite, lança la jeune lady, ses yeux bleu-gris soudain agrandis.

— J'ai traversé le gué pour arriver ici. Pourquoi le retraverser si je veux aller à Nrurim, qui est en direction du nord, alors que je venais du sud ? Ce serait s'en éloigner. J'ai suivi mon intuition. J'ai attendu, observé. J'ai fait ami ami avec votre chienne. J'ai éliminé la menace potentielle qui planait sur votre évasion. Vous avez besoin de moi, Lady Ceanna, tout comme j'ai besoin de vous.

Sandulf tendit la main à la chienne, qui la lécha obligeamment.

— Pourquoi s'appelle-t-elle Vanora ?

— C'est le nom de l'épouse du roi Arthur. Vous connaissez Arthur, celui qui a sauvé les Pictes et les Celtes des Saxons, et qui reviendra nous sauver lorsque nous serons en péril.

Sandulf se frotta la nuque. L'accent de Lady Ceanna était très différent de celui de sa belle-sœur northumbrienne et des Gaéliques qu'il avait croisés dans ses voyages, plaisant à l'oreille néanmoins.

— Je connais l'histoire, mais je croyais que la reine portait un nom différent. Gwenevere, ou quelque chose de ce genre.

— En terre picte, ou du moins ce qui était autrefois le pays des Pictes, c'est Vanora, expliqua-t-elle avant de hausser le menton. Comme la plupart des habitants de ce royaume, ma chienne a de bonnes raisons de se méfier des hommes du Nord.

Aux paroles de sa maîtresse, Vanora alla la rejoindre, soupira lourdement et montra les dents sans grande conviction à Sandulf avant de s'installer aux pieds de Lady Ceanna comme pour lui dire que, même si elle estimait que sa maîtresse commettait une erreur, elle restait de son côté. Sandulf apprécia la loyauté de l'animal.

— Vanora m'a fait comprendre qu'il ne fallait pas faire confiance à ce garçon à la taverne, reprit Sandulf d'une voix toujours très douce. Elle m'a choisi pour être votre protecteur.

Ceanna s'agenouilla et plongea la tête dans le pelage de la chienne.

— C'est une brave chienne. La meilleure. Elle semble avoir confiance en vous.

— Vous le devriez aussi, répliqua aussitôt Sandulf, espérant qu'elle accepte de le croire. Avec moi à vos côtés, vous n'aurez pas besoin de faire trois fois le tour du même taillis, à moins que ce ne soit une tradition de votre pays.

— Était-ce trois fois, ou dites-vous cela au hasard ?

— J'ai compté dès la première fois. Cela m'a aidé à faire passer le temps. Vous avez refait la même chose avec trois autres taillis. Répéter la même manœuvre plusieurs fois est peu efficace pour se débarrasser de poursuivants.

— Et pour quelle raison votre précédent guide a-t-il

refusé de continuer à vous conduire ? demanda Ceanna, piquée au vif.

Elle se força à sourire. Elle refusait de lui expliquer que cette manœuvre lui était inspirée par l'un des contes préférés de son enfance. Une autre raison, si besoin en était, de ne croire en rien, si ce n'est en sa propre ingéniosité. Mais le Viking n'avait pas tort en ce qui concernait la répétition. Une autre chose à ajouter à sa liste…

— C'est personnel, répondit-il, les yeux étincelant soudain tel le soleil d'été sur la baie au pied de Dun Ollaigh. Je suis certain que vous comprendrez, étant donné que nous ne sommes pas intimes, vous et moi. Ce qui est personnel reste personnel.

Ceanna se reprit aussitôt. Ils n'étaient pas intimes, en effet… Son destin était de devenir une servante de Dieu, une nonne. Pas la femme d'un guerrier ! Il s'attendait à ce que son charme le tire d'affaire, comme si elle était du genre à perdre la tête au signe le plus infime d'une éventuelle affection.

Ceanna connaissait l'étendue limitée de ses propres charmes, sans même avoir besoin de la litanie de ses défauts récitée par sa belle-mère le matin même encore.

Si l'étranger voulait son aide pour se rendre rapidement à Nrurim, il allait falloir qu'il réponde à quelques questions, au lieu de se répandre en insinuations et suggestions. Il allait comprendre qu'elle était volontaire, bien loin des soupirs et mots doux qu'elle imaginait la plupart des femmes lui servir à loisir.

— Comment avez-vous menacé votre guide ? demanda-t-elle d'une voix sucrée.

Voyant qu'il lui prêtait à peine attention, elle continua d'un ton plus ferme :

— Je dois vous avertir que les Vikings ne sont pas très appréciés par ici. Nous savons ce que ceux de la mer du Nord ont fait sur nos rivages l'été dernier, et à quel point nous avons dû les combattre durement. Mon père porte toujours les blessures qu'il a reçues pendant la défense de Dun Ollaigh.

Des blessures qui refusaient de guérir et le rendaient irritable. En fait, son père n'était plus le même depuis la mort de sa mère et de son jeune frère. Et il avait encore plus changé après avoir épousé sa belle-mère. Cette dernière maladie, combinée avec ses vieilles blessures, l'avait conduit à céder au désir de son épouse que Ceanna se marie alors qu'il pouvait encore lui donner sa bénédiction.

Le Viking serra les mains.

— Nous avons eu un léger désaccord en chemin. Il est reparti en Northumbrie sans le moindre scrupule.

Un léger désaccord ou avait-il craint pour sa vie ? Ceanna suspecta le Viking de minimiser les faits et de ne pas être entièrement innocent dans l'affaire. Mais elle était prête à feindre d'accorder crédit à ses explications.

— Qu'est-ce qui ne lui a pas plu à Dun Ollaigh pour qu'il décide de vous abandonner ? ajouta-t-elle.

— Il a croisé une personne qu'il préférait éviter, répondit l'étranger en baissant la voix. Il entretient des relations complexes avec les femmes, apparemment. Je suis certain que vous comprenez ce genre de situation difficile.

— Un trait que partagent beaucoup de guides, semblerait-il, ironisa Ceanna.

Il émit une sorte de reniflement amusé.

— Mais il ne m'a pas quitté avant que je me sois arrangé avec notre guide commun.

— Qui est parti sans vous, à son tour. Vous craignait-il ?

Ceanna tira sur les poignets de sa robe et entendit un autre bruit d'étoffe qui se déchirait au niveau des épaules. Cette robe ressemblait plus à un filet à saucisson qu'à un vêtement adapté à une quelconque activité exigeant des efforts.

Elle jura tout bas.

— Nous sommes tous les deux dans une situation inconfortable, milady, déclara le Viking avec un signe de tête pour appuyer son propos, sans lui répondre directement. Urist ab Urist aurait dû savoir que je n'abandonnerais pas, en particulier après m'être défait d'une certaine quantité d'or. Mon guide précédent lui avait bien expliqué ce que je fais à ceux qui tentent de me berner. Il a enjolivé mon portrait et raconté la façon dont j'avais décliné l'offre d'un pirate pour aller à Eireann.

Ceanna serra Vanora contre elle. La traîtresse se contenta de regarder l'étranger fixement et commença à se lécher, comme s'il faisait désormais partie de ses humains préférés. *Vraiment, cette chienne…* , songea Ceanna.

— Vous avez des fréquentations impressionnantes.

— Je ne me prévaux pas de connaissances particulières au sujet de la fidélité des guides. Certains peuvent être pleutres, d'autres malhonnêtes. Et d'autres honnêtes, mais avec leurs propres priorités, répondit-il en penchant la tête de côté. Vous a-t-il demandé d'être payé à l'avance ? Ou s'attendait-il à être payé à l'arrivée à bon port ?

— Je lui ai payé une moitié à l'avance. Le reste est caché dans mon coffre, celui qu'il a emporté, apparemment, admit Ceanna, se morigénant intérieurement tout en essayant de ne pas penser à ce coffre qu'elle avait déposé chez Urist, ni à son contenu.

Elle avait été extrêmement naïve.

— Je sais quelle route il a dû prendre, ajouta-t-elle.

— J'ai bien fait de vous suivre, mieux encore en vous faisant connaître ma présence. Vous n'avez plus à avoir peur.

Le sourire du Viking transforma son visage, le rendant d'un abord bien plus avenant. Avec ses pommettes hautes, ses lèvres pleines et son nez aquilin, c'était là le genre de visage à hanter les rêves d'une femme.

Ceanna se raidit pour résister à la tentation. Si elle avait l'intention de convaincre sa tante qu'elle avait développé une vocation soudaine à devenir religieuse, il fallait qu'elle cesse de détailler les traits d'un homme ou sa carrure comme s'ils étaient des friandises.

Les nonnes passaient leurs journées en contemplation et méditations sur le futur. Leurs genoux étaient-ils aussi douloureux que les siens après leurs dévotions, ou leur esprit était-il plus tourné vers le spirituel, et la douleur quantité négligeable ?

— Quel est votre nom ? demanda-t-elle afin de penser à autre chose.

— Sandulf Sigurdsson, à votre service, jusqu'à ce que nous trouvions notre guide, Lady Ceanna.

Ceanna resta les bras ballants, déconcertée.

— Comment connaissez-vous mon nom ?

— Le jeune garçon censé porter un message à Dun Ollaigh me l'a révélé.

— Volontairement ?

Sandulf Sigurdsson arbora soudain une expression bien plus dure, toute chaleur ayant disparu de son regard.

— Je n'ai aucun plaisir à torturer qui que ce soit, croyez-moi. Le garçon n'a rien perdu d'autre que sa dignité vis-à-vis de moi. Vous avez ma promesse solennelle d'assurer votre sécurité.

— Et vous êtes le genre d'homme à faire bien des promesses. Les tenez-vous ?

— Sans honneur, je ne vaux rien.

— Je m'en souviendrai, conclut Ceanna en lui tournant le dos pour s'engager résolument sur le chemin, ignorant la façon dont le bas de sa robe s'enroulait autour de ses mollets comme une corde destinée à l'entraver.

— Eh, où allez-vous comme ça ? s'exclama Sandulf.

— Plus vite je rejoindrai Urist, plus vite je serai débarrassée de vous, roi des Serments.

Assurer la sécurité de cette femme, tel était son devoir.

Sandulf ne pensait qu'à cela tandis qu'il emboîtait le pas à Ceanna sur le chemin de plus en plus boueux et étroit qu'elle suivait. Les derniers éclats du soleil de l'après-midi laissaient peu à peu place à un crépuscule brumeux qui allongeait les ombres, tandis que des volutes de brume commençaient à s'élever du loch, rendant le sentier de plus en plus traître.

Sandulf ne savait que trop bien ce qui s'était passé la dernière fois qu'il avait tenté de protéger une femme : il avait échoué. Il s'efforça de chasser de son esprit l'image du corps meurtri d'Ingrid et des événements à Maerr, ce terrible jour.

Quand ils auraient découvert ce que faisait leur guide, il ne serait plus responsable de la sécurité de Lady Ceanna. Sandulf l'observa, les yeux à demi baissés. C'était le genre de personne qu'on pouvait ne pas remarquer de prime abord, mais en la scrutant attentivement il trouva de nouvelles choses sur lesquelles s'attarder, la ligne de son cou, la longueur de ses doigts, sa bouche aux traits nettement dessinés.

Son vêtement aux ourlets lourdement rebrodés d'or et aux manches ajustées n'était pas le genre que l'on portait pour voyager et s'était rapidement maculé de boue. Le rouge écarlate profond était certes dans les faveurs des dames élégantes ces temps-ci, mais n'était pas des plus heureux pour sa complexion. Et ses pantoufles étaient plus destinées à danser qu'à patauger sur un sentier boueux.

Cependant aucune plainte ne s'échappait de ses lèvres. Elle se contentait de contourner les flaques de son mieux.

Les plaintes de la mère et de la tante de Sandulf lui auraient écorché les oreilles si elles s'étaient retrouvées dans pareille situation. Il avait entendu et subi leurs jérémiades concernant telle injustice ou telle infime brimade durant toute son enfance. Son père lui avait assuré que toutes les femmes se plaignaient dès la moindre contrariété.

Toutes les femmes, en effet, mais pas Lady Ceanna.

Elle trébucha sur une racine et tendit la main pour amortir sa chute, mais Sandulf la rattrapa de justesse par le coude et réussit à lui faire reprendre son équilibre. Il put constater de près ses cernes sombres creusés et sa bouche pincée devenue exsangue. Leurs souffles se mêlèrent le temps d'un battement de cœur interminable, puis elle laissa échapper un soupir excédé.

— Je suis tout à fait capable de me tenir seule sur mes pieds !

— Ce qu'il est poli de faire lorsque l'on vous sauve ou vous tire d'un mauvais pas, c'est de remercier.

— Merci de m'avoir empêchée de tomber. Je n'ai pas vu la racine. Voulez-vous me lâcher ? Je me débrouille très bien toute seule. Depuis que je suis toute petite, en fait.

Sandulf leva les yeux vers le ciel qui s'assombrissait et, au contraire, la serra plus fortement.

— Nous nous arrêtons ici.

Elle s'écarta vivement en se libérant.

— Il faut continuer, pour rejoindre Urist. Je peux marcher toute la nuit si c'est nécessaire.

Sandulf n'en était qu'à un cheveu d'abandonner là cette femme impérieuse, plus qu'à moitié morte d'épuisement. Il avait eu son content de dames autoritaires à Constantinople, convaincues que le monde devait être refait à leur image. Mais atteindre Nrurim avant que Lugh apprenne qu'il était sur ses traces et disparaisse de nouveau dans les limbes était la seule chose qui lui importait.

— Vous êtes peut-être prête à marcher à la nuit tombante, mais pas moi.

Sandulf claqua des doigts, et Vanora s'assit à côté de lui avec de petits gémissements.

— Ni votre chienne. Elle sent ce que je vais faire, et nous avons besoin de nous arrêter pour la nuit.

Ceanna arbora un air rebelle quand, ignorant superbement son geste lui commandant de la suivre, sa chienne bâilla et s'installa plus confortablement aux pieds de Sandulf.

— Le coude de la rivière n'est pas loin d'ici, et il nous faut rattraper Urist, répliqua-t-elle, obstinée.

— Mais la brume se lève, et je vois des marécages au-delà de ces arbres, expliqua lentement Sandulf sur le ton d'un calme glacial qui faisait en général fuir les gens à Constantinople. La femme de mon demi-frère m'a mis en garde contre la traîtrise des marais d'Alba avant que je quitte sa demeure pour entreprendre ce voyage. La brume a égaré bien des étrangers. J'ai donc l'intention de suivre son conseil.

Ceanna indiqua l'horizon qui se teintait de gris.

— Le sentier est très bien dessiné jusqu'à la passe. Et je doute que la brume soit très épaisse. Nous sommes en été, après tout. J'ai vécu ici toute ma vie et…

— Votre avis sur la brume n'engage que vous. Elle cache le soleil, et il fait soudain bien plus frais. Il commence à pleuvoir, milady très têtue, ajouta Sandulf en tendant la main vers le lointain. Bientôt ce sera l'averse, qui détruira ce qui reste de votre coiffure. J'imagine que vous êtes fière de vos nattes. Il a dû falloir un temps fou pour les tresser.

— En effet.

— Allez-vous rester aussi obstinée ?

— Je pourrais dire la même chose de vous. Je n'ai jamais rencontré quelqu'un d'aussi buté que vous, déclara-t-elle en croisant les bras, tout en haussant un sourcil. Comment savez-vous que la brume va être épaisse ?

— Je préfère ne pas courir le risque, répondit Sandulf en se frottant le menton. Vous avez l'air à moitié morte de fatigue, même si vous tenez encore debout.

— Certainement pas ! répliqua-t-elle avant cette fois de trébucher sur une pierre.

Sandulf la rattrapa immédiatement de nouveau et la redressa, ignorant la chaleur soudaine qui remonta le long de son bras.

De près, les cils de la jeune femme formaient un contraste sombre sur son teint d'albâtre. Mais Sandulf voyait aussi ses yeux rouges derrière leur air coléreux. Lady Ceanna était à bout de forces, mais il pensait qu'elle le nierait jusqu'à s'effondrer à genoux d'épuisement.

— Quand avez-vous dormi pour la dernière fois ? demanda-t-il.

— Il y a deux nuits, reconnut-elle en rentrant la tête dans les épaules. J'avais des choses à faire. Une foule de plans tournait dans ma tête et m'empêchait de trouver le sommeil. Je marche mal à cause de ces idiotes de pantoufles et de cette robe impossible. Pourquoi ai-je accepté de la porter, je n'en ai pas la moindre idée.

— Une bonne nuit de sommeil ne vous fera pas de mal.

Elle fit mine de reprendre son chemin, en dépit du brouillard qui se levait et dont les volutes commençaient à les envelopper.

— Urist va continuer à avancer, objecta-t-elle. Je n'ai nul désir de vous importuner plus longtemps qu'il n'est nécessaire.

— Nous irons plus vite que lui, en particulier si nous sommes bien reposés, fit observer Sandulf.

Il se moqua de lui-même intérieurement. Il se souvint d'une époque où il était le seul à refuser de renoncer et continuait malgré tout, en dépit des conséquences en coût humain de ses décisions. Cela avait été une leçon difficile à apprendre.

Il n'avait jusque-là jamais imaginé qu'une femme pût avoir le même tempérament.

— Comment le savez-vous ?

— J'ai l'expérience des voyages.

La voyant de plus en plus sceptique, Sandulf ajouta :

— Urist a besoin d'une charrette pour les bagages de son groupe et pour transporter votre coffre. Il est fort peu probable qu'il le porte sur son dos.

Ceanna leva la tête quand une grosse goutte de pluie s'écrasa sur son nez, et elle fronça celui-ci d'une manière adorable.

— Ainsi vous avez voyagé très loin.

— Depuis Maerr au nord jusqu'à la Russie à l'est, et le long des grands fleuves jusqu'à Constantinople. Puis en mer, jusqu'en Strathclyde.

Sandulf gardait les yeux fixés sur la pluie qui s'intensifiait. Ce voyage avait été bien plus difficile qu'il ne se l'était imaginé. Quand il avait quitté Maerr, il se considérait comme égal aux autres. Il n'avait pas réalisé combien il avait été privilégié, ni à quel point il avait dû grandir vite.

— C'est bien plus loin que dans tous mes rêves de voyage, murmura Lady Ceanna en écarquillant les yeux.

— Si nous continuons ainsi, vous allez avoir les pieds en sang.

— Plus vite nous rejoindrons Urist, plus vite je récupérerai mes bottes bien solides. Vous voyez, j'ai l'esprit pratique et je ne suis pas tout à fait écervelée.

Sandulf la dévisagea avec intensité. Il s'était trompé un peu plus tôt, en la jugeant à la sortie de la taverne. Lady Ceanna n'était pas l'une de ces têtes de linotte qu'il avait croisées au fil de ses voyages.

C'était un genre de femme tout à fait différent.

— Si vous étiez réellement écervelée, nous n'aurions pas cette conversation.

— Rejoindre Urist, c'est tout ce qui importe ici.

— Vous supposez qu'il se rend à Nrurim selon l'itinéraire auquel vous pensez, et que le tavernier n'a pas cherché à vous égarer.

Elle ouvrit et referma la bouche plusieurs fois.

— Je n'avais pas envisagé cela.

— Que préférez-vous ? lui demanda Sandulf, comme s'il cajolait le merle qu'il avait apprivoisé étant petit. Nrurim ou Urist ? Renoncez donc, Lady Ceanna. Si je vous porte, nous allons nous traîner.

— Nrurim, répondit la jeune femme dans un soupir. Très bien. Je renonce. Nous nous arrêtons. J'ai mal aux pieds, et de toute évidence vous êtes vous-même épuisé. Disons que c'est pour votre bien.

— Ce n'est pas une compétition pour voir qui pourra tenir le rythme, milady, ce qui compte, c'est d'arriver à bon port et d'atteindre le but que l'on s'est fixé. Joarr, le timonier de mon père, me l'a expliqué lorsque j'avais tenté un jour de distancer mes frères qui portaient des sacs plus lourds que moi. Il avait raison, même si je ne le comprenais pas à l'époque. Ce qui prime, c'est de s'assurer que dans un groupe tout le monde arrive à destination. Une tâche bien plus difficile que vous ne vous l'imaginez.

Elle s'empourpra.

— Puis-je faire quelque chose pour mes pieds ? S'il vous plaît ?

— Par malheur je n'ai pas de bottes de rechange avec moi, mais j'ai un onguent qui pourrait être utile.

Il sortit alors une petite fiole de sa poche.

— Oui, cela m'irait, dit-elle avant de se raidir. Je peux l'appliquer moi-même, sans votre aide.

— Aurais-je dit autre chose ? Vous êtes capable de bien des prouesses, milady, y compris de vous appliquer un onguent sur les pieds.

Le sourire de Lady Ceanna était empreint d'un éclat rayonnant que Sandulf n'avait pas pleinement apprécié jusque-là.

— Je suis contente que vous compreniez que je ne suis pas de ces ladies qui s'accrochent à vous tel du lierre. Je suis fière de ce que je sais faire, même s'il s'agit modestement de soigner mes pieds malmenés.

Que lui était-il arrivé pour qu'elle tînt ce genre de propos ? Les femmes comme elle devaient plutôt s'attendre à être choyées. Sandulf secoua la tête. Cela ne le regardait pas. Sa mission était de s'assurer que justice soit faite vis-à-vis de Lugh pour le meurtre d'Ingrid. Cela accompli, il pourrait revivre. Il n'allait pas donner raison à Brandt ni aux autres en perdant son objectif de vue et en laissant sa meilleure chance de réussite lui échapper.

— Y a-t-il des huttes par ici ? Un endroit où nous pourrions nous reposer ? demanda-t-il.

— Je n'en ai pas vu, répondit-elle en haussant les épaules. J'aimerais rester à proximité de ce sentier. Si nous nous aventurons dans le brouillard, à chercher quelque chose qui peut-être n'existe pas, nous risquons de nous perdre définitivement.

Toute à son plaisir de lui retourner son argument, la jeune femme plaqua un sourire sur son visage. Sandulf marmonna un juron qui ne fit que l'élargir.

— Vous doutez de votre capacité à retrouver un certain abri, répliqua-t-il.

— Je sais dans quelle direction se dirige Urist. Je peux me repérer sur ce sentier, et grâce aux collines et aux lochs que nous verrons, que je connais bien. C'est simplement que…

Elle s'absorba à tirer un fil sur sa robe.

— … Vous et moi… Nous nous connaissons à peine, bredouilla-t-elle.

— Vous craignez de passer une nuit seule avec un inconnu, je le comprends, termina Sandulf à sa place. Je vous ai donné ma parole de vous protéger. Cela inclut de protéger votre honneur, milady, précisa-t-il, désireux qu'elle le comprenne sans ambiguïté. Je veillerai à ce qu'il ne vous arrive rien.

Lady Ceanna se couvrit les yeux de ses mains, et elle

lui sembla soudain très petite, et très seule. Quelque chose en lui qui ne lui était pas familier le remua. Et il comprit que son serment était bien plus que les simples mots qu'il avait prononcés un peu plus tôt. Il désirait la protéger, essentiellement parce qu'elle essayait de toutes ses forces de ne pas solliciter cette protection.

— Suis-je donc aussi transparente que cela ?

— La plupart des jeunes épousées n'ont pas besoin de se sauver en robe de mariage.

— Je suis partie avant d'être mariée, rétorqua-t-elle en se mordant la lèvre inférieure. Je… Je vais devenir religieuse. J'ai eu une vision.

Sandulf pencha la tête de côté. Il en savait peu sur les us et coutumes de ce royaume, mais il doutait fort que les nonnes portent des robes aussi ajustées que celle de Lady Ceanna ou, comme elle, répliquent sans mâcher leurs mots.

— Cela vous est venu soudainement, n'est-ce pas ? s'enquit-il.

Un coin de la bouche de la jeune femme se crispa aussitôt.

— C'était clair comme de l'eau de roche. Mieux vaut que cela se produise avant le mariage.

Sandulf pointa le doigt vers un gros chêne au bord du sentier. L'arbre avait souffert des outrages du temps, mais son feuillage encore dense offrirait un semblant d'abri. Lady Ceanna était tellement épuisée qu'elle peinait à garder les yeux ouverts.

— Le tronc de cet arbre est creux. Cela pourrait nous rendre service. À moins que vous ne préfériez affronter la pluie.

Comme par un fait exprès, la pluie se transforma en averse de grosses gouttes qui s'écrasaient au sol avec violence.

Lady Ceanna croisa les bras.

— Et où allez-vous vous abriter ?

— À côté de vous. Nous devrions pouvoir rester plus ou moins au sec. Je promets que je ne mords pas, à moins que vous n'ayez envie que je le fasse, ajouta Sandulf en prenant bien soin de rester impassible.

Elle se redressa et lui lança un regard furibond.

— Devenir religieuse est une vocation pleine de noblesse. Si une religieuse dit que quelque chose doit être protégé, cela est fait, et sans poser de questions, car elle s'adresse directement à Dieu. Personne ne désire risquer la damnation éternelle.

Sandulf se frotta la nuque.

— Je n'ai jamais usé de la force avec une femme non consentante et n'ai pas la moindre intention de commencer avec vous.

La jeune femme pencha la tête pour cacher l'expression de son visage, mais il vit néanmoins ses joues empourprées.

— Un autre serment, Viking ?

— Je suis plus à l'aise avec les guerriers qu'avec les religieuses.

— Alors nous prierons pour que notre association ne soit que de courte durée.

Elle s'avança vers l'arbre d'un pas décidé et s'assit à son pied tandis que Sandulf rassemblait une brassée de fougères qu'il entrelaça en guise de toit improvisé.

— Cela nous protégera du gros de l'averse, expliqua-t-il.

Ceanna examina la structure, visiblement satisfaite de constater qu'ils étaient au sec.

— Je vais prier pour que cela tienne, répondit-elle.

Vanora se roula immédiatement en boule à ses pieds. Et se mit à agiter frénétiquement la queue quand elle comprit que Sandulf allait aussi s'asseoir, près de sa maîtresse. Il prit place en essayant de se faire aussi petit que possible, mais leurs bras se frôlèrent. Ceanna s'écarta aussitôt, comme s'il venait de la brûler.

Elle ôta ses pantoufles. Ses bas étaient en lambeaux, et elle avait plusieurs ampoules. Sa robe se déchira de nouveau un peu plus quand elle se pencha pour examiner son pied.

Sandulf fronça les sourcils, mais lui tendit l'onguent qu'il avait acheté à Constantinople.

— Une petite quantité suffit, précisa-t-il.

— L'odeur est agréable.

— C'est l'encens qui le parfume. Dois-je vous aider ?

— Je peux le faire.

Elle s'en frictionna rapidement les pieds et soupira d'aise quand l'onguent commença à faire effet.

— Merci, cela va tout de suite mieux.

Il était sur le point de lui demander si elle voulait un morceau de fromage sec quand il entendit un gémissement sourd. Il en prit un morceau et le donna à la chienne.

— Je vais prendre le premier tour de garde, annonça-t-il.

Chapitre 3

Ceanna se réveilla en sursaut, la tête emplie d'images confuses de guerriers aux larges épaules qui se disputaient l'honneur de combattre pour elle et de la protéger, tout en étant d'une grande douceur et attentionnés à son égard.

Des rêves insensés, qui n'avaient aucun rapport avec sa vraie vie.

Sa main palpa de la laine fine, chaude et douce. Elle la rétracta sur-le-champ, pétrifiée. Elle avait la tête blottie dans le creux du bras de Sandulf. À un certain moment de la nuit, au lieu de dormir appuyée contre le tronc du chêne comme elle l'avait prévu, elle s'était écroulée contre sa poitrine.

Voilà qu'elle se retrouvait lovée tout contre lui, de la manière la plus intime qui fût. Elle esquissa un mouvement, mais aussitôt le bras de Sandulf la retint fermement plaquée contre lui. Si elle levait à peine la tête, ses lèvres frôleraient celles du guerrier. Cette pensée envoya des ondes de chaleur dans tout son corps. Et sa bouche la picotait comme si le Viking avait réellement posé la sienne sur ses lèvres. Elle se passa la langue dessus.

Les yeux de Sandulf scintillèrent légèrement quand il baissa la tête vers elle, mais Vanora renifla, rompant le charme.

Ceanna s'écarta rapidement, manquant de trébucher

sur la chienne dans sa précipitation. Ah, elle avait belle allure, sa déclaration gonflée de fierté d'avoir la vocation de religieuse ! Elle s'était pratiquement offerte à lui. Alors qu'il ne lui avait fait aucune avance.

Il s'étira les bras au-dessus de la tête. Ceanna vit ses muscles saillir et briller dans les premières lueurs du matin, la rendant plus que jamais consciente de leur extrême proximité.

— Vous êtes réveillée. Excellent !

Ceanna resta muette, gorge serrée, obnubilée par l'idée qu'il savait fort bien où elle avait dormi, et comment, et que cela l'amusait. Il était amusé ! Cette pensée lui fit l'effet d'un baquet d'eau glacée qu'on lui aurait renversé sur la tête. Il n'était pas intéressé par elle, pas de cette façon.

Les hommes ne l'étaient jamais. Ils se préoccupaient uniquement de la dot qu'elle apporterait dans la corbeille du mariage, et pas de ses charmes limités.

— J'ai dormi profondément, marmonna-t-elle.

— Vous avez ronflé, répondit-il, une fossette creusant sa joue, ce qu'elle découvrit quand elle leva les yeux vers lui. Un peu, et tout doucement.

— J'ai oublié de faire mes dévotions, le coupa Ceanna en levant les yeux au ciel, avant de réciter toutes les litanies qu'elle s'était promis de mémoriser. Voilà, c'est fait. Oh ! et il ne faut pas que j'oublie de me passer de l'onguent sur les pieds.

Elle se signa, trop tard, et rendit grâce.

Les religieuses étaient censées parler à Dieu, plutôt que de penser à des listes de choses à accomplir.

— Que faites-vous donc ? demanda Sandulf, paraissant perplexe.

— Je me remémore ce que j'ai fait la veille, afin de rendre aujourd'hui meilleur, expliqua Ceanna.

Puis elle réalisa des mouvements d'assouplissement du cou et des bras afin de tenter de se débarrasser des courbatures qui lui rappelaient douloureusement la position dans laquelle elle avait dormi.

— D'ordinaire je le fais la nuit, tandis que j'établis mon programme du lendemain. J'aime savoir ce qui m'attend.

— Parfois, mieux vaut s'adapter et laisser les choses évoluer d'elles-mêmes, objecta Sandulf.

— Je n'ai plus aussi mal aux pieds qu'hier. C'est incroyable comme une bonne nuit de sommeil peut être réparatrice.

Elle remit rapidement ses pantoufles avant qu'il ait pu les inspecter.

— Laissez-moi voir.

— Tout va bien, je vous le promets.

— Je jugerai de l'état de vos pieds, Lady Ceanna, avant que nous continuions.

Son ton ne laissait place à aucune réplique.

— Vous avez peut-être des projets, mais moi j'ai des responsabilités, ajouta-t-il.

Il se pencha pour prendre doucement la cheville de Ceanna entre ses doigts. Elle sentit les petites pulsations de chaleur qui en irradiaient. Elle en eut le souffle coupé l'espace d'un instant. Et ne broncha pas d'un cheveu.

Il lui ôta sa pantoufle et passa lentement et méthodiquement la main sur la plante de son pied. Puis il le reposa et prit l'autre.

Ceanna se concentra sur un point au-dessus de sa tête et essaya de se rappeler pourquoi elle n'était pas attirée par cet homme. Il la touchait d'une manière tout à fait impersonnelle, même si son cœur lui susurrait « et si ce n'était pas que cela… ? ». Comme sa tante le lui avait fait remarquer lors de sa dernière visite, les hommes étaient souvent motivés par des considérations autres que l'aspect physique, ce qui était une chance pour Ceanna et ses perspectives d'un bon mariage.

— Êtes-vous satisfait ? demanda-t-elle. Mes pieds vous conviennent ? Nous n'avons pas de temps à perdre. Il faut rattraper Urist aujourd'hui. Quand nous serons avec lui, je pourrai voyager dans sa supposée charrette.

Sandulf se leva brusquement et s'écarta d'elle.

— Le brouillard se lève.

— Je vais prendre cela pour un oui, dit-elle, tout en détestant la petite bulle de déception qui éclata dans sa poitrine.

Il n'allait donc pas essayer de lui voler un baiser…

— Je garderai bonne allure, ajouta-t-elle.

— C'est ce que vous avez fait jusqu'à maintenant.

Ceanna aurait voulu voir l'expression du guerrier, mais la lumière grise annonçant l'aube la dissimulait très bien. Elle était contrariée d'avoir envie qu'il pense du bien d'elle.

Elle se passa rapidement la main dans les cheveux pour défaire ce qui restait de ses nattes et se recoiffa beaucoup plus simplement.

— Cela semble un acte héroïque, d'après vous.

— Vous seriez surprise. La plupart des dames que j'ai rencontrées seraient en train de sangloter et de gémir dans pareille situation. Je regrette de vous avoir prise pour l'une de ces créatures écervelées lorsque je vous ai vue à la taverne.

— Je ne ferai aucun commentaire sur les autres mais, quant à moi, je pleure ou gémis rarement. En général, j'essaye de me sortir du mauvais pas où je me trouve, c'est tout.

— Je garderai cela présent à l'esprit, répliqua le Viking en lui lançant un regard inquisiteur.

— Il faut nous mettre en route si nous voulons avoir le moindre espoir de rattraper Urist aujourd'hui. J'espère que nous resterons ensemble aussi peu que possible.

— Êtes-vous certaine que c'est la bonne route ? demanda Sandulf après un autre coude du sentier.

Complètement désert, celui-ci continuait en ligne droite sur une étendue de lande à découvert. Le soleil était bien plus haut dans le ciel qu'à leur départ, et ils avaient déjà parcouru une bonne distance.

Il était heureux de s'être éloigné de l'endroit où ils avaient fait halte. Se réveiller avec le corps chaud de Ceanna dans les bras avait été une plaisante surprise. Et il ne s'était pas attendu à ce que son corps réagisse comme il l'avait fait à cette proximité. Il avait failli lui voler un baiser, et la seule chose qui l'avait arrêté avait été l'aboiement de la chienne.

Il avait commis une erreur en touchant les pieds et les chevilles fines de Ceanna, qui avaient frémi au passage de sa main. Il lui avait fallu toute sa maîtrise de lui-même pour ne pas attirer la jeune femme dans ses bras.

Sandulf leva les yeux vers le ciel où les nuages s'accumulaient.

Lady Ceanna avait été très claire la veille : elle désirait devenir une servante de Dieu. De ce qu'il avait appris sur ces femmes lors de son séjour à Constantinople, Sandulf avait retenu qu'elles se gardaient pures pour servir leur Dieu. Et elle était une lady, pas une femme qui fréquentait les tavernes. Pour le moment il concentrerait tous ses efforts à conduire cette femme vers son guide, puis toute la troupe de voyageurs vers Nrurim.

Ensuite il reviendrait à son devoir. Quand il en aurait terminé, il trouverait des bras doux et des cuisses plus douces encore entre lesquelles il pourrait s'oublier.

— Êtes-vous sûre que nous sommes sur le bon sentier ? insista-t-il. J'aurais cru que…

Lady Ceanna le coupa en pointant le doigt.

— C'est le bon chemin vers Nrurim. Au-delà de cette colline. Puis nous nous dirigerons vers un bois traversé par une rivière, d'après mes souvenirs, avant de remonter vers la première passe.

Elle lui lança l'un des regards par en dessous dont elle était coutumière, qui lui coupait chaque fois le souffle avec la manière dont scintillaient ses yeux.

— Suggérez-vous que nous devrions nous arrêter et nous reposer ? reprit-elle. Encore ? Mes pieds vont très bien.

Sandulf scruta longuement le sentier.

— Je serai heureux de continuer, si vous pensez en être capable.

— Je suis un vrai cheval de somme, même si je suis vêtue telle une jeune fille trop apprêtée de la Cour, répondit Ceanna à l'instant même où elle se prit les pieds dans l'ourlet de sa robe.

Elle laissa échapper un juron étouffé, mais se plaqua la main sur la bouche.

— Une mauvaise habitude, que ma tante est certaine de pouvoir corriger, ajouta-t-elle.

Sandulf pencha la tête de côté et l'observa.

— Est-ce le genre de choses que disent les religieuses ?

— Quand elles déchirent leur robe pour la septième fois à peu d'intervalle, oui.

Elle fronça le nez d'une façon qu'il trouva absolument charmante.

— Vous vous moquez de moi, reprit-elle. Vous pensez que ma vocation est dénuée de sincérité, mais j'ai eu une vision. Et j'ai su alors que je devais suivre ma destinée.

— Les religieuses ont aussi le droit d'être exaspérées. Ou ai-je raté quelque chose ? ironisa Sandulf.

Il resta un instant silencieux, en essayant de discerner ce que la jeune femme omettait de dire. Elle avait mentionné sa vision à plusieurs reprises, mais il n'avait jamais rencontré quiconque qui fût moins susceptible qu'elle de vivre pareille expérience.

— Sont-elles censées être posées et sereines en permanence ? À attendre leur prochaine vision céleste ?

Les yeux de Lady Ceanna devinrent aussitôt d'un bleu intense.

— L'une des premières choses que je vais faire quand nous rejoindrons Urist sera de me changer, pour revêtir ma tenue de voyage. Vous n'avez pas la moindre idée de la difficulté de mouvement avec cette robe de cérémonie.

— La liberté de mouvement revêt une grande importance pour vous. La plupart des femmes…

— Je ne suis pas comme ma belle-mère. J'aime faire les choses moi-même, plutôt que de faire effectuer mon travail par les autres. Les gens prétendent que je me précipite tout le temps, au lieu de me déplacer posément, comme si je glissais sur le sol, telle la lady que je suis censée être. C'est pour cela que je me prends toujours les pieds dans les ourlets de mes robes.

— Parfois les gens devraient se mêler de leurs affaires.

Elle éclata de rire.

— Ma belle-mère a une vision bien précise de la façon dont doit se comporter une lady.

Sandulf lui sourit en retour, soulagé de voir leur relation reprendre un tour plus anodin après la situation embarrassante à leur réveil.

— Alors j'espère que nous retrouverons vite Urist, pour le salut de cette robe. Elle est bien trop jolie pour devenir une loque.

— Elle méritait une meilleure propriétaire.

— Elle va très bien avec votre teint.

Ceanna tripota le cordon de sa cape, l'enroulant et le déroulant autour de son petit doigt.

— Vous devez avoir une mauvaise vue. Si je porte du rouge, cela fait briller mon nez.

— Je vois parfaitement bien, milady. Encore des mensonges de votre belle-mère ?

Un bruit étrange coupa court à l'hilarité de Sandulf. Il écouta attentivement un instant, dans l'attente qu'il se répète, mais il n'y eut qu'un silence assourdissant.

— Y a-t-il un problème ?

Sandulf tenta d'ignorer le picotement sur sa nuque, celui qui se manifestait toujours avant un combat.

— Il me semblait que nous aurions déjà dû avoir rattrapé Urist.

— Vous avez entendu quelque chose.

— Sommes-nous perdus ? insista-t-il.

Une petite ride apparut entre les sourcils de Lady Ceanna, et son menton pointa en une expression butée.

— Je sais très bien comment aller à Nrurim. Ce n'est pas précisément pour cela que j'avais besoin d'un guide. C'était plus pour bénéficier d'une protection. Urist peut être contrariant, mais j'ai peine à croire qu'il m'ait abandonnée purement et simplement. Il y aura une explication logique au fait que cela prend plus longtemps que je n'aurais cru pour le rejoindre.

— Vous recherchiez la sécurité parce que la route peut être dangereuse, dit Sandulf en approuvant d'un signe de tête. Vous étiez prudente. Une femme qui voyage seule, sans parler du reste… Mais vous avez changé de direction plusieurs fois hier, quand vous étiez fatiguée.

La jeune femme jeta de nouveau un coup d'œil derrière eux. Elle sembla se détendre quand elle eut constaté qu'ils étaient seuls sur le sentier, avec pour seule compagnie Vanora qui reniflait un papillon.

— Je ne serais pas assez inconsidérée pour aller quelque part sans connaître au préalable l'itinéraire requis pour ma destination.

Elle s'enfuyait, Sandulf en était désormais convaincu. C'était pour cela qu'elle voyageait vêtue de la sorte. Sandulf se frotta le menton tandis qu'il réfléchissait. Le point positif était qu'elle ne redoutait pas ce qui les attendait. Mais plutôt ce qui était derrière elle. Et cela, il pouvait s'en charger. En revanche, pour ce qui concernait ce qui était devant eux ? Sandulf pensa à l'assassin qui se cachait au monastère de Nrurim. Lady Ceanna n'était pas une cible, en dépit du rêve qu'il avait fait juste avant l'aube.

— Pourquoi allez-vous à Nrurim ? demanda-t-il, tentant une autre approche. Dites-moi la vérité, cette fois.

Elle reprit sa marche résolument, le mouvement de sa robe révélant à chaque pas la délicatesse de ses chevilles.

— Je vais devenir une nonne, une servante de Dieu. Je vous l'ai dit hier soir avant la nuit. Un puissant désir, une vision, si je peux être assez présomptueuse pour la qualifier ainsi, m'a submergée. Il faut que j'aille prendre l'avis de ma tante. Urist l'a compris.

Sandulf fronça les sourcils. Lady Ceanna restait méfiante. Cependant, bien que la connaissant très peu, il doutait qu'elle eût été précipitamment envahie d'une ferveur religieuse.

— Et cela vous est arrivé d'un coup ?

Elle leva les yeux vers lui et le regarda à travers ses longs cils.

— N'est-ce pas là l'idéal, de savoir que l'action que vous allez entreprendre est ce qu'il faut exactement faire ?

Sandulf prit soin de rester impassible.

Lady Ceanna ne ressemblait à aucune des nonnes qu'il avait déjà rencontrées. Certes, il y en avait eu peu, mais celles qu'il avait vues semblaient uniquement motivées par le désir de servir Dieu et elles portaient des vêtements simples, pas des robes d'un pourpre intense conçues pour mettre en valeur les moindres courbes.

Et elles ne s'abandonnaient certainement pas dans les bras des hommes comme elle l'avait fait la veille.

Sandulf fronça les sourcils, continuant à réfléchir. Le fait de remarquer les formes généreuses de Ceanna lui rappela qu'il n'avait pas eu de femme dans son lit depuis longtemps, cela datait d'avant même son départ pour Constantinople. Cependant, alors qu'il était heureux de contempler le joli dessin des lèvres de Ceanna, la dernière chose qu'il ferait serait d'y goûter. Il respecterait son droit à suivre sa vocation.

Les femmes venaient dans les bras de Sandulf de leur plein gré, sans cela il ne se passait rien.

Il refusa de repenser à la nuit précédente et à la façon dont il avait failli embrasser sa compagne de voyage.

— Et, en raison de ce désir subit d'être religieuse, il vous fallait quitter votre maison sur-le-champ ? Quitter votre famille ? Ainsi vêtue ? D'une robe qui convient davantage à un mariage ou à des fiançailles ? insista-t-il, essayant de rassembler les fragments de vérité et bribes d'information pour tenter de comprendre ce qu'elle refusait de lui avouer.

La jeune femme s'arrêta brusquement et fronça les sourcils, ce qui la fit ressembler aussitôt à un chaton qui rencontrait l'eau pour la première fois.

— Que voulez-vous dire ? Remettez-vous ma vocation en cause ? N'ai-je pas le droit de voyager sans que l'on me harcèle de questions ?

Elle reprit sa marche, en se déhanchant pour aller plus vite. Devant ce balancement suggestif, Sandulf s'obligea à regarder ailleurs et à ignorer l'appel de sa virilité.

— Je me demandais si vous étiez en train de fuir quelqu'un plutôt que de vous précipiter vers quelque chose, l'interpella-t-il.

Elle se retourna, une lueur malicieuse dans les yeux.

— Nous étions convenus que nos affaires ne regardaient que nous. Le sujet de ma vocation est privé, comme il me semble que ces choses devraient l'être. Je vous prie de ne plus aborder ce sujet à l'avenir.

— Cela nous changeait des considérations sur le temps ou sur l'endroit où peut bien se trouver Urist. Je n'ai jamais eu l'occasion de m'entretenir longuement avec une servante de Dieu.

Sandulf haussa les épaules et reporta son attention sur le sentier.

La réaction de Lady Ceanna lui confirmait ce qu'il avait déjà deviné. Elle espérait que le moment qu'ils passeraient ensemble serait de courte durée, et lui qu'il serait plus bref encore. Se retrouver aux prises avec une femme entêtée qui refusait de suivre les volontés de sa famille était la dernière chose dont il avait besoin dans sa vie.

Elle toussa avant de prendre la parole.

— Très bien. Oui, mon désir de devenir religieuse ne m'était pas apparu la dernière fois que je me suis rendue auprès de ma tante. La vision m'a amenée soudainement à cette conviction. Mais il faut que ma tante y croie autant que moi.

— Votre tante ? Qu'a-t-elle à voir dans tout cela ? la pressa Sandulf, désireux qu'elle se confie.

Ceanna gardait des secrets, qui pouvaient précipiter leur mort, surtout si la moitié de la contrée était désormais à ses trousses.

Elle pencha la tête, de sorte qu'il ne vit plus que le haut de son crâne.

— Ma tante est la mère supérieure du monastère. Il me faudra sa permission pour rejoindre l'Église et dédier ma vie à Dieu.

— Votre tante est la mère supérieure ? s'exclama Sandulf.

Il repensa aux informations qu'il avait glanées concernant le monastère. Il savait qu'il hébergeait hommes et femmes, et qu'il était dirigé par une femme, non par un homme comme il était d'usage. Il savait aussi que l'abbesse actuelle était une personne de pouvoir, liée à la famille Alpin qui régnait sur le Strathclyde.

Lady Ceanna était donc exactement ce qu'il cherchait : la clé pour pénétrer au monastère sans que l'assassin apprenne son arrivée et s'enfuie. Enfin, la bonne fortune lui souriait !

La jeune femme donna un coup de pied à une pierre qu'elle envoya rouler sur le sentier.

— C'est la sœur de ma mère, mais…

— Je prendrai cela comme un oui, coupa Sandulf en la scrutant, les paupières légèrement baissées. À moins que vous ne la persuadiez que c'est une vraie et sainte vocation, vous pensez qu'elle vous refuserait l'entrée ?

— Êtes-vous toujours aussi indiscret ? s'écria Ceanna

en posant la main sur sa hanche pour se camper fermement devant lui. Ce sont mes affaires personnelles.

— Les servantes de Dieu sont rares là d'où je viens, et je profite simplement de l'occasion d'en savoir plus, répondit-il avec un léger haussement d'épaules faussement insouciant, alors qu'il se crispait, car il désirait plus que tout qu'elle se confie à lui. Vous devriez être à la Cour, là où cette robe pourrait être admirée, plutôt qu'en train de patauger dans la boue avec moi. Cela m'incite à conclure que votre départ de chez vous était précipité, motivé par quelque chose qui s'apparente fort au désespoir.

— Je suis impatiente de rejoindre Urist, qui a mon coffre et mes vêtements ordinaires, rétorqua-t-elle en levant le nez, ce qui la fit ressembler à un petit oiseau noir en train de se pavaner. Quand nous arriverons, nous pourrons déclarer que nous avons à peine conversé pendant notre trajet.

— Et nous ne déclarerons pas que nous avons passé la nuit ensemble. Ni que nous nous sommes réveillés dans les bras l'un de l'autre.

Les joues de Ceanna se colorèrent aussitôt d'un rose ravissant.

— Il ne s'est rien passé d'inconvenant, répliqua-t-elle. Nous avons survécu à cette nuit. La survie, c'est important.

Elle baissa un peu la tête, mais ses yeux se mirent à pétiller, passant d'un gris terne à un argenté scintillant.

— Vous me taquinez. Vous aimez me taquiner, ajouta-t-elle.

Sandulf lui fit immédiatement une profonde révérence.

— Coupable, milady. Je ferai tout mon possible pour m'assurer que votre réputation reste sans tache.

Elle se frotta la nuque.

— Je l'ai tourné et retourné dans ma tête. Urist s'est comporté étrangement, mais je ne crois pas qu'il avait l'intention de m'escroquer. Il est loyal envers mon père. Il me l'a même redit avec force. Il s'en faisait un point d'honneur. Quelque chose l'a poussé à partir plus tôt, et maintenant je me demande si ce n'était pas parce qu'il se méfiait de vous.

— De moi ? s'exclama Sandulf avant de secouer la tête. Il n'aurait jamais dû prendre mon or, s'il était méfiant. Cela nous aurait épargné des ennuis à tous les deux.

— Je suis certaine qu'il m'attend là où la rivière forme un coude, c'est un bon endroit pour bivouaquer, répondit-elle en fronçant le nez. C'est simplement plus loin que dans mes souvenirs, ou, comme vous l'avez dit, j'ai peut-être pris une mauvaise direction précédemment. Quand nous avons parlé, il me l'a mentionné à plusieurs reprises. Et je reconnais un ou deux repères sur le sentier.

— D'accord, changeons donc de sujet.

Elle leva les yeux au ciel et contourna une flaque boueuse. Sandulf sourit au soubresaut indigné de son postérieur. La douleur, qui le rongeait en permanence au plus profond de lui depuis le massacre de sa famille à Maerr, s'était un peu atténuée depuis le début de cette journée.

Vanora s'arrêta brusquement, se mit à gémir et alla se plaquer contre les jambes de Ceanna. Celle-ci se baissa aussitôt pour tenter de la rassurer.

Le hululement d'une chouette traversa la lande, étrangement, alors que le jour était levé depuis longtemps. C'était des plus inhabituel de la part de cet oiseau nocturne. Sandulf se figea et saisit Ceanna par le bras, afin de la placer vivement derrière lui.

— Que faites-vous ?

Il sortit son épée du fourreau.

— Restez ici avec votre chienne. Je veux vérifier un bruit que j'ai entendu. Vous serez en sécurité ici avec elle.

Sandulf tenta d'enfouir très loin en lui son inquiétante impression soudaine de suffocation. Celle-ci surgissait de plus en plus à des moments improbables depuis le mariage avorté de son frère, mais il l'éprouvait depuis son enfance.

Sa mère prétendait que cela signifiait rarement qu'il allait arriver quelque chose de néfaste, mais cette fois il ignora ces sages paroles.

— Je suis certaine que le lieu de rendez-vous est proche, dit Ceanna. J'ai repéré l'arbre fourchu qu'Urist m'a décrit dans son message.

Elle pointa le doigt devant elle, en direction de l'endroit d'où s'était élevé le hululement de la chouette.

— Quand bien même, vous restez ici jusqu'à ce que je revienne, répliqua Sandulf tout en s'agenouillant devant Vanora. Veille sur ta maîtresse, lui ordonna-t-il.

— Que se passe-t-il ? Pourquoi êtes-vous tous deux si nerveux ? s'exclama Ceanna. Je veux savoir.

— Vraiment, milady ? Voulez-vous réellement le savoir ? J'essaye de vous protéger, comme j'en ai fait le serment.

— Je ne suis pas un enfant à qui l'on peut raconter des fariboles. Que se passe-t-il un peu plus loin, et pourquoi devrais-je m'inquiéter ?

— Je n'en suis pas sûr encore. Mieux vaut rester en sécurité ici.

Sandulf leva son épée. Il se calma en sentant la poignée solide dans sa main. Il pouvait se charger de tout ce qui adviendrait sur le chemin. Il tiendrait la promesse qu'il lui avait faite.

— Vous attendez-vous à des ennuis ? demanda Ceanna, les yeux agrandis.

— J'y suis préparé. Il y a une différence.

— Je peux très bien me débrouiller seule, rétorqua-t-elle en pinçant les lèvres.

— Mais pouvez-vous vous tenir tranquille ? Pour vous protéger j'ai besoin que vous restiez silencieuse. Et que, si je vous dis de courir, vous le fassiez aussitôt.

Les yeux de Ceanna flamboyèrent d'une rage contenue.

— Allez-y. Je peux attendre, répondit-elle.

Sandulf s'avança avec précaution après un tournant

du sentier et jura tout haut quand il découvrit la scène de massacre : c'était bien pire que ce qu'il avait craint. La dernière fois qu'il avait été témoin d'une chose pareille, c'était à Maerr.

Il resta un long moment à contempler l'effroyable tableau. Rien ne bougeait. L'un des corps semblait être celui de leur ancien guide, mais Sandulf resta perplexe devant la dépouille inerte, à l'opposé de l'individu animé et volubile avec qui il avait fait affaire. Il vérifia avec soin l'état des cendres du feu, encore chaudes mais pas brûlantes. Il y avait quelque chose d'étrange à cela, qui ne cadrait pas avec le reste.

Il ne vit néanmoins aucune raison d'empêcher Lady Ceanna de s'approcher. Quiconque avait perpétré ces actes était parti depuis longtemps. Ce n'en serait pas moins un grand choc pour elle de découvrir ce drame. Sandulf savait comment les femmes pouvaient réagir.

Mais il n'avait pas le choix. Il fit demi-tour et repartit en courant à l'endroit où Lady Ceanna l'attendait avec sa chienne. Elle était assise sur un rocher, mais se leva dès qu'elle l'aperçut et fronça aussitôt les sourcils.

— Qu'y a-t-il ? Avez-vous une imagination trop fertile ?

Sandulf tendit son épée vers la scène de carnage qu'il avait laissée derrière lui.

— Quelqu'un d'autre savait que notre guide se rendrait ici et a agi en conséquence.

— C'est-à-dire ?

— Ils ont été attaqués. Il y a des cadavres partout. Aucun survivant. Il nous faudra trouver un autre moyen.

Il s'attendait à ce que la jeune femme acquiesce sans rechigner ou s'effondre en sanglots horrifiés, mais au lieu de cela elle se redressa, bien droite. Elle avait une posture d'une élégance innée, qu'il avait déjà remarquée.

— Non, il faut que je voie cela de mes propres yeux.

J'imagine que les assaillants sont partis, puisque vous êtes revenu sain et sauf.

— Pourquoi voulez-vous faire cela ? lui demanda Sandulf en la scrutant attentivement.

— Parce qu'il faut honorer les morts. Quels qu'ils soient.

Chapitre 4

Ceanna se plaqua la main sur la bouche, dans l'espoir de refréner le hurlement qui montait en elle, prêt à jaillir. Elle refusait de s'exhiber ainsi.

Elle garda la tête haute et alla examiner chaque cadavre, de plus en plus terrassée par la souffrance.

Crier ne ferait qu'empirer les choses. Quoiqu'elle se demandât ce qui pourrait être pire que ce charnier. La désolation devant ses yeux la faisait frissonner des pieds à la tête. Dire qu'elle aurait dû être là ! Être l'une des victimes ! L'insistance de Sandulf pour qu'ils s'arrêtent pour la nuit lui avait sauvé la vie. Tout comme sa capture du jeune messager devant la taverne lui avait permis de fuir.

Elle lui devait la vie, et c'était une dette éternelle.

Les morts vous entendent-ils crier ?

À ses côtés, Vanora gémit doucement et se colla contre elle. Ceanna plongea la main dans la fourrure du dos de la chienne, la tint fermement et fit un signe de tête à Sandulf, qui leva son épée pour effectuer un salut. Cet acte simple rétablit un certain calme en Ceanna, et son besoin de hurler s'évapora aussitôt telle la brume d'été au soleil.

— Morts… Ils sont tous morts, murmura-t-elle avant de s'éclaircir la gorge. C'est bien le groupe de voyageurs d'Urist. Il est étendu là-bas, je l'ai reconnu. Le groupe était censé être important. Il s'inquiétait à propos des maraudeurs.

Sa voix lui parut étonnamment calme et ferme, en dépit du tourment intérieur qui lui nouait le ventre.

— Vous avez confirmé ce que je pensais. Merci, dit Sandulf.

Il inclina la tête, avant de poser doucement la main sur le coude de Ceanna. Elle dut faire appel à toute sa force pour ne pas s'appuyer sur lui. Il la serra légèrement, puis s'écarta.

— Vous réagissez bien.

— Bien, pour une femme, est-ce ce que vous voulez dire ? Pensiez-vous que j'allais m'évanouir, ou pire ?

— Bien, pour quelqu'un qui n'a jamais vu ces choses auparavant. J'ai été violemment malade après ma première bataille. Mes frères ne me l'ont jamais laissé oublier. À sans cesse me taquiner et se moquer de moi. Ce n'est pas facile.

— Vos frères ne sont pas charitables.

— Ils donneraient leur vie pour moi. Et moi la mienne pour eux. Cela fait partie de l'entraînement. Ils veulent s'assurer que je sais d'où je viens et que je reste humble, en tant que dernier-né de la fratrie.

— Ils devraient mieux se comporter.

— Quand je les reverrai, je leur dirai que Lady Ceanna, la nouvelle nonne de St. Fillans à Nrurim, a décrété qu'ils devaient me traiter avec respect, lança Sandulf avec un rire sans joie.

— Pourquoi pas ? Cela pourrait marcher.

Ceanna examina de nouveau le carnage devant elle, en essayant de prendre de la distance.

Le corps d'Urist gisait à côté de celui d'une femme que Ceanna ne reconnut pas, mais qui semblait porter sa plus belle cape, celle qu'elle avait pliée avec soin dans son coffre.

Elle fut brièvement traversée par une bouffée de colère. Elle serra les poings et tenta de se calmer.

C'était bien la preuve s'il en était besoin qu'Urist avait eu l'intention de la voler. Il avait déjà vendu ses vêtements.

— C'était ma cape, celle que porte cette femme. Cela aurait pu être moi.

Quand elle s'en rendit compte, une vague de choc pulsa dans ses veines.

— Peut-être l'ont-ils prise pour moi, s'ils ont attaqué de nuit, ajouta-t-elle.

— Serait-il possible qu'on l'ait confondue avec vous ? demanda Sandulf en penchant la tête de côté.

Ceanna se mit à trembler. Si tout s'était passé comme elle l'avait prévu, elle aurait été ce cadavre qui était allongé devant elle, au lieu de la personne bien vivante qui contemplait ce triste spectacle.

— Je ne sais pas. C'est possible. Peut-être a-t-elle eu trop peur pour courir. Elle n'avait pas la moindre chance.

Elle sentit une énorme boule se former dans sa gorge. Cette femme lui avait peut-être volé ses vêtements, mais c'était une personne, avec une famille. Sa mort était injuste.

Ceanna voulait être dans la vie autre chose qu'un outil utilisé par tous ceux qui recherchaient le pouvoir ou la richesse.

Elle voulait compter, pour ce qu'elle représentait elle-même.

Elle se reprit et repoussa ces pensées au tréfonds de son esprit. Pleurer ne changerait rien, et il était hors de question qu'elle montre à ce Viking que la trahison d'Urist l'affectait grandement.

Les chevaux qui tiraient la charrette avaient été brutalement massacrés, et une odeur de sang douceâtre flottait dans l'air. Des objets personnels jonchaient le sol. Ceanna repéra deux autres de ses capes, et l'une de ses robes était accrochée à une branche.

Sandulf lui fit signe de ne pas bouger. Ceanna hocha la tête et resserra sa poigne dans la fourrure du dos de Vanora. Rester debout sans défaillir était à peu près la seule chose dont elle était capable.

Le Viking arpentait la lande en silence, en se déplaçant avec une vivacité furtive qui évoqua à Ceanna un chat sauvage élancé prêt à bondir sur sa proie.

— Ils pourraient revenir. Il faut que nous mettions de la distance entre cet endroit et nous, dit-il en revenant à ses côtés pour parler tout bas.

Il la dévisageait d'un air inquiet, comme s'il s'attendait encore à ce qu'elle perde ses moyens.

— Nous ignorons combien il y avait de voyageurs exactement, mais espérons que la plupart aient réussi à s'échapper, ajouta-t-il.

Ceanna croisa les bras et retint le cri qui montait dans sa gorge.

— Et c'est censé être rassurant ? s'exclama-t-elle.

— L'honnêteté fait gagner du temps, répliqua-t-il.

— Alors merci pour cette honnêteté brutale.

Ceanna retourna étudier l'endroit où gisait la femme qui portait sa cape, le visage tourné vers le sol. Détrempée, la cape était désormais très lourde.

Ceanna répugnait à penser que quelqu'un avait pris cette femme pour elle.

— Croyez-vous que c'étaient des bandits de grand chemin, qui s'attaquent aux voyageurs ? Urist avait soi-disant une réputation de guide expérimenté. Il était censé voyager avec une escorte armée. Des hommes rompus au maniement des armes, avait-il promis.

— Il avait aussi promis d'attendre, lui rappela Sandulf.

— C'est exact.

— Je pense que ce n'était pas une attaque survenue au hasard. Ils cherchaient quelque chose, ou quelqu'un.

— Comment pouvez-vous l'affirmer ? Tout cela m'a plutôt l'air bien confus.

— Grâce à l'expérience, répondit Sandulf d'un ton sinistre.

— Vous avez déjà vu ce genre de choses ? demanda Ceanna, la gorge serrée.

— Une ou deux fois. Et cela ne devient jamais plus facile. C'est pire qu'un champ de bataille. J'ai emprunté les routes commerciales créées pour les échanges avec la Russie après mon départ de Maerr. Il y avait des problèmes de brigandage, répondit-il en crispant un coin de la bouche. La plupart des gens qui vont là-bas dans l'espoir de faire fortune finissent les os blanchis au soleil au bord d'une rivière inconnue. Cela m'a déterminé à apprendre à rester en vie quand je rencontre ce genre de scène et à écouter mon instinct quand quelque chose semble ne pas tourner rond.

— Je me sens mal, avoua Ceanna en croisant les bras très serrés. Je n'arrête pas de penser que cela aurait pu être moi. Peut-être cela devait-il être moi.

— C'est une émotion bien naturelle, convint le Viking.

Ceanna pressa la main sur son estomac et fut heureuse de ne rien avoir mangé.

— Mais je ne serai pas malade, ajouta-t-elle.

— Non, ce n'est pas votre genre, déclara-t-il en lui posant la main sur l'épaule, ce qui lui calma aussitôt les nerfs.

Il croyait en elle, se dit-elle.

— Rassemblez ce qu'il vous faut, puis nous partirons.

— La… Lady Ceanna, est-ce vous ? Enfin !

Ceanna se figea aussitôt.

— Urist ? chuchota-t-elle en se demandant si elle n'entendait pas des voix. Êtes-vous vivant ?

Urist gémit depuis l'endroit où il se trouvait. Il tenta de se redresser sur un coude.

— Milady, vous êtes arrivée !

— Pourquoi n'avez-vous pas appelé à l'aide plus tôt ? Nous sommes ici depuis un moment.

Le guide porta la main à sa tête.

— Je… Je crois que j'ai de nouveau perdu connaissance. Je ne sais pas du tout depuis combien de temps je suis allongé là.

Ceanna se précipita vers lui. Elle avait envie de le serrer dans ses bras et de le secouer vertement à la fois.

— Je croyais…, commença-t-elle.

Il fit des efforts pour s'asseoir, mais il était pâle comme un linge, et son œil droit était injecté de sang.

— Vous ne restez pas vivant bien longtemps si vous ne savez pas faire le mort au bon moment, et j'ai été proprement rossé cette fois-ci, expliqua-t-il. J'ai l'impression d'avoir le crâne fracassé tant j'ai mal à la tête.

Ceanna lui fit signe de rester assis et de ne pas tenter de se relever.

— Que s'est-il passé ? Était-ce une attaque de maraudeurs sur lesquels vous êtes tombés par hasard ?

— Ils nous attendaient, milady, pendant que nous, nous vous attendions. Ils ont frappé dans la nuit, juste avant l'aube, si je me souviens bien. Mon garçon montait la garde, mais il a déguerpi. Ce petit-là compte pour moi plus que tout.

— Ils vous attendaient ? N'aviez-vous donc pas pris vos précautions, dans l'éventualité d'une attaque de bandits ?

— Si, objecta Urist en s'effondrant de nouveau. Ou du moins je le croyais, milady. Le Viking et ses amis… Vous êtes en danger avec lui. Je le sens ici, assura Urist en se frappant la poitrine.

Sandulf s'était approché.

— Écoutez-moi, Lady Ceanna, intervint-il pour interrompre les explications fantaisistes du guide. Cette attaque a peut-être été préméditée, mais il n'y avait guère d'intention de voler chez les agresseurs.

— Comment pouvez-vous le savoir ? demanda Ceanna, préférant oublier l'usage sarcastique du « Lady » devant son nom.

— Ils ont laissé les coffres. Ainsi que les vêtements et les bijoux. Ces choses ont de la valeur, tant pour les voleurs que pour les Vikings.

— Vous pensez donc qu'ils cherchaient autre chose ? continua Ceanna, soudain glacée.

Sandulf cessa d'arpenter la lande jonchée de cadavres.

— Je pense que vous avez eu de la chance de vous être trouvée ailleurs à ce moment-là.

Elle alla vers la dépouille qui portait sa cape et la retourna. Des yeux vides la fixèrent. Ceanna fut surprise de constater la rigidité du cadavre, comme si la femme était morte depuis plusieurs jours. Et elle avait été terriblement violentée, avec plusieurs coups de couteau dans le ventre.

Ceanna se sentit défaillir. Elle plaqua les mains sur ses genoux et tenta de se reprendre.

— Qui est-ce ? demanda-t-elle à Urist.

— Elle est morte avant-hier, répondit-il en picte.

Lorsqu'il lui révéla son nom, Ceanna constata que c'était une femme du village qu'elle connaissait vaguement de vue.

— Je me doutais qu'il y aurait des embûches, milady, alors j'ai apporté ce cadavre dans la charrette. C'est l'une des raisons de mon départ précipité.

— Pardon ? Qu'avez-vous fait ?

— Elle est morte en accouchant, milady, la veille de notre départ. L'amie que j'ai au village a eu cette idée après avoir appris que le Viking rôdait dans les parages. Si nous rencontrions des ennuis, nous aurions un leurre. C'est une fille futée, pas comme ma femme, qui crie tout le temps.

— Et où se trouve cette amie ?

— Je ne pourrais le dire, milady. Elle a refusé de venir faire ce voyage.

Ceanna se sentait de plus en plus mal à l'aise. Urist avait raconté à une personne au moins ses projets de fuite, bien qu'il eût promis de rester bouche cousue.

— Restez-en aux faits, continuez.

— Oui. Une partie de votre or a servi à acheter le corps. Il faut plus que de la bonne volonté pour remplir le ventre des enfants, et je suis prêt à tout pour les miens, poursuivit le guide en pinçant les lèvres. J'ai donné ma parole qu'elle aurait un enterrement chrétien. Mon fils est parti chercher une autre charrette. Il va bientôt revenir, et nous pourrons rentrer à Dun Ollaigh et y retrouver sa sécurité. Il y a de mauvaises gens sur la route, qui attendent votre passage.

Ceanna serra les poings, mal à l'aise. Le corps de cette pauvre femme avait-il été mutilé de la sorte à cause du subterfuge ? Elle frissonna à l'idée de subir pareil sort. Quelqu'un avait été chargé de la traquer, cela ne faisait plus aucun doute. Ces gens chercheraient-ils encore ? Jusqu'au couvent ? Elle ne voulut pas envisager cette idée. Sa belle-mère concentrerait les recherches dans les environs de Dun Ollaigh.

— Nous réglerons cela, je peux vous le promettre. Mais pourquoi avez-vous agi ainsi ? Pourquoi ne pas m'avoir mise en garde contre cette menace avant votre départ ?

— Le temps a manqué, répondit Urist en jetant un regard oblique vers l'endroit où se trouvait Sandulf Sigurdsson, qui arborait un air courroucé.

Ceanna remarqua que le guide avait évité de répondre à sa question, et son sentiment de malaise s'accentua.

— J'étais inquiet à propos de ce Viking, reprit-il. Il posait des questions. J'ai averti ma femme qu'il pourrait y avoir une embuscade, et elle m'a conseillé de partir tout de suite. On ne sait jamais, m'a-t-elle dit. Il aurait pu…

Cela faisait donc au moins deux autres personnes au courant de ses projets. Ceanna sentit un goût amer monter dans sa gorge. Urist atermoyait. Pourquoi ?

— Sandulf Sigurdsson est avec moi quasiment depuis mon départ. Il ne vous a pas attaqué et n'a pas non plus de compagnons de voyage. Votre amie s'est trompée sur l'identité des assaillants.

Urist en resta bouche bée.

— Et, quand bien même, vous feriez mieux de vous défaire de cet homme, répliqua-t-il. Nos agresseurs se sont vite éclipsés quand ils ont estimé que tout le monde était mort. Et la dernière chose qu'ils ont faite avant de partir a été d'examiner de près le cadavre de cette femme. Ce n'est pas très malin, mais on reconnaît bien là la façon de faire des Vikings.

Ceanna leva les yeux au ciel. Comme de nombreux Pictes, Urist proclamait haut et fort sa défiance envers les Vikings. Mais en ce cas précis il avait tort. Sandulf était innocent.

Le fait que le guide ne sache pas tenir sa langue avait probablement un rapport avec cette attaque.

Elle lança un regard à Sandulf. Il arborait de nouveau une expression dure et impénétrable, la même qu'à la taverne.

Vanora avait commencé à tourner en rond, comme elle le faisait toujours lorsqu'elle était énervée.

Urist, ami ou ennemi ? Le danger était partout autour de Ceanna.

Elle se força à ignorer la panique qui menaçait de la submerger et à garder un ton calme.

— Votre prudence m'a peut-être sauvé la vie, et je vous en remercie.

Urist s'effondra de nouveau. Il prit un air obséquieux et servile qui suscita aussitôt la méfiance de Ceanna.

— Vous êtes trop bonne, milady. Je savais que vous entendriez raison. Mon garçon…

— Sandulf, coupa Ceanna en se tournant vers le Viking, il faut que nous parlions.

— Que se passe-t-il ? demanda-t-il en les rejoignant prestement, l'épée toujours à la main.

Vanora vint immédiatement aux côtés du Viking et se mit à gémir.

Ceanna soupira de soulagement. Son apparence était l'essence même du guerrier dans toute sa force. Les lâches qui avaient attaqué Urist y réfléchiraient à deux fois avant de s'en prendre à un homme tel que Sandulf.

Mais la meilleure option était encore de ne pas avoir à combattre du tout.

Ceanna se força à respirer calmement. Urist devait croire qu'elle lui faisait confiance.

— Reposez-vous, Urist, nous reparlerons bientôt.

Elle conduisit Sandulf à l'écart du guide.

— Notre guide a joué un tour aux assaillants, et cela semble avoir fonctionné. Mais quelque chose sonne faux dans son histoire. Ma belle-mère aime à créer des saynètes élaborées pour divertir pendant les fêtes et banquets. Et ici, cela y ressemble.

Sandulf prit un air plus sombre encore, en indiquant le corps de la femme devant eux.

— Je ne comprends pas ce qu'il raconte. Pourquoi cette femme morte depuis longtemps est-elle ici ?

— Urist ne vous faisait pas confiance, alors il a pris des précautions, dit Ceanna avec un signe de tête dans la direction du guide, qui était en train de palper sa jambe blessée.

— Je vois. Il ne me fait pas confiance, mais il a été très content de m'escroquer.

Sandulf fouilla dans l'un des sacs éparpillés sur le sol et en sortit un bracelet manchette qu'il enfila.

— Que faites-vous ?

— Je récupère ce qui m'appartient. Le guide que j'ai engagé n'honorera pas sa part du contrat. Personne ne berne un fils de Sigurd ! asséna-t-il à Urist, les yeux flamboyant de rage. Estime-toi encore heureux que je te laisse la vie, Picte.

Urist se mit aussitôt à se lamenter sur cette injustice. Ceanna se pinça l'arête du nez. Elle avait cru que s'échapper de Dun Ollaigh serait la partie la plus difficile du voyage. Elle avait été naïve. Elle aurait dû prendre en compte l'éventualité que sa belle-mère joue avec elle au chat et à la souris avant l'exécution finale.

— Ces précautions nous ont peut-être sauvés tous deux,

dit-elle quand elle put enfin reprendre un ton ferme. Il a parlé en picte parce qu'il se méfie des Vikings, et de vous en particulier. Il jure que ce sont des gens de votre peuple qui ont commis ces crimes.

Sandulf repoussa cette affirmation d'un geste de la main.

— Les Vikings n'ont rien à voir là-dedans, lança-t-il haut et fort.

— Et pourquoi ? Les Vikings sont tous des vauriens, milady ! s'écria Urist.

— Aucun Viking n'aurait laissé l'or, répliqua Sandulf, tout en décrochant une robe d'une branche d'arbre. Ni de la soie de pareille qualité, qui peut valoir plus que son pesant d'or si l'on sait où la revendre. Et ils auraient enlevé une femme, pour la vendre, plutôt que de la tuer de sang-froid dans son sommeil. Non, ce n'étaient pas des gens de mon peuple, mais un autre genre de meurtriers. Sans doute originaires d'ici. Ils espèrent que cette attaque sera mise sur le compte des Vikings, ajouta-t-il avec un sourire désabusé. Ce sera plus facile pour eux d'échapper à la justice.

— Peut-être, concéda Urist avec un rictus.

Ceanna avait la bouche sèche. Sandulf avait exprimé ses craintes tout haut : ceux qui avaient fait cela voulaient la voir morte. Ils savaient où se rendait Urist, où il bivouaquerait pour la nuit.

Ils savaient peut-être même qu'ils n'avaient pas assassiné la bonne victime.

Le hululement d'une chouette s'éleva de nouveau. Urist répondit sur le même mode. Sandulf brandit instantanément son épée.

— Pourquoi avez-vous fait cela ?

— C'est le signal de mon garçon qui revient, répondit Urist, comme cela était prévu. Il était parti chercher le guérisseur, milady. C'est vrai.

— Je croyais que vous aviez dit qu'il revenait avec une charrette, c'est tout.

— Une charrette, et un guérisseur.

— Recommencez votre signal, ordonna Sandulf.

— Pardon ? demanda Urist en clignant des yeux.

— C'était un signal différent de celui que j'ai entendu un peu plus tôt. Vous avez hululé deux fois au lieu d'une, avec une courte interruption entre les deux.

— Bien sûr. Milady est là maintenant, il fallait que j'en avertisse mon fils.

— Il faut qu'il soit averti que Lady Ceanna est ici, répéta Sandulf d'une voix blanche. Espèce de traître stupide ! Vous vous êtes servi de cette scène comme appât pour nous retenir ici, pendant que votre fils est parti chercher des renforts !

Ceanna frissonna des pieds à la tête. Cette attaque avait été mise en scène, mais pourquoi ? Pour elle ? Urist aurait pu feindre, en ayant attendu pour l'attirer ici. Il aurait pu empocher l'argent de sa belle-mère.

Elle ne pouvait faire confiance à personne.

— Vous venez d'avertir votre fils que je suis ici ? chuchota-t-elle. Comment avez-vous pu faire cela, Urist ? Je vous croyais loyal envers mon père.

— Je veille sur vous, milady. Il faut bien que quelqu'un s'en charge. Votre père n'est pas lui-même, et vous ne devriez pas fuir votre famille. Mon amie…

— Ce que raconte cet homme ne correspond pas forcément à la réalité, dit Sandulf à mi-voix. Nous devrions partir, avant que son fils et les inconnus qu'il est allé chercher reviennent.

Ceanna resta muette un moment avant de retrouver ses mots.

— Mes bonnes chaussures sont dans mon coffre, répliqua-t-elle à voix basse. Je vais le surveiller, pour qu'il ne puisse alerter de quelconques arrivants avant que nous soyons prêts à fuir.

Sandulf hocha brièvement la tête et se dirigea vers le coffre.

— Avez-vous dit quelque chose, milady ? lâcha Urist. Je me sens de nouveau faible. Il vaudrait mieux que vous restiez à côté de moi. Tout près de moi.

— Vous avez eu un choc à la tête, Urist, lui répondit Ceanna en gardant un ton léger. Vous ne pourrez pas me conduire à Nrurim. Vous le savez. Vous devrez passer un moment à vous faire soigner par un guérisseur.

— Vous pouvez venir chez le guérisseur avec moi. Attendez que ma tête aille mieux. Nous aurons le temps, décréta-t-il en tordant un coin de sa bouche. Oui, tout le temps qu'il faut. Vous pourriez envoyer un message à votre tante pour lui dire que vous avez retardé votre voyage.

Et attendre d'être capturée. Attendre de mourir, ou parier sur le fait que Sandulf pourrait être capable de la protéger.

Ceanna regarda au loin vers le col de Brander, dont les rochers scintillaient au soleil, et se récita mentalement les repères qu'ils devaient trouver et suivre. Elle se détendit quelque peu. Elle se souvenait bien de ces neuf points remarquables du paysage décrits par sa nourrice il y avait des années.

— Je n'ai pas de temps à perdre, Urist, répliqua-t-elle. Un jour, je reviendrai à Dun Ollaigh et réclamerai l'héritage auquel j'ai droit. Et je récompenserai tous ceux qui ont été loyaux envers mon père. Je garantirai que ma tante protège tous ceux qui ont été loyaux envers moi, et Dieu punira ceux qui ont fait de fausses promesses et trahi leurs serments.

Urist lui saisit la cheville, mais elle se dégagea vivement.

— N'essayez pas de me retenir, Urist ab Urist ! l'avertit-elle.

— Milady, savez-vous ce que vous faites ? Avez-vous même la moindre idée de la façon dont vous trouverez le chemin de Nrurim ?

Des larmes commencèrent à couler le long des joues du guide.

— Je ne voulais pas faire de mal. Je voulais sauver votre vie. J'assurerai votre sécurité. Si vous partez avec lui, vous allez mourir. Je le sais.

Assurer sa sécurité, et comme par hasard la ramener à sa belle-mère et ses machinations, se dit aussitôt Ceanna.

— Avez-vous réellement été attaqués ?

Urist cessa de ramper derrière elle.

— Milady, comment osez-vous me poser cette question ?

— Alors racontez-moi.

— Nous avons été attaqués… Enfin, vous voyez bien cette scène, et les coups que j'ai pris !

Ce n'était pas là le déni formel qu'elle attendait. Urist avait eu autre chose en tête, et tout ne s'était pas passé selon ses plans.

— Avez-vous jamais eu l'intention de me conduire à Nrurim ?

— Milady ! cria Urist en tendant les mains pour essayer de se cramponner à elle. Vous devez me croire. Restez ici. Attendez. Mon fils… Votre père ! Il va s'inquiéter !

Ceanna regarda en direction de Sandulf, qui portait ses vêtements, récupérés dans le coffre, Vanora trottant à ses côtés. Son épée brillait sur sa hanche, et il se mouvait avec assurance, sans hésitation. Il tourna la tête vers le sentier et, levant la main, lui fit signe de le rejoindre. Ceanna remonta ses jupes et se prépara à courir. Elle pouvait le faire.

— Je sais à qui je dois accorder ma confiance, et ce n'est pas à vous, Urist. Maintenant écoutez-moi attentivement. Nous ne sommes jamais venus ici. Je ne suis qu'une illusion causée par le coup que vous avez reçu sur la tête.

Elle se hâta de rejoindre le guerrier.

— Partons, Sandulf Sigurdsson, dit-elle sans un regard en arrière. Tout de suite.

Chapitre 5

— Rester à portée de voix est une mauvaise idée, déclara Sandulf d'un ton qu'il s'efforça de garder calme quand Ceanna s'arrêta abruptement à une centaine de mètres de la clairière où avait eu lieu le massacre.

Vanora s'assit et refusa d'aller plus loin.

— Continuons d'avancer, ajouta-t-il. Nous pourrons revenir quand le danger sera passé, au cas où il vous faudrait d'autres choses de votre coffre, mais je le déconseille.

Les nerfs de Sandulf le titillaient. C'était l'anticipation. Il savait qu'un combat était imminent. Combien de temps aurait-il avant qu'ils soient terrassés par leurs ennemis ? Combien étaient-ils ? Ils arrivaient, cela ne faisait aucun doute. Tuer Urist de sang-froid était inutile. Lady Ceanna avait raison. À cause de sa blessure à la tête, les assaillants penseraient que le guide délirait, et ils douteraient de ses dires.

— Nous sommes d'accord sur ce point, acquiesça Ceanna, lèvres pincées, peinant à retrouver son souffle. Laissez-moi reprendre ma respiration. S'il vous plaît.

— Pouvez-vous courir plus vite ? Ou dois-je vous porter ?

Elle leva la tête et lui lança un regard noir.

— Je peux courir aussi longtemps que vous le voudrez. Ce que j'ai besoin de savoir, c'est si vous me protégerez.

Puis-je vous engager pour le faire jusqu'à Nrurim, jusqu'à ce que je voie ma tante ? Je… Je crains d'en avoir besoin.

Sa voix avait chevroté à ces dernières paroles, confirmant à Sandulf qu'elle était à deux doigts de paniquer. Au lieu de répondre à sa question il lui tendit les bottes qu'il avait découvertes dans le coffre.

— Mettez cela à vos pieds, Skadi, dit-il en baissant la voix. À moins que vous ne soyez déterminée à vous retrouver dans mes bras.

Lady Ceanna esquissa un sourire, les joues enflammées.

— Qui est cette Skadi ?

— Skadi était une femme qui avait revêtu l'armure de son père afin de réclamer justice aux dieux. Sa beauté et sa détermination les ont impressionnés, et elle est devenue une divinité à son tour.

— Je veux bien accepter ce surnom, mais votre vision est déficiente, si vous pensez que je suis belle.

Sandulf eut un petit soupir de dérision. Elle ne perdait donc pas encore tous ses moyens, si elle pouvait continuer de plaisanter.

Et les femmes aimaient toujours les compliments, sa mère ne cessait d'en rechercher. Elle se scrutait sans cesse dans le miroir en bronze que son père lui avait offert, à la recherche du moindre défaut.

Il ne voulait même pas penser à l'état dans lequel auraient été sa mère ou Ingrid dans pareille situation. Il se redressa. Ingrid ! Il pouvait presque l'entendre murmurer ses dernières paroles, qu'il n'avait pas partagées avec Brandt. La gorge de Sandulf se serra tandis qu'il était de nouveau submergé par la culpabilité. Après avoir obtenu justice pour Ingrid, il irait voir son frère.

— Ça y est, je les ai mises, déclara Ceanna, le ramenant au présent. Je suis prête à repartir. Accepterez-vous ce marché ? Ferez-vous un nouveau serment ?

— Donnez-moi vos anciennes chaussures.

— Pourquoi ? s'étonna-t-elle en les lui tendant.

Il les lança au loin dans les buissons, et ce geste énergique le fit se sentir mieux.

— Parce que vous n'avez pas besoin de les garder et que cela pourrait dérouter nos poursuivants.

— Vous acceptez mon offre ? insista Ceanna en commençant à fouiller dans la bourse qu'elle portait en bandoulière.

— Paiement sur résultats, répondit Sandulf en la prenant par la main avant de se remettre à courir, afin de s'éloigner le plus possible de quiconque serait sur leurs traces, et aussi des souvenirs de ses échecs.

— Où allez-vous ? Le chemin de Nrurim est par là, affirma Ceanna entre deux inspirations quand Sandulf commença à descendre un sentier à peine tracé.

Il jeta un coup d'œil derrière lui, sur le trajet qu'ils venaient d'effectuer. Ils étaient sans doute en sécurité maintenant, ou peut-être le seraient-ils plutôt un peu plus loin.

— Connaissez-vous le chemin, ou devons-nous rester sur la route principale pour Nrurim ?

— Que portez-vous là, sur votre bras ? demanda Ceanna, ignorant délibérément sa question en tendant la main. En plus des bottes, vous avez donc pensé à prendre une robe plus pratique ?

— Il fallait faire vite, mais je suis certain qu'elle vous conviendra mieux que les atours que vous portez pour l'instant.

Il lui jeta un coup d'œil. Leur course avait eu pour effet de déchirer sa robe un peu plus encore, en particulier autour des épaules, révélant sa peau crémeuse.

— Des atours ? s'exclama-t-elle, ses joues se colorant d'une manière délicieuse tandis qu'elle examinait sa tenue à la recherche de nouveaux dégâts.

Elle essaya de tirer sur sa manche et ne réussit qu'à agrandir la déchirure à la couture de l'épaule.

— C'est bien pire que je ne le croyais.

— Je n'ai pas eu beaucoup de temps pour les vêtements de dessous, mais…

Il lui fourra maladroitement un petit baluchon bien compact dans les bras et attendit qu'elle se plaigne.

Ceanna le serra contre elle et lui adressa un immense sourire.

— Merci. J'avais craint que vous n'ayez pris que mes bottes, et pas mon nécessaire de couture de secours.

— Devez-vous vous changer tout de suite ?

Sandulf fit une grimace devant l'air stupéfait de Ceanna. Il réalisa aussitôt ce que ses paroles impliquaient et repensa immédiatement à la sensation de l'avoir tenue dans ses bras le matin au réveil.

— Je veux dire… Je veux dire que…

Qu'avait-il eu l'intention de lui dire ? Cela lui était sorti de la tête. Et tout ce qu'il pourrait ajouter maintenant ne ferait qu'augmenter leur embarras. Cette femme désirait être religieuse, pas sa future compagne de lit, même s'il ne cessait d'imaginer à quoi elle ressemblerait le lendemain de leurs ébats mutuellement agréables.

— … Je peux me retourner.

Elle lui adressa un lent signe de dénégation de la tête.

— J'attendrai que nous soyons à un endroit plus sûr. Si je me change, cela ne fera que nous ralentir. Comme vous l'avez dit, nous devons mettre de la distance entre Urist et nous.

— Je suis d'accord, répondit Sandulf en retrouvant une respiration normale.

— Vous voulez vraiment le faire ? Voyager avec moi jusqu'à Nrurim ? Pour me protéger, et pas pour me remettre aux mains de mes ennemis ? Je n'avais pas imaginé un instant qu'Urist…

Sandulf détesta la façon dont sa voix ne fut plus qu'un filet inaudible. Elle pressa le baluchon contre elle, afin de maîtriser ses tremblements. La femme conquérante qui avait contemplé le carnage avec calme et assurance avait disparu pour laisser place à une femme avec des yeux agrandis et une bouche pincée toute blanche.

Il avait envie de l'enlacer et de la serrer très fort contre lui, de lui chuchoter que tout irait bien, qu'il avait survécu à pire, que le tueur était sans doute un mercenaire quelconque, pas l'assassin implacable qu'il recherchait, qui tuait des femmes et leur bébé à naître avec une cruauté innommable, mais il refusait de lui donner de faux espoirs.

Le souvenir d'Ingrid, qui se cramponnait à sa main tandis qu'elle agonisait en se débattant pour réussir à lui parler, lui revint avec violence. Il lui avait dit que tout irait bien et que Brandt arriverait à temps, les mensonges qu'il s'imaginait qu'elle voulait entendre. Elle avait souri en l'écoutant et avait secoué la tête avant de murmurer ses dernières paroles.

Sandulf avait appris ce jour-là qu'offrir du réconfort aux mourants en offrait bien peu aux survivants.

— Je n'ai aucune intention de vous livrer à vos ennemis, dit-il avec fermeté.

— Urist m'a trahie. Et moi qui pensais avoir tout minutieusement préparé…

Elle se tut et enfouit son visage dans le baluchon.

— Une autre chose à ajouter à votre liste ?

— Si je n'essaye pas sans cesse de m'améliorer, comment y parviendrai-je ?

— Parfois cela arrive quand on fait quelque chose de tout à fait différent de ce que l'on avait prévu. Soyez ouverte aux ajustements et aux changements.

Il attendit son sourire en réponse, mais les yeux de Lady Ceanna étaient encore bien trop agrandis à son goût.

— Mon plan actuel est de nous éloigner le plus possible, déclara-t-il.

Il reprit à grands pas leur marche dans les fougères, Vanora sur les talons.

— Votre chienne est d'accord avec moi, ajouta-t-il.

La jeune femme progressait bien plus vite avec de grosses chaussures, ses jupes relevées dévoilant de jolis mollets déliés tandis qu'elle les rattrapait.

— Pourquoi allons-nous par là, et pas sur le sentier ?

— J'ai besoin de savoir jusqu'à quel point nous serions perdus si nous quittions le sentier, expliqua Sandulf en choisissant ses mots avec soin. Pouvez-vous vous orienter avec les repères du paysage ? Nous allons vers l'est, n'est-ce pas ? Presque tout droit vers l'est, au-delà des montagnes, d'après ce qu'a dit mon précédent guide.

Ceanna pâlit et serra le baluchon de ses doigts blanchis aux articulations tant elle s'y cramponnait.

— Quitter le sentier ? Vous étiez contre hier soir. C'est le chemin vers le col. Nous serions obligés de descendre loin vers le sud pour le contourner.

La veille, il ne craignait pas d'être attaqué. Ni suivi.

— Mieux vaut être vivants, insista-t-il pour qu'elle comprenne bien. Vous êtes parfaitement arrivée jusqu'ici, milady, mais depuis je vous ai donné ma parole, et j'ai l'intention de la tenir.

— Je connais les repères. Nous allons vers Ben Mor, en gardant le loch sur notre droite. Il y a neuf repères au total.

Elle les récita deux fois en les comptant sur les doigts, en marmonnant tout bas.

— Je les connais par cœur. Pourrez-vous nous protéger ?

Un hululement de chouette flotta au-dessus de la lande, aussi perçant qu'auparavant. Ceanna s'arrêta et pencha la tête de côté.

— Devrais-je être inquiète ?

— Entendre un cri de chouette en plein jour signifie trahison et sinistres projets. Souvenez-vous-en, et nous serons en sécurité.

Sandulf s'obligea à prendre un ton léger pour poursuivre :

— Mais vous avez un guerrier à vos côtés désormais.

Il lui sourit, impressionné par son calme.

— À quoi cela sert-il de créer de l'affolement lorsque ce n'est pas nécessaire ? dit-il doucement.

Ceanna se raccrocha à son baluchon et regarda derrière eux.

— Urist va-t-il s'en sortir ? demanda-t-elle. Laissé seul sur la lande ? Peut-être est-il en danger, si les assaillants reviennent ?

Vanora dressa les oreilles et lança un aboiement étouffé. Sandulf hocha la tête, étant d'accord avec ce que la chienne essayait de lui faire comprendre.

Il prit la main de Ceanna.

— Allez, venez. Avant que quiconque arrive pour récupérer Urist, ami ou ennemi. Vanora est de mon avis.

— Bien sûr, répliqua la jeune femme en levant les yeux au ciel. Elle pense que vous êtes merveilleux parce que vous êtes une source illimitée de fromage sec et de viande séchée. Son jugement est tendancieux.

— Vous avez le cœur trop tendre, milady, pour tenir ce genre de propos sur les motivations de votre chienne.

— Je prends cela comme un compliment.

— Prenons par les bois et à travers ce marécage pour effacer toute trace de notre passage, ensuite nous reprendrons droit devant. Voyez-vous le sommet de Ben Mor d'ici ?

Elle hocha la tête, et Sandulf eut le temps de déceler sa légère incertitude, instantanément effacée par le soulagement. Elle pointa le doigt vers l'horizon.

— Il fait partie de cette chaîne de montagnes. Il y a un seul col pour la traverser, à moins que nous ne fassions un détour vers le sud pour emprunter la vallée suivante. Nous allons vers l'est.

— Excellent. Si nous allons trop vite, dites-le-moi.

La jeune femme jeta un œil sur sa pauvre robe.

— Promettez-vous de vous arrêter pour que je puisse me changer dès que nous serons à l'abri ? Cette robe a définitivement connu des jours meilleurs.

— Dès que nous serons en sécurité.

Ils s'enfoncèrent dans la lande, en s'éloignant du sentier, et se dirigèrent vers les collines couvertes de bruyères. Au grand soulagement de Sandulf les hululements de chouette cessèrent de se faire entendre, et le soleil fit son apparition.

Le sol était marécageux, jusqu'à ce qu'ils atteignent un petit bois, mais la détermination de Ceanna à garder bonne allure l'impressionnait. Elle ne demandait jamais à s'arrêter, ne se plaignit pas une fois d'avoir mal aux pieds, ni que sa robe était dans un état déplorable, comme l'aurait fait n'importe quelle femme. Elle était bien plus solide que toutes celles qu'il connaissait.

Lorsqu'il estima qu'ils étaient assez loin et que personne ne les suivait, Sandulf ralentit la marche.

— Quand vous repérerez un endroit qui protégera votre modestie, nous nous arrêterons. Je n'ai aucune envie de vous voir vous évanouir.

— Vous avez une bien piètre opinion de moi, ou des Pictes, si vous nous croyez aussi fragiles.

— Hum… J'ai l'impression que je vais en apprendre plus sur ce peuple.

— Un Viking qui a envie d'apprendre… Les miracles ne cesseront-ils donc jamais ?

Il éclata de rire, incapable de se retenir.

Ceanna fronça le nez, mais ses yeux pétillaient de lueurs discrètes.

— Me trouvez-vous comique ? s'exclama-t-elle.

— J'apprécie votre humour direct.

— Les gens sont déroutés, en général.

— Tant pis pour eux.

Elle trébucha. Sandulf se précipita instinctivement pour la rattraper. Il sentit aussitôt des pulsations monter le long de son bras, à ce contact bien réel. Ses doigts le démangèrent de l'attirer plus près de lui. Une bouclette sombre cascadait dans le cou de la jeune femme, en direction des globes joliment ronds de sa poitrine. Elle entrouvrit ses lèvres pleines et rouges, lui laissant apercevoir le bout rosé de sa langue. Il pencha la tête.

Vanora se mit à aboyer, rompant le charme.

Sandulf se reprit aussitôt et abandonna ses idées.

Elle voulait être religieuse, lui rappela sa petite voix intérieure. Il avait besoin d'elle pour réussir à pénétrer dans l'enceinte de St. Fillans, où résidait Lugh l'Assassin. Il savait comment ces religieuses étaient traitées à Constantinople : avec révérence et respect.

Il n'avait aucun droit de lui voler des baisers, même s'il trouvait regrettable qu'une créature aussi charmante passe bientôt le reste de sa vie enfermée, loin des regards des hommes.

Elle massa son bras. Ses yeux bleu-gris étaient bordés de cils noirs épais. Sandulf se morigéna en voyant que les lèvres de Lady Ceanna tremblaient, alors que son propre corps réagissait vigoureusement à cette proximité.

— Que se passe-t-il ? Pourquoi nous sommes-nous arrêtés ?

— Vous avez failli tomber. Dans la boue. J'allais vous aider, mais je me suis vite rendu compte que vous étiez capable de vous tenir debout toute seule.

Il espérait qu'elle ne remarquerait pas son timbre rauque, mais elle éclata d'un rire léger.

— L'équilibre, ou plutôt le manque d'équilibre, c'est l'un de mes plus grands défauts.

Il se réjouit de l'innocence de sa compagne. Lady Ceanna n'avait pas la moindre idée de son tourment présent.

— Faites donc plus attention.

Elle se rembrunit, et Sandulf en fut aussitôt contrit. Il lui avait parlé trop durement.

— Oui, je le ferai, promit-elle.

— Je ne serai pas toujours là pour vous rattraper.

Elle se passa la langue sur les lèvres, envoyant de nouvelles ondes de chaleur dans tout le corps de Sandulf.

— Nous nous quitterons quand nous arriverons à Nrurim, continua-t-il.

Il s'obligea à s'écarter d'elle. Il fallait qu'il cesse de trouver des raisons de la toucher, c'était le chemin direct vers la folie. Préserver sa pureté permettrait à Ceanna d'embrasser le destin qu'elle s'était tracé de devenir religieuse.

Quant à lui, il réussirait, alors que ses frères étaient certains qu'il échouerait.

Il pourrait ensuite aller voir son frère Alarr, et surtout Brandt. Ils avaient peut-être perdu le royaume de Maerr, à cause du caractère impossible de Brandt, selon Rurik, mais ses frères aînés devraient reconnaître qu'il était tout comme eux digne d'être l'un des héritiers du célèbre roi Sigurd. Et il obtiendrait justice pour Ingrid.

Sandulf essaya d'imaginer ce qu'il ressentirait en entendant ce que ses frères lui diraient quand ils apprendraient ce qu'il avait accompli. Ce but l'avait soutenu dans bien des dangers et des difficultés, mais cette fois il n'y trouva aucun plaisir. Au lieu de cela, il ne pensait qu'au dessin de la bouche de Ceanna.

— Nous devons tourner le dos au soleil et aller vers l'est, reprit-il en prenant un ton brusque à dessein.

— Non, par ici, objecta-t-elle en lui montrant du doigt un petit creux où scintillait un loch sous la lumière de midi. Nous allons là-bas.

— Je croyais que le col de Brander était plutôt par là, rétorqua Sandulf en montrant une autre direction.

Il leur faudrait le traverser de nuit, au cas où il y aurait des guetteurs, mais il se soucierait de cela plus tard.

— Je me souviens d'un petit lac, décrit exactement comme celui-ci dans les repères. Cette robe est pire que des haillons, déplora Ceanna, juste avant que son estomac proteste bruyamment. Oh ! maudit sois-tu ! s'exclama-t-elle alors.

Sandulf fit de grands efforts pour rester impassible.

— Auriez-vous faim ?

— J'imagine qu'il n'y a pas grand espoir de manger quelque chose, répondit-elle.

Il éclata franchement de rire, et elle s'arrêta sur-le-champ.

— Quoi encore ? Qu'ai-je dit ?

— Oh ! je vous observe, c'est tout ! La plupart des femmes…

Il lui était impossible d'expliquer que sa mère, sa tante et sa belle-sœur n'auraient jamais admis avoir faim. Sa mère disait toujours que les hommes avaient des appétits, et les femmes du bon goût. Sandulf n'avait jamais tout à fait compris ce que cela signifiait.

— Vous êtes une vision rafraîchissante, milady Skadi.

— Je ne suis pas votre lady, ni cette guerrière dont vous faites grand cas. Je suis la compagne de voyage que vous n'avez pas choisie.

— On ne peut dire plus vrai, acquiesça Sandulf.

Il se récita toutes les raisons pour lesquelles séduire cette femme serait une mauvaise idée, en commençant par son besoin de venger la mort d'Ingrid et en terminant par le désir de Ceanna d'être religieuse.

Mais ces raisons lui semblèrent soudain moins importantes que la façon dont ses lèvres dessinaient leur sourire, ou dont pétillaient ses yeux malicieux. Il se répéta qu'elle était sa compagne de voyage, la garantie d'entrer au monastère de Nrurim, rien de plus.

— Mais je vais exaucer votre plus grand désir, reprit-il. Changez-vous, et je vais voir si je peux trouver quelque chose à manger autre que du fromage et de la viande séchée.

Elle n'était pas le genre de femme que les hommes désiraient. Ceanna le savait fort bien. Elle acceptait ses défauts et le fait que les hommes s'intéressent d'abord à sa dot, à elle ensuite éventuellement. Cela avait contribué à sa décision : devenir servante de Dieu était la parfaite vocation pour elle. Cela résoudrait bon nombre de problèmes insolubles si les gens étaient convaincus qu'elle avait des visions profondes et chargées de sens. Cela signifierait qu'ils l'écouteraient et protégeraient Dun Ollaigh, car c'était l'endroit où elle était née et avait grandi. On prendrait conseil auprès d'elle, car on saurait qu'elle parlait directement à Dieu. Elle pourrait déclarer que les gens de Dun Ollaigh avaient besoin de la protection de l'Église parce qu'ils étaient importants.

Le petit nœud dans l'estomac de Ceanna s'alourdit. Il fallait que son plan fonctionne. Aucun héros brandissant une épée à la lame étincelante ne viendrait à sa rescousse ni n'empêcherait Feradach de s'en prendre aux petites gens de Dun Ollaigh.

Cependant il lui devenait de plus en plus difficile de revendiquer sa prétendue quête de vie spirituelle face à Sandulf. Elle mourait d'envie de lui avouer toute son histoire, ses craintes et la raison pour laquelle elle fuyait l'époux qu'on lui avait destiné.

Il fallait qu'elle cesse de s'imaginer que Sandulf serait différent des autres. Il l'avait surnommée Skadi par ironie, et non parce qu'il la trouvait irrésistible ou dotée de qualités guerrières.

Elle savait fort bien qu'elle n'était ni l'un ni l'autre.

Ils avaient été réunis par les circonstances. Il n'était pas venu la chercher. Et qu'importait que ses yeux pétillent d'éclats scintillants ou qu'il partage son sens de l'humour. Ceanna avait renoncé à rêver de sauveurs il y avait des années. Elle se sortirait seule de ce cauchemar. Il était… Il était… Elle se pinça l'arête du nez. Il ne faisait pas partie de son avenir.

Il fallait qu'elle s'accroche à sa vision de devenir une servante de Dieu et aux futures possibilités que cela lui offrirait. Une fois qu'elle le serait, elle pourrait aider les gens qui dépendaient d'elle.

Abandonner tout cela parce qu'elle s'était réveillée dans les bras d'un homme et en avait immédiatement éprouvé du plaisir ainsi qu'un sentiment de sécurité était mal. Il lui fallait se concentrer uniquement sur les prochaines étapes et sur ce qui se passerait quand elle arriverait à Nrurim.

Ceanna examina la robe de mariée trempée et déchirée avec répulsion. Elle la roula en boule et la lança le plus loin possible. Cette chose avait commencé à lui pourrir l'esprit en la nourrissant d'idées romantiques. Le voyage jusqu'à Nrurim serait la durée exacte de leur relation, et c'était tout.

Ensuite elle commencerait sa nouvelle vie de nonne, au service de sa tante, en échange de la protection accordée à ses gens.

Ceanna frissonna légèrement à cause du froid tandis qu'elle prenait sa robe marron, l'une de ses préférées car elle lui garantissait la liberté de mouvements et cachait ses pires défauts.

Avant de l'enfiler elle dissimula avec soin le reste de l'or qu'elle avait jusque-là caché au fond de sa botte droite dans une petite bourse qu'elle fixa à sa taille. Urist ne lui avait pas tout volé, certes, cependant elle avait lu de l'hésitation dans ses yeux. Il avait été sur le point de la précipiter dans les filets mortels de Feradach.

— C'est agréable de porter de nouveau des vêtements corrects, dit-elle en sortant de l'amas de rochers qui l'avait cachée au regard de Sandulf, après qu'elle s'était passé une ceinture à la taille afin de bien dissimuler sa bourse.

Il se retourna, assis devant les préparatifs d'un petit feu. Une boucle de ses cheveux tomba sur son front, conférant à ce fier Viking un air juvénile charmant, même si Ceanna savait qu'il n'y avait plus rien de juvénile en lui. L'esprit vif de Sandulf lui avait déjà sauvé la vie à deux reprises.

Et c'était aussi un homme très viril, cela, c'était son corps qui le lui disait.

Il avait sorti une ligne de pêche elle ne savait trop d'où et réussi à attraper deux truites du loch. Il les brandit devant elle.

— Ah, voilà que vous pouvez bouger plus facilement là-dedans ! Bien. Allons-nous les vider et les faire cuire ?

— Attendez-vous que je fasse un air dégoûté en couinant d'horreur ? Je crains que la déception ne soit votre lot.

— J'y avais vaguement pensé, avoua Sandulf en haussant un sourcil.

— Vos sœurs devaient vous adorer. Je parie que vous glissiez des araignées dans leurs robes et des insectes dans leurs lits.

— Je n'ai pas de sœurs. Seulement des frères. Quatre. Deux du même sang, deux demi-frères. C'est plus qu'on ne peut désirer.

— Cela explique tout.

— Qu'est-ce que cela explique ?

— Pourquoi vous pensez que les femmes sont des créatures fragiles, prêtes à se rompre à tout moment et ne se souciant que de voir leurs caprices satisfaits.

Il pinça les lèvres.

— Voulez-vous manger ces poissons, oui ou non ?

— Oui, je veux les manger.

Ceanna lissa les plis de sa robe. Même si ce sentiment était étrange, elle préférait être en meilleurs termes avec lui. Des compagnons de voyage temporaires pouvaient entretenir une sorte de vague amitié, non ? songea-t-elle.

— Ah, on est irritable quand on a faim, c'est cela ? dit Sandulf en la regardant, paupières à demi baissées.

Un désir irrépressible d'arranger sa chevelure faillit

avoir raison de Ceanna. Elle s'obligea à garder les bras le long du corps.

— Mais non, pas du tout. Je suis heureuse de respirer à mon aise sans avoir à me soucier de faire éclater une couture.

— Vous avez la silhouette parfaite pour mettre en valeur l'autre robe. Celle-ci ressemble plus à un sac.

— C'est ma robe préférée, objecta Ceanna à travers ses dents serrées, se sentant inexplicablement irritée.

— Elle est certainement plus pratique, conclut le guerrier en penchant la tête pour vider le poisson.

— Dois-je commencer un bon feu ? demanda Ceanna.

— Oui, j'ai ramassé un peu de bois, mais vous pourriez peut-être chercher des brindilles, répondit Sandulf en se passant la main dans les cheveux.

— La faim me rend d'humeur belliqueuse, je l'avoue. Ma belle-mère s'en plaignait sans cesse, mais il est vrai qu'elle se plaint de tout ce que je fais.

Elle se mit à ramasser des brindilles pour alimenter le feu.

— Ce n'est rien, répliqua Sandulf avec un geste de la main. Cette couleur vous va mieux, en fait. Elle fait ressortir les mèches claires de votre chevelure.

Comment embraser quelqu'un avec un minuscule compliment… Ceanna détesta cette sensation de déception qui l'envahit. Elle savait qu'elle n'était pas belle. Les paroles du Viking n'auraient pas dû l'affecter. Ce n'était pas comme si elle recherchait des compliments, surtout de sa part.

— Ma robe de mariée est en loques.

— Mieux vaut la jeter au feu.

— La fumée pourrait nous trahir.

— Alors laissez-la ici. Quelqu'un pourrait en avoir l'utilité.

— Ma belle-mère sera plus désolée de la perte de la robe que de la mienne, déclara-t-elle. Elle parlait sans cesse de son prix. Je suis certaine qu'elle a pris les mesures pour la faire confectionner de sorte qu'elle lui aille mieux qu'à moi, afin de la récupérer ensuite. Elle est plus svelte, et la couleur écarlate lui va à ravir.

— Et cela vous contrarie ?

— Pas du tout, rétorqua Ceanna en haussant le menton.

— Alors vous êtes une meilleure personne que moi, dit Sandulf avec un demi-sourire. J'étais furieux quand ma famille a décidé de m'envoyer au loin après la mort de mon père. Cette rage m'a fait avancer pendant des mois, si ce n'est des années. Elle continue, d'ailleurs.

Ceanna fut aussitôt très attentive. Était-ce là la raison pour laquelle Sandulf se rendait à Nrurim ? Quelque chose en rapport avec sa famille ? Pour une vengeance après un vieux grief, peut-être ?

— Et qu'avez-vous fait à ce propos ? demanda-t-elle.

— C'est pour cela que je suis ici.

— Voulez-vous en parler ?

— Il faut que je fasse cuire le poisson, rétorqua-t-il en secouant la tête.

Ceanna pinça les lèvres.

— Je vais chercher quelque chose pour poser le poisson. Afin d'être plus utile que décorative, annonça-t-elle.

— Lady Ceanna, je parle rarement de ma famille.

— Alors c'est parfait, puisque je ne vous ai rien demandé, répliqua-t-elle, piquée au vif.

Il l'appelait de nouveau Lady Ceanna. La familiarité qui s'était créée entre eux s'était évaporée. Tout cela à cause de sa curiosité. En quoi cela la concernait-il, qu'il se rende à Nrurim ?

Il n'y avait pas que le monastère là-bas, d'autres gens y vivaient. Le Roi Aed, ses deux jeunes fils et sa Cour y avaient séjourné récemment. C'était là qu'il avait poussé son dernier soupir. D'après les rumeurs qui étaient parvenues jusqu'à Ceanna, son assassin avait pris le large sans avoir été capturé, et les garçons avaient disparu, morts sans doute eux aussi.

Sandulf se détourna d'elle et commença à vider les poissons, pour le plus grand plaisir de Vanora.

En gage de paix, Ceanna se hâta d'aller au bord du loch et choisit deux pierres plates qui leur serviraient de tranchoirs. Elle les rinça avant de rejoindre Sandulf devant le feu qu'il avait allumé.

— Impressionnant, dit-elle en indiquant le poisson qui cuisait doucement sur une pierre plate posée juste devant le feu. Je me demandais comment vous le cuiriez.

— Je sais tirer ma subsistance de la nature, répondit-il. Les gens peuvent mourir de faim, s'ils ignorent tout ce qu'elle peut offrir pour se nourrir.

— Alors je vous suis reconnaissante pour ce savoir, lança-t-elle quand elle se sentit assez posée pour lui parler sans lui hurler qu'elle était loin d'être une écervelée cantonnée aux travaux d'aiguille.

Elle lui tendit les pierres plates.

— Et maintenant nous avons des tranchoirs pour notre poisson.

— C'est une bonne idée, approuva Sandulf en hochant la tête, mais j'avais trouvé des feuilles pour les poser dessus.

Ceanna fut dépitée. Il semblait plus lointain que jamais.

— Nous pourrions poser les feuilles sur les pierres, ainsi nous ne nous brûlerons pas les doigts.

— En effet, convint-il en lui adressant l'un de ces sourires qui accéléraient le rythme de son cœur. Et j'en ai pris quelques-unes de plus, car c'est une plante très utile, l'une des neuf plantes bénéfiques qu'Odin a offertes au monde.

— Quelles sont les autres ?

— L'armoise, la bétoine, le cresson, la camomille, l'ortie, la pomme sauvage, le thym et le fenouil. Ma mère a bien veillé à m'apprendre à les reconnaître avant que je quitte mon foyer pour la première fois. Un guerrier doit savoir comment soigner, aussi bien que tuer son ennemi.

— Elle doit être une bonne mère, qui s'occupait de son fils.

Sandulf pinça les lèvres, et sa bouche ne forma plus qu'une fine ligne presque invisible.

— Il y avait de bons moments. Cependant elle pouvait être versatile et tout à fait insupportable. Elle était toujours hostile vis-à-vis de mes demi-frères et essayait sans cesse de m'empêcher de les suivre en permanence comme un petit chien. Elle n'a jamais réussi.

— Votre relation semble compliquée.

— En effet, répondit-il sur un ton qui indiquait qu'il n'avait pas envie d'en parler.

Ceanna se mordit les lèvres. Elle avait recommencé. Elle avait voulu se montrer amicale, et il avait pris cela pour de l'indiscrétion.

— Je suis parfois trop curieuse, s'excusa-t-elle en venant s'asseoir à côté de lui.

Elle déposa soigneusement deux à trois feuilles sur chaque pierre.

— J'aime apprendre et connaître autant de choses que possible, comme ces herbes d'Odin. Votre famille appartient à votre passé, pas au mien.

— Cela n'a pas d'importance, affirma-t-il avec un geste de la main avant de prendre les pierres. La faim nous taraude et ne rend personne plus aimable qu'il n'est. J'ai dit que je ne voulais pas parler de ma famille, mais avec vous je trouve sans cesse des raisons de l'évoquer. Je n'avais pas pensé à ces neuf plantes médicinales depuis des années. Mais vous avez raison, ma mère se souciait de… se soucie de ce qui m'arrive.

— Est-elle toujours de ce monde ?

— Autant que je sache, mais elle a changé de vie. Un nouvel époux, selon mon demi-frère. Elle a pris son parti dans une querelle avec mon frère aîné.

— Quand mon père s'est remarié, il a fait passer ma

belle-mère avant tout le reste, la plupart du temps. Soudain, je l'ai vue porter bon nombre de bijoux et vêtements qui avaient appartenu à ma mère, déclara Ceanna en piquant rageusement le poisson qui cuisait avec un bâton. C'était douloureux. Comme si ma mère avait cessé de compter, et que toutes ses façons de faire étaient désormais décrétées mauvaises. Mon père a refusé de voir qu'elle punissait systématiquement les loyaux serviteurs de ma défunte mère. Quand j'ai essayé de mettre un terme à ses agissements, elle m'a considérée comme une nuisance, qui lui mettait des bâtons dans les roues.

Sandulf déposa le poisson sur une pierre tapissée de feuilles et le lui offrit.

— Mangez le poisson, pas la feuille, Skadi, précisa-t-il avec un air faussement sévère. Vous ne voudriez pas vous rendre malade et faire le travail de votre belle-mère à sa place.

Ceanna goûta une bouchée et constata que la truite fondait sous la langue. Elle s'enfuyait peut-être pour sauver sa vie, et vers un avenir incertain, mais en cet instant tout lui sembla plus facile.

— La nourriture a un bien meilleur goût lorsque l'on a vraiment faim, ajouta Sandulf.

Chapitre 6

Sandulf se concentra sur ce qui restait de son poisson. Il avait dit la vérité : il n'aimait pas penser à sa famille, si ce n'est à la façon dont il la vengerait.

Alors même qu'il ne connaissait Ceanna que depuis très peu de temps, elle lui avait fait se remémorer des choses qu'il avait profondément enfouies, et chaque fois qu'elles remontaient elles étaient un peu moins douloureuses.

Tout ce qu'il savait c'était que, lorsqu'il aurait accompli ce qu'il s'était juré de faire, le grand vide obscur au plus profond de lui-même disparaîtrait.

— Votre ami Urist semblait très empressé de vous aider, et de me dénigrer, fit-il remarquer à Ceanna quand elle donna ses restes de poisson à Vanora, qui se jeta dessus avec enthousiasme alors qu'elle avait déjà englouti elle-même deux truites.

La chienne fit aussitôt crisser la tête et l'arête dorsale sous ses crocs.

Ceanna fit un signe de dénégation.

— Ce n'est pas mon ami, et je crains qu'il n'ait un préjugé négatif définitif contre les Vikings.

— Je suis en train de découvrir que c'est le cas de beaucoup de gens dans cette partie d'Alba, dit Sandulf avant de pincer les lèvres.

— Ils ont leurs raisons, étant donné les raids de ces

dernières années. Les hommes du Nord ont même détrôné Constantin, notre vieux roi, pendant la bataille de Dollar, jusqu'à ce que leur approvisionnement en vivres se soit tari et qu'ils aient dû se retirer à Black Pool, en Eireann. Qui sait quand ils reprendront leurs raids ? Giric, le nouveau régent, persiste à affirmer que ses hommes sont tout à fait capables de faire face à cette menace.

Sandulf serra les dents. C'était là une raison supplémentaire d'avoir besoin d'aide pour réussir à s'introduire à St. Fillans. Se présenter à la porte et prier qu'on le laisse entrer sur sa simple bonne mine, comme il était naturellement enclin à le faire, était voué à l'échec.

— Quel est exactement votre problème avec votre belle-mère ?

— La seconde femme de mon père n'a que trois ans de plus que moi. Elle est très belle, grande, visage parfait, les cheveux aussi noirs que les ailes d'un corbeau. C'était une pupille de ma tante jusqu'à ces derniers dix-huit mois, et elle a été remarquée puis choisie par mon père.

— Et aujourd'hui ?

— Mon père est souffrant et garde le lit. Il a une blessure qui refuse de guérir, combinée à un refroidissement et une toux qui traîne depuis un bon mois. Ma belle-mère a déclaré que son état était au-delà de ses talents de guérisseuse. Le domaine de Dun Ollaigh doit être doté d'un guerrier en possession de toutes ses facultés pour le diriger en ces temps troublés. Ma belle-mère refuse que je rende visite seule à mon père ou que je fasse appel à un autre guérisseur. Ou elle est présente, ou le capitaine des gardes, Feradach, me surveille.

— Que dirait votre père si vous pouviez vous entretenir seule avec lui, à votre avis ?

Ceanna contempla le doux clapotis de l'eau du lac.

Que dirait son père ? Elle réfléchit longuement et en arriva à la conclusion que, s'il avait toute sa tête et pouvait parler autrement que par grognements et gémissements, il lui assurerait qu'il ne voulait aucunement la voir morte. Il n'avait jamais parlé d'un mariage entre elle et Feradach. Et, dans les conversations que Ceanna avait surprises, elle avait appris que sa belle-mère ne voulait pas que sa tante soit au courant de ce mariage, au cas où elle aurait tenté d'interférer, mais soit mise devant le fait accompli, la cérémonie terminée.

C'était l'une des raisons pour lesquelles Ceanna pensait que sa tante la protégerait, en dépit du fait que sa belle-mère avait été élevée à St. Fillans sous l'œil vigilant de la mère supérieure du couvent et avait développé des liens étroits avec elle pendant plusieurs années.

— Je ne pouvais pas rester pour être offerte en sacrifice, même si je sais que mon père risque de mourir pendant mon absence. Je prie pour lui.

— Comme le ferait toute servante de Dieu.

Elle ignora l'ironie de la remarque.

— Avez-vous déjà vu un corps mutilé comme celui de cette pauvre femme près d'Urist ? Celle qu'il a habillée avec mes vêtements, pour la faire passer pour moi ?

Le bruit du clapotis fut remplacé par des souvenirs qui s'invitèrent malgré la volonté de Sandulf : les torches allumant les ajoncs sur le sol, le rugissement du feu dans la grande salle et les derniers soupirs d'Ingrid.

Il se leva et alla au bord de l'eau.

— Oui, une fois. C'était l'œuvre d'un assassin dépravé. L'une de ses spécialités quand il tuait des femmes, ou du moins c'est ce qu'on m'a raconté.

— Et a-t-il été arrêté ?

Sandulf lança un galet dans le lac et le fit ricocher trois fois. Il observa les ondes créées après qu'il avait coulé. Comment répondre sans effrayer Lady Ceanna, sans qu'elle le supplie de la conduire n'importe où, sauf à St. Fillans ?

Lugh avait-il quelque chose à voir avec l'attaque contre Urist ?

— Je n'ai aucune intention de le laisser tuer de nouveau.

La jeune femme prit un galet pour essayer à son tour de faire un ricochet. Le caillou coula immédiatement.

— Pensez-vous que l'assassin a utilisé la mascarade d'Urist avec le cadavre ? Pour servir son but, c'est-à-dire se permettre d'annoncer à ma belle-mère que j'étais morte ? demanda-t-elle.

— Pour faire des ricochets, tout est dans le geste du poignet, expliqua Sandulf en prenant un autre galet et en mettant de côté ses réflexions sur Lugh.

Il faisait les choses dans l'ordre, pas au hasard. La réponse à ces questions était à Nrurim, il en était convaincu, et le plus important était d'y arriver.

Et si la personne qui avait attaqué le groupe d'Urist sur la route découvrait que Lady Ceanna était toujours vivante ? Sandulf serra les dents : il lui serait d'une protection suffisante.

— Un léger mouvement, d'abord vers l'arrière, très rapide et très sec. Voulez-vous que je vous montre ? reprit-il.

— Si vous voulez. Quelqu'un vous l'a-t-il appris ? L'un de vos frères ?

— J'ai appris tout seul.

Sandulf se souvint que tous ses frères employaient des techniques différentes : Brandt qui dépassait tout le monde avec ses lancers puissants, Alarr qui lançait loin et très bas, prétendant que le nombre de ricochets n'avait pas d'importance, car il préférait s'entraîner à l'épée, tandis que les jumeaux, Rurik et Danr, rivalisaient entre eux et se disputaient à qui était le meilleur. Il les idolâtrait tous à cette époque. Ses grands frères !

— Ils savaient tous faire des ricochets. Personne n'avait le temps ni l'envie d'aider le petit frère, mais un jour je me suis joint à eux et j'ai fait un ricochet de dix-neuf rebonds.

Sandulf sourit en se remémorant ce rare instant de triomphe. Et les expressions d'étonnement et de fierté de ses frères devant cette réussite. Il serra le galet plus fort, le lança et le fit ricocher sept fois.

— Que s'est-il passé ensuite ?

— Cela a cessé de nous amuser.

— Ou peut-être étaient-ils trop occupés à autre chose.

— Peut-être. C'était une activité inutile, selon Alarr.

— Pas pour moi. J'aimerais apprendre.

Sandulf se plaça derrière Ceanna et fut enivré par son parfum de fleurs sauvages et par la chaleur qui irradiait d'elle. Elle était tellement pleine de vitalité !

Sa robe dissimulait désormais ses formes, certes, mais il savait qu'elles étaient toujours bien là. Plus que jamais.

— Tout est dans le poignet, répéta-t-il, reconnaissant à peine sa propre voix, tout en refermant les doigts sur la main de la jeune femme. Un geste précis, comme je vous ai expliqué, et vous ferez ricocher la pierre. Allez-y, essayez.

— Comme cela ?

Elle lança le galet, qui ricocha deux fois. Elle applaudit et virevolta tout contre lui.

Ses lèvres étaient toutes proches et s'entrouvrirent doucement. Sandulf se força à reculer. Il ne pouvait ni la toucher ni la prendre, si elle se destinait à entrer dans les ordres.

Pour rien au monde il n'aurait voulu gâcher sa vie.

— Est-ce pour cela que vous voulez aller à Nrurim ? demanda Ceanna dans le silence qui suivit ses ricochets suivants.

Il feignit de ne pas comprendre.

— Pour faire des ricochets ? Y a-t-il un bon lac pour cela là-bas ? se moqua-t-il.

— Vous traquez un meurtrier, répliqua-t-elle.

Sandulf décida aussitôt de changer de sujet.

— Votre désir d'entrer dans les ordres est-il une simple excuse pour éviter le mariage arrangé par votre belle-mère ?

Ceanna fit mine de se concentrer pour aplatir les plis de sa robe. Dans son excitation à faire des ricochets, elle avait failli l'embrasser. Puis elle lui avait posé la question dont elle redoutait d'entendre la réponse, alors qu'elle suspectait de la connaître déjà. Sandulf Sigurdsson allait à Nrurim pour traquer le vil assassin dont il avait parlé.

Et voilà qu'il venait de lui poser la question qu'elle désirait éviter plus que tout.

— Et pourquoi pensez-vous cela ? s'indigna-t-elle.

— Cela vous est arrivé soudainement, sans doute immédiatement après que votre belle-mère eut décidé de vous marier avec le capitaine de la garde de votre père. Vous ne ressemblez à aucune des religieuses que j'ai rencontrées, ajouta Sandulf en penchant la tête de côté.

— Vous, un Viking, auriez entretenu des conversations avec de nombreuses religieuses ? Avant ou après leur avoir tranché la gorge ?

— Assez pour savoir qu'elles sont en général indifférentes aux biens de ce monde, et ont peu d'intérêt pour les choses pratiques et l'organisation de leur vie matérielle. Je suis un guerrier qui tue au combat, je n'exécute pas des hommes ou des femmes désarmés.

Ceanna regarda ses mains. Elle avait les ongles courts et encore des traces de la teinture qu'elle avait utilisée pour teindre la laine pas plus tard qu'une semaine auparavant, ce qui lui parut un siècle. Tout le monde la trouvait débrouillarde et habile de ses mains, douée pour la vie domestique, plutôt que belle et raffinée, ou destinée à Dieu.

Sa tante allait déceler sa ruse, c'était inéluctable.

— Donc, parce que j'ai les pieds sur terre, vous pensez que je n'ai pas de vocation.

Elle prit un autre galet et tenta un nouveau ricochet. En vain. Le pétillement des yeux de Sandulf s'accentua.

— Disons que j'ai mes réserves, mais je suis prêt à

apprendre. Pourquoi croyez-vous que devenir religieuse vous sauvera ?

Ceanna ne répondit pas tout de suite. Cet homme lui avait sauvé la vie à deux reprises. Il méritait la vérité. Et la lui dire ne changerait rien. Elle n'avait aucune intention de se réveiller de nouveau dans ses bras. Ni le lendemain ni aucun matin de ce voyage, et encore moins après la fin du trajet.

Des hommes tels que lui ne s'intéressaient jamais à des femmes comme elle. Et elle voulait être plus qu'un corps chaud réconfortant et désirable dans la nuit.

— Quelle serait l'autre option dont je disposerais ? rétorqua-t-elle. Je ne peux pas devenir un guerrier, partir au-delà des mers dans des pays étrangers pour vendre mon épée à des empereurs et des marchands.

Sandulf la détailla des pieds à la tête avec insistance.

— Je n'y avais jamais réellement songé mais, en effet, j'imagine que vous ne le pouvez pas.

Ceanna prit un autre galet et le garda dans la main. Il conservait la douce chaleur du soleil d'été. Elle le rangea dans la bourse qu'elle portait à la ceinture.

— Je suis décidée à vivre ma vie comme je l'entends.

— Et que se passera-t-il une fois que vous aurez prononcé vos vœux et dédierez votre vie à l'Église ?

— Je passerai ma vie à prier, faire de bonnes œuvres et espérer avoir d'autres visions.

Ceanna sentit sa gorge se serrer. Cela lui semblait encore moins attirant que lorsqu'elle y avait réfléchi à Dun Ollaigh, mais elle ne pouvait l'avouer à ce Viking. Devenir nonne était le meilleur moyen de protéger les gens qui dépendaient d'elle et de sauver sa vie.

— Ma tante a redonné vie à ce couvent après la mort de son mari plusieurs années avant ma naissance. J'imagine qu'elle y mène une vie qui la satisfait.

— Et les gens que vous avez laissés ? Ceux du domaine ? Votre père ?

Ceanna ferma les yeux et serra très fort les paupières. En cet instant même, son père était peut-être en train de pousser son dernier soupir. C'était en partie pour cela que sa belle-mère avait insisté pour que le mariage se fasse rapidement, afin que le vieil homme puisse lui donner sa bénédiction sur son lit de mort.

— Si je suis morte, je ne peux pas les aider, répliqua-t-elle.

— Et le fait que vous soyez enfermée dans un couvent garantit leur sécurité ? Comment ?

— Ils seront ainsi placés sous la protection de l'Église, d'après ce que j'ai compris. Quand j'aurai expliqué ma vision à ma tante, elle sera forcée d'agir, car la demande de protection que je ferai pour eux viendra d'une élue de Dieu. Et ma dot m'accompagnera au couvent, cela donnera du poids à ma requête. Dans le passé, l'Église gaélique avait des moines soldats. Saint Columba était un guerrier, ainsi que saint Aidan.

— Je vois.

Ceanna croisa les bras.

— J'ai cru que j'avais préparé mon évasion intelligemment, mais il semblerait que quelqu'un ait deviné mes intentions et m'ait devancée. Ils veulent me voir morte, et si cela se produit…

Sandulf lui posa la main sur l'épaule pour la rassurer, la faisant frissonner.

— Nous avons encore de nombreux miles à couvrir avant de bivouaquer ce soir. Vous pouvez vous imaginer que je suis votre tante et répéter votre discours pendant que nous marchons.

Ceanna leva les yeux vers les montagnes.

Ils étaient descendus plus vers le sud qu'elle ne l'aurait voulu, et le pic restait à peine visible à l'horizon. Plus ils iraient au sud, plus elle risquait de perdre ses points de repère et de les obliger à traverser la rivière ailleurs que sur le pont. Gonflée par les pluies, celle-ci pouvait emporter avec férocité les gens qui ne se méfiaient pas, et on ne comptait plus ceux qui s'étaient noyés en tentant la traversée.

Elle retint un frisson.

— Je ne pense pas que ce soit une bonne idée. Ce que je dirai n'est destiné qu'à elle seule, répondit-elle en plaquant les mains à sa taille pour contenir ses tremblements. Concentrons-nous plutôt sur notre voyage. Il y a bien des dangers sur la route.

Sandulf redevint aussitôt sérieux.

— J'ai fait le serment de vous protéger. Quand nous arriverons à Nrurim, votre tante sera assez puissante pour le faire. C'est pour cela que vous vous rendez auprès d'elle. Rien de ce qui s'est passé jusqu'ici ne devrait changer vos vœux. Ne voyons pas que les problèmes.

Ceanna s'essuya les doigts sur les feuilles qui restaient. Sandulf avait raison. Mais elle aurait voulu pouvoir se débarrasser du malaise qui l'étreignait.

— Alors mieux vaut que nous arrivions là-bas le plus vite possible.

Il la dévisagea longuement d'un air inquisiteur.

— Je suis heureux que vous voyiez les choses de la même façon que moi.

Ceanna serra les poings.

— Et y aurait-il un autre point de vue que celui-là ?

Elle regarda la rivière qui s'étendait devant eux. Elle la détestait, mais détestait plus encore la sensation déplaisante générée par sa contemplation.

Sa mère et son plus jeune frère avaient perdu la vie en essayant de traverser une rivière en crue. Sa mère avait emprunté un gué qui était sûr d'ordinaire. Les derniers cris de détresse de la brave femme et les gémissements de son frère dans les bras de celle-ci résonnaient encore parfois la nuit dans les oreilles de Ceanna. Après cela, elle avait toujours eu peur de l'eau vive.

Mais en ce jour, avec un guerrier à ses côtés, elle avait découvert que l'idée de prendre des risques était exaltante.

Le confesser à Sandulf était impossible. Elle voulait lui montrer qu'elle valait mieux que toutes les femmes mijaurées qu'il avait connues. Elle voulait mériter son surnom. Et qu'il pense du bien d'elle, alors que cette préoccupation lui était étrangère jusque-là. Elle avait l'impression que cela faisait si longtemps que quelqu'un avait cru en elle !

C'était le cas de cet homme, même si elle n'était pas aussi brave qu'il le pensait.

Elle leva le pied au-dessus de l'eau et regarda fixement ses profondeurs agitées, avant de le reposer vivement sur la terre ferme.

— Il faut traverser le plus vite possible, dit-elle. Si nous continuons sur cette rive, comme la rivière alimente plus loin un très grand lac, nous devrons dévier de notre chemin pour l'éviter.

— Ou nous procurer un bateau.

Un bateau et une rivière en crue ? La recette du désastre. Ceanna trembla légèrement.

— Je préférerais trouver un pont ou un gué. C'est dangereux de traverser ici.

— Ces gens qui veulent votre mort surveilleront certainement les endroits les plus proches d'ici où la traversée est praticable et sûre, objecta Sandulf.

— Que suggérez-vous ?

Il mit la main en visière devant ses yeux et observa le cours de la rivière, en amont et en aval.

— Nous allons prendre cette direction, décréta-t-il en pointant le doigt, vers la mer, jusqu'à ce que nous trouvions un gué, mais si nous n'en trouvons pas nous irons jusqu'à ce fameux pont dont vous parlez.

— Cette direction-là ? Elle nous ramène à Dun Ollaigh. Alors qu'il nous faut nous en éloigner.

Ceanna lui montra la direction opposée.

— Je dirais d'aller vers le loch. Peut-être avez-vous raison, pour un bateau. Nous ne serons pas dessus assez longtemps pour avoir le mal de mer.

Il esquissa un sourire.

— Vous avez le mal de mer ? Un loch n'a rien à voir avec la mer.

— Mon estomac proteste même sur une mare.

Sandulf redevint aussitôt sérieux.

— Vous devez faire un voyage en mer. Cela remettra tout en ordre, vous aurez le pied marin ensuite.

— Quand je serai à Nrurim je serai confinée au monastère et ne voyagerai plus.

— Vous serez une religieuse qui répandra autour d'elle sagesse et piété à tous ceux qui voudront bien l'écouter.

— Il faut que je croie en quelque chose.

— Pourquoi ne pas essayer de croire en vous-même ?

— Vous êtes impossible ! s'exclama Ceanna en prenant la direction du loch, mais Sandulf ne bougea pas.

Quand elle entendit gémir Vanora, elle jeta un coup d'œil derrière elle.

— Alors, vous venez ou pas ?

— Ou vous me faites confiance pour vous protéger, ou vous ne le faites pas.

— Comment pourrait-il être plus sûr de retourner vers Dun Ollaigh ? demanda Ceanna en s'arrêtant aussitôt.

— J'ai promis d'assurer votre sécurité, milady. Dès qu'il sera sûr de traverser, nous le ferons. Si ça ne l'est pas jusqu'au pont, alors nous l'emprunterons de nuit. Vous aviez raison lors de vos premières réflexions : nous voulons que notre présence soit connue par aussi peu de gens que possible.

— Vous avez dit qu'ils allaient surveiller le pont, lui

rappela-t-elle en indiquant le loch, l'estomac retourné à l'idée de monter dans un bateau.

Elle n'avait jamais été une bonne voyageuse.

— Laissez-moi me préoccuper de cela, Lady Ceanna. J'ai le bras solide pour manier l'épée.

Ceanna leva les yeux au ciel. Elle était de nouveau « Lady Ceanna », signe infaillible que Sandulf était mécontent de sa tentative de contrôler la situation.

— Très bien, je m'en remets à votre expérience. Nous prendrons en direction du pont, opina-t-elle.

Elle pria en silence pour que celui-ci soit juste après le coude de la rivière et qu'ils n'aient pas à emprunter de gué.

Sandulf lui offrit un sourire qui la réchauffa des pieds à la tête.

— Je savais que vous seriez de mon avis. C'est agréable de constater que vous n'êtes pas complètement têtue ni téméraire, Skadi.

Têtue et téméraire. Une combinaison de mots que Ceanna n'aurait jamais cru qu'on lui destinerait. Elle était réputée pour sa prudence et sa circonspection.

— Je ne suis pas comme cela. Ces derniers jours ont été inhabituels.

Il esquissa un sourire.

— Quelqu'un qui aime prendre des risques, maintenant qu'elle a découvert les joies que cela peut procurer.

— Peut-être, dit-elle en lui retournant son sourire.

— Nous pouvons traverser ici, suggéra Sandulf en montrant à Ceanna un coude de la rivière où un tronc d'arbre s'était coincé entre des rochers, formant un pont naturel. Il y a des pierres hors de l'eau jusqu'au tronc d'arbre, et le courant est moins rapide ici.

— Et cet arbre tiendra ?

— Je ne vois pas pourquoi il ne tiendrait pas, assura Sandulf en fronçant les sourcils.

Ceanna était devenue très silencieuse depuis qu'ils

longeaient la rivière. Sandulf comprit que son bavardage lui manquait. Cela le distrayait de ses sombres pensées sur ses échecs et des souvenirs de ce qui s'était passé à Maerr.

Elle hocha brièvement la tête, mais continua à regarder la rivière d'un air anxieux.

— J'y vais d'abord, pour voir ? proposa Sandulf.

Il s'avança aussitôt sur les pierres sans attendre sa réponse et réussit à garder les pieds au sec jusqu'au tronc d'arbre. Il passa dessus et, arrivé à son extrémité, examina le cours d'eau jusqu'à la rive opposée. Une série de pierres plates qui affleuraient presque à la surface rendait le reste du passage très simple.

— Le tronc est bien droit et ne bougera pas avant la prochaine crue de la rivière, dit-il en retournant à l'endroit où se trouvait Ceanna. On peut marcher dessus.

Il remarqua ses traits complètement crispés. Quand ils auraient traversé cette rivière, ils pourraient se détendre, se répétait Sandulf. Il ne voulait pas que Ceanna se rende compte du danger dans lequel il suspectait qu'ils se trouvaient. Quiconque se donnait un peu de mal n'aurait aucun problème à suivre leurs traces, mais traverser la rivière résoudrait ce problème.

— Vous devez mettre vos pieds exactement là où j'ai mis les miens, expliqua-t-il.

— Exactement ?

— Vous en êtes plus que capable. Je vous ai vue en action. Vous vous en souvenez, Skadi ?

Sans attendre la réponse de la jeune femme, il s'engagea dans la rivière. Le courant était rapide, mais rien qui l'inquiétât outre mesure. En avançant de pierre en pierre après le tronc, il réussit à atteindre l'autre berge en mouillant à peine ses bottes lors de ses dernières enjambées.

Vanora le suivit et traversa rapidement, mais elle se mit aussitôt à gémir en arpentant la berge.

Sandulf se retourna pour découvrir Ceanna perchée sur

un rocher, à environ un tiers de la distance à franchir pour traverser, juste avant le pont de fortune créé par le tronc d'arbre. Elle avait pris une trajectoire légèrement différente, et le chemin vers le tronc lui était coupé. La fière guerrière d'il y avait quelques heures à peine semblait soudain terriblement vulnérable. Des gouttes d'eau ruisselaient sur ses joues, provenant de la rivière ou de ses larmes ?

Sandulf refusa de spéculer. Son cœur se serra, ce cœur dont plusieurs femmes de Constantinople l'avaient accusé de manquer.

— Y a-t-il un problème ? la héla-t-il très fort, pour se faire entendre au-dessus du fracas de l'eau qui heurtait les rochers.

— Nous devrions peut-être aller jusqu'au pont et prendre par le col.

— Vanora a traversé. Vous pouvez le faire, dit-il en fronçant les sourcils.

— Vraiment ?

— Vous avez dit vous-même que vous aimiez prendre des risques, lui rappela Sandulf pour essayer de l'encourager.

— Ah… J'ai peut-être un peu exagéré.

— Vous devrez vous en expliquer quand vous aurez traversé.

Ceanna se concentra sur l'eau tourbillonnante. C'était bien pire vu de près que ce qu'elle avait aperçu de la rive. Cela avait paru simple quand Sandulf avait traversé, et Vanora s'était à peine mouillé les pattes. Aller droit devant n'était pas envisageable, et rebrousser chemin semblait tout aussi impossible. Elle fit de grands efforts pour reprendre sa respiration, sachant qu'elle n'aurait jamais dû induire le Viking en erreur sur sa prétendue assurance. Elle aurait dû lui dire la vérité : elle était en fait l'une de ces pleurnicheuses plus à l'aise chez elles avec une tapisserie sur les genoux que perdues en pleine nature sauvage, elle aimait sa routine quotidienne et n'aimait pas… Eh bien… Tout ce qui était imprévu et inconfortable.

— Je ne suis pas sûre de pouvoir. Oh ! aidez-moi, je vous en supplie !

Elle battit des bras en l'air et comprit l'espace d'un battement de cœur qu'elle allait perdre l'équilibre et tomber à l'eau.

Elle ferma les yeux et murmura des prières.

Des bras puissants lui enserrèrent la taille alors qu'elle se sentait déjà glisser dans l'eau bouillonnante qui allait la happer. Mais Sandulf avait réussi à la saisir avant qu'elle tombe. Elle se cramponna à ses épaules.

— Ne me lâchez pas. Vous n'avez pas intérêt à faire cela.

— Je n'ai aucune intention de vous lâcher.

Il la serra plus fort et commença à traverser la rivière. Ceanna sentait ses bras tels des cercles de fer autour d'elle, qui la maintenaient contre sa large poitrine. Elle entendait battre le cœur du guerrier contre son oreille. La panique qui avait failli avoir raison d'elle reflua peu à peu.

Elle fut surprise de voir à quel point il traversa facilement le tronc d'arbre. Elle se tordit le cou pour mieux apercevoir la rivière qui filait en dessous d'eux. Dans une certaine mesure, tout contre Sandulf, elle trouvait les eaux déchaînées bien moins terrifiantes.

— Tenez-vous tranquille. Gigoter ne fera que rendre les choses plus difficiles. Laissez-moi vous protéger.

— Promis ? murmura Ceanna tout en fermant les yeux.

— Je promets, lui répondit-il dans un souffle tout près de son oreille, ce qui envoya des ondes de chaleur pulser en elle.

— Je vous crois.

Il la lâcha, et ses pieds retrouvèrent la terre ferme.

— Vous êtes en sécurité, Skadi. Loin de la rivière.

Elle passa la langue sur ses lèvres desséchées et observa la façon dont la poitrine de Sandulf se soulevait à chaque respiration. Elle n'avait qu'à tendre la main pour la toucher.

— Ça y est ? Sommes-nous loin de l'eau ?

— Oui, assura-t-il en plissant les yeux, tout en restant près d'elle. Bien, maintenant racontez-moi ce qui s'est passé, Skadi.

— Je n'ai jamais été très douée pour traverser les rivières ou les eaux vives quelles qu'elles soient, depuis la mort de ma mère et de mon frère, avoua Ceanna en se passant de nouveau la langue sur les lèvres. J'aurais dû le dire plus tôt, mais je ne voulais pas que vous me considériez mal. Je ne voulais pas être l'une de ces ladies geignardes qui se contentent de battre des cils pendant qu'elles tressent des rubans dorés à coudre à leurs robes.

— Avoir peur de quelque chose de ce genre n'est pas honteux. C'est naturel. Vous auriez dû me le dire.

— J'avais peur que vous vous moquiez de moi.

— Comment votre mère et votre frère se sont-ils noyés ?

— Ils ont été emportés lors du passage d'un gué qui était censé être sûr. Il avait plu, et l'eau a monté très vite. Elle le portait contre elle.

Elle frissonna et serra les bras contre sa poitrine.

— Je ne pensais qu'à cela quand j'étais sur ce rocher, que l'eau montait, et que vous alliez continuer le chemin sans moi.

— La prochaine fois expliquez-vous au lieu de vous obstiner à être brave quand cela n'a pas lieu d'être. Nous sommes une équipe, Skadi, et nous allons au rythme du plus lent. Personne ne cherche à se divertir avec les peurs de l'autre. Vous êtes en sécurité à mes côtés, répéta Sandulf avec sérieux.

En sécurité avec lui… Ceanna leva les yeux vers lui. Il était si près qu'elle vit la légère cicatrice sur sa joue et la petite fossette de son menton. Ainsi que la profondeur de son regard. Elle se demanda si les femmes le trouvaient froid.

Sans se laisser le temps de réfléchir elle se haussa sur la pointe des pieds et lui effleura la joue de ses lèvres.

— Merci. Pour tout.

Sandulf poussa un juron étouffé avant de poser la bouche sur la sienne et de la prendre dans ses bras contre son corps musclé.

Ceanna sursauta quand ses lèvres chaudes touchèrent les siennes, trop froides, les ramenant à la vie. Elle ignorait que les baisers offraient ces sensations. Elle avait envie d'ouvrir la bouche et de boire à ses lèvres. Elle avait simplement eu l'intention de lui effleurer la joue, mais le baiser avait eu lieu. Et elle en voulait plus. Elle voulait s'y noyer, sentir les mains puissantes de Sandulf monter et descendre dans son dos.

Cette sensation était semblable à l'eau glacée de la rivière qui avait tournoyé autour de ses chevilles il y avait quelques battements de cœur à peine. L'embrasser avec pareil enthousiasme était mal pour une jeune fille se destinant à la vie religieuse. Cela démontrait combien elle manquait de fermeté dans sa vocation. Et Ceanna savait que sa tante l'interrogerait longuement sur ce genre de sujet.

Elle se força donc à s'écarter de lui et fit mine d'être très occupée à replacer ses cheveux dans son couvre-chef.

Tout en sentant que ses joues étaient écarlates.

— Je vois le Ben Cruachan au-dessus des nuages. Nous avons une longue route avant d'arriver au col. Plus vite nous partirons, plus vite nous arriverons à Nrurim, et vous pourrez reprendre le cours de votre vie.

— Dois-je vous demander pardon, Skadi ? s'enquit Sandulf.

Elle fit un rapide signe de dénégation.

— Je vous ai embrassé. Je ne suis pas…

Elle chercha les mots adéquats pour lui expliquer que les hommes ne la désiraient pas. Ils désiraient sa dot, pas son corps.

— Vous n'êtes pas encore une servante de Dieu. Vous pourriez vous tromper quant à votre destinée. Plus je vois le monde, plus j'apprends que personne ne peut prédire l'avenir. Pas même les dieux.

Ceanna se plongea de nouveau dans ses yeux, puis se concentra rapidement sur le massif de fleurs sauvages bleues et jaunes qui s'agitaient dans la légère brise derrière lui.

— Croyez-vous que ma tante sera fâchée de mon… exagération ? Elle m'a dit une fois que, si je pensais sincèrement avoir la vocation, elle envisagerait de me prendre, mais que je ne dois pas souhaiter me cloîtrer parce que j'ai peur.

— Est-ce ce que vous faites ? Vous cloîtrer à cause de votre peur ?

— Je n'ai pas peur du lit conjugal, si c'est ce que vous me demandez. J'éprouve simplement le grand désir de devenir vieille.

— Ah, Skadi, vous avez votre façon bien à vous de dire les choses !

— Alors vous comprendrez pourquoi j'ai besoin que ma tante me prenne sous son aile ? J'espère sérieusement découvrir ma vocation avant notre arrivée.

— Ainsi vous n'avez pas encore entendu l'appel ?

— Cela viendra. Il le faut.

Sandulf lui prit le coude, faisant rayonner des ondes de chaleur le long de son bras.

— Un baiser n'est pas une raison suffisante pour abandonner votre voyage à Nrurim. Votre tante sera enchantée que vous ayez choisi son abbaye pour y vivre votre vie de future religieuse.

— Abandonner mes plans est impossible. Ma belle-mère veut ma mort. Après le décès de mon père elle a l'intention d'épouser son amant, celui qui devait devenir mon époux. Et un homme ne peut pas avoir deux femmes vivantes à la fois.

— Comment en êtes-vous certaine ?

— J'ai surpris une conversation entre eux, répondit Ceanna avec un haussement d'épaules faussement nonchalant.

Quand elle vit l'expression du Viking, elle comprit qu'elle devait s'expliquer plus en détail.

— Il était tard, et j'étais retournée dans la grande salle pour chercher un os pour Vanora. J'ai entendu un bruit d'étoffe et je l'ai suivi. Je les ai vus… enlacés.

— Vous les avez vus ensemble ? Ou les avez entendus ?

— Les deux. Ils étaient si passionnés qu'ils ne m'ont pas remarquée.

Ceanna se crispa et tenta de se débarrasser de cette image : sa belle-mère seins nus et l'homme dévêtu à genoux devant elle.

— Et me voilà : une religieuse ratée sans vocation sincère, si ce n'est le désir de sauver ma vie et de protéger les gens qui dépendent de ma famille des menées de ma traîtresse de belle-mère. D'une manière ou d'une autre il me faudra convaincre ma tante que la vision dans laquelle je devenais nonne était véritable, et espérer que mon âme ne sera pas damnée avec ce mensonge. Elle m'offrira l'abri de son sanctuaire et placera Dun Ollaigh sous la protection de l'Église, et ne m'y renverra pas affronter l'humiliation et la mort.

Ceanna se sentit mieux après avoir prononcé ces paroles tout haut et s'en être convaincue. Elle voulait être nonne, car elle ne voyait aucune solution alternative. Elle enviait les gens qui connaissaient le chemin qu'ils voulaient emprunter dans la vie, comme sa cousine. Celle-ci savait depuis son enfance que son destin serait dans l'Église. Elle avait passé la majeure partie de sa vie en prières, sans cesse inquiète de ce que les anges pensaient d'elle. Par malheur elle était morte d'une fièvre peu de temps après son entrée au couvent. La belle-mère de Ceanna avait soutenu que la jeune fille avait passé trop de temps à genoux, cela avait précipité son trépas selon elle.

Ceanna attendit la condamnation de Sandulf.

Il se contenta de siffler, et Vanora accourut.

— Votre chienne souhaite poursuivre le voyage, dit-il en partant d'un pas décidé en direction de l'est.

Vanora, la traîtresse, se mit à trotter sur ses talons.

— Vous ne pensez pas que je suis une personne épouvantable, de feindre ma vocation ? demanda Ceanna en les rejoignant vivement.

— Nous faisons tous ce que nous pouvons pour survivre, répondit-il avec une petite grimace. J'ai commis assez d'erreurs dans ma vie comme cela et n'ai aucun désir de les aggraver en donnant des conseils, alors que je ne sais rien de votre Dieu.

Ceanna palpa ses lèvres, qui la picotaient encore après leur baiser. Elle y repenserait comme à son premier vrai baiser, pas comme l'assaut aviné de Feradach à Pâques, qui l'avait révulsée. C'était bien plus plaisant, quelque chose dont elle pourrait se souvenir les prochaines années : un homme séduisant l'avait embrassée, comme s'il en avait eu réellement envie.

Elle secoua la tête. Rêver n'avait jamais résolu ses problèmes. Aggraver les erreurs, avait-il dit. Ce baiser avait été une erreur. La dernière chose que Sandulf désirait, c'était une personne comme elle soupirant derrière lui.

Mais le cœur de Ceanna refusait d'y croire et désirait que cela se reproduise.

Elle commença résolument à répéter le discours qu'elle servirait à sa tante. Il ne lui avait jamais paru aussi faux.

Chapitre 7

Embrasser Ceanna avait été une erreur stratégique, que Sandulf avait envie de réitérer, mais il savait, pour le salut de sa santé mentale et de son destin, qu'il devait l'éviter.

Il garda délibérément les yeux braqués sur le sentier qui traversait les fougères.

Vanora avait fini par se lasser de jouer avec des bâtons et trottait aux côtés de Ceanna.

— Regardez, dit la jeune femme en montrant un éclat brillant à peine visible sur leur droite. Je vois le loch. Et les deux montagnes à notre gauche.

— Et c'est bon signe ? demanda Sandulf d'un ton qu'il jugea aussitôt bien trop brusque.

Quand il vit le regard troublé de Ceanna, il reformula sa question avec plus de délicatesse.

— Vous attendiez-vous à les voir ?

Elle se plaqua les mains sur la bouche pour dissimuler son enthousiasme.

— Nous sommes sur la bonne route. J'ai trouvé le bon sentier. Je ne suis pas totalement inutile.

Sandulf lui sourit en guise de réponse.

— Vos talents de navigation sont excellents. Vous devriez avoir plus confiance en vos capacités. Comme moi je vous fais confiance.

Elle s'arrêta et leva les yeux vers lui. Ses yeux bleu-gris scintillaient tel un rayon de soleil sur un lac.

— Ah bon ? Je n'en étais pas tout à fait sûre. En particulier depuis que nous avons traversé la rivière. Nous pourrions éviter le col en contournant les montagnes par le sud.

Sandulf posa les mains sur les épaules de la jeune femme et la sentit frémir imperceptiblement sous ses doigts.

— Vous vous inquiétez trop.

— Vraiment ? demanda-t-elle en se passant la langue sur les lèvres.

— Oui, répondit-il en penchant la tête pour lui frôler les lèvres des siennes. Beaucoup trop.

Il s'abandonna à la sensation de cette bouche douce sous la sienne l'espace d'un divin battement de cœur. Elle avait un goût de soleil et de chaleur estivale, de toutes ces bonnes choses de la vie. Sandulf se recula, doutant de mériter la moindre parcelle de ce plaisir.

— Dois-je encore m'excuser ? interrogea-t-il.

— Je croyais que nous étions d'accord, un peu plus tôt, répliqua-t-elle en secouant la tête.

— D'accord sur quoi ?

— Je vais être nonne, une servante de Dieu sujette à des visions, répéta-t-elle avec un demi-sourire. Même si je n'en ai encore eu aucune.

— Ici, vous êtes Skadi, Lady Ceanna, ma compagne de voyage, rétorqua Sandulf en fronçant les sourcils.

Le regard de la jeune femme se troubla.

— Si nous nous connaissions depuis plus longtemps, vous sauriez que je suis loin d'être le genre de femme à qui les hommes volent des baisers. La plupart du temps on me néglige et on m'ignore. Mes formes sont bien trop opulentes.

Sandulf regarda son visage en forme de cœur, avec sa bouche rose pâle et son petit nez retroussé.

— Quel est donc le problème des hommes de Dun

Ollaigh ? Sont-ils aveugles ? J'ai rarement entendu un homme se plaindre de cela !

Elle éclata de rire.

— Les Vikings doivent avoir des critères de beauté différents.

Sandulf la dévisagea longuement. Son envie de lui suggérer d'autres choix pour sa vie que d'être nonne à Nrurim faillit prendre le dessus, mais il fallait qu'il trouve Lugh, et elle était sa meilleure chance d'entrer là-bas. Après cela, il l'aiderait s'il le pouvait.

Et il espérait que son instinct, lui disant que quiconque voulait trouver Ceanna se contenterait d'aller au monastère, de l'y attendre puis de l'attaquer en jaillissant de l'ombre à son apparition, le trompait. Il prenait un risque calculé mais, une fois qu'elle serait dans le sanctuaire de sa tante, elle ne serait plus son problème. Il aurait honoré son serment.

— Arrêtez d'écouter votre belle-mère, ou quiconque vous aurait dit cela, se récria-t-il.

— Les demandes en mariage ne se sont pas vraiment bousculées, selon ma belle-mère.

— Votre belle-mère cherche à vous manipuler.

— Je suis consciente de la réalité, Sandulf. Même avant que mon père l'épouse, on me considérait comme mal bâtie et maladroite.

Sandulf prit le menton de la jeune femme entre ses doigts pour l'obliger à le regarder. Il éprouvait une envie féroce de massacrer impitoyablement tous ceux qui l'avaient rabaissée. Ceanna n'était pas d'une beauté conventionnelle, mais une fois qu'on la connaissait sa beauté intérieure rayonnait, et Sandulf se demanda comment il avait pu passer à côté de cela quand il l'avait rencontrée. Il admirait son courage et sa vitalité.

Mais il savait aussi qu'il ne pouvait pas lui dire toutes ces choses, pas encore… Et peut-être jamais. C'était le genre de femme que les hommes épousaient. Ceanna n'était pas du genre à badiner, même si sa bouche avait été enivrante un peu plus tôt.

— Il n'arrivera rien que vous n'ayez désiré. Nous irons à votre rythme et…

— Et quoi ? demanda-t-elle en clignant des yeux.

Sandulf la relâcha abruptement et recula de quelques pas. Lady Ceanna était une innocente. Elle ne se rendait pas compte qu'elle était devenue une femme hautement désirable, avec des formes aux endroits où les hommes aimaient qu'elles soient. Elle savait peut-être certaines choses en théorie, mais avait peu de pratique.

Elle méritait quelqu'un de meilleur que lui pour les lui enseigner.

— Il nous faut trouver un abri pour la nuit avant qu'il recommence à pleuvoir.

Ceanna observa la petite chaumière qu'ils venaient de découvrir devant eux au détour du chemin. Le jardin était bien entretenu, avec un air prospère avenant. Elle espérait que ce genre d'endroit, s'ils pouvaient y passer la nuit, effacerait la récente atmosphère de malaise qui les avait enveloppés.

Sandulf l'avait embrassée avec fougue, puis était reparti sans lui lancer un seul regard. Ensuite, pendant le reste de la journée, il n'avait parlé que lorsque c'était nécessaire et avait fait des pieds et des mains pour l'éviter. Les petits gestes, sa main pour l'aider à enjamber une flaque boueuse, les frôlements accidentels lui avaient manqué, réalisa-t-elle. Elle ne s'était pas rendu compte qu'elle les attendait avec impatience jusqu'à ce qu'ils aient disparu.

Elle reporta toute son attention sur la porte d'entrée. Ah, elle allait faire une jolie nonne !

— Laissez-moi parler, s'il vous plaît, lança-t-elle.

— Parce que je suis un Viking ?

— Je parle picte et gaélique. Je ne sais pas quelle est la langue des habitants de cette chaumière, ni s'ils ont souffert des mains des Vikings. Vous pouvez difficilement en vouloir aux gens d'être prudents et méfiants envers les Scandinaves.

— Exact, acquiesça Sandulf en s'inclinant profondément devant elle. Une fois encore, je serai votre débiteur, milady, si vous nous trouvez un endroit où dormir.

— D'où viennent soudain ces manières guindées ? Vous moquez-vous de moi ?

— Au grand jamais ! Je me suis préparé à admettre que vous avoir rencontrée est peut-être la meilleure chose qui me soit arrivée récemment. Vous êtes incontestablement plus jolie que mes autres guides dans ce voyage.

Elle fronça le nez.

— Il n'y a pas beaucoup de compétition, si l'on compte Urist.

— Je reconnais ne pas être le moins du monde attiré par Urist, répondit Sandulf en haussant les épaules.

Ceanna scruta le ciel où se formaient des nuages d'orage. Son attirance pour elle, si l'on pouvait la nommer ainsi, était de l'amitié, pas du désir et encore moins de l'amour. Il ne fallait pas qu'elle se mette à rêver.

Les héros ne venaient pas à la rescousse des femmes comme elle.

— Nous sommes d'accord, je peux m'entretenir avec la maîtresse de maison pour lui demander le gîte et peut-être un peu de nourriture, n'est-ce pas ?

— J'en déduis donc que vous avez faim… de nouveau.

Une petite bulle de joie monta aussitôt en elle.

— Vous me connaissez si bien ! Ma belle-mère estime que c'est une preuve de faiblesse de caractère. Elle dit que ma tante se méfie des gens qui ont beaucoup d'appétit, car c'est le signe que leur esprit est tourné vers les plaisirs terrestres.

— C'était une pupille de votre tante. Cela causera-t-il des problèmes ?

Ceanna serra les mains avant de répondre :

— Ma mère était sa sœur. Je crois que les liens du sang compteront quand ma vision divine inspirée sera portée à mon crédit.

Sandulf se pencha vers elle et dégagea une petite mèche de son visage.

— Je préfère les femmes avec un solide appétit de la vie.

Ceanna sentit aussitôt ses lèvres la picoter.

— Donc vous êtes d'accord, répéta-t-elle. C'est moi qui parlerai à la femme.

— Mais bien sûr.

Ceanna toussa bruyamment en s'approchant de la femme âgée assise sur le seuil. Elle cessa de filer son rouet et la dévisagea.

— Ah, des étrangers ! s'exclama-t-elle en picte. La plupart prennent par le col plutôt que de faire ce long détour.

— En effet, nous sommes des étrangers à la recherche d'un endroit où passer la nuit et de quelque chose pour remplir nos estomacs.

Quand elle vit l'expression stupéfaite de la femme, Ceanna sortit une pièce d'or de sa bourse.

— Nous serons heureux de vous payer, ajouta-t-elle.

La femme partit d'un rire perlé, qui la fit paraître soudain bien plus jeune que ne le suggéraient ses cheveux blancs.

— Quel besoin aurais-je d'une pièce d'or ? dit-elle en gaélique. Quand on en a, cela ne fait qu'attirer les voleurs et les brigands. Gardez votre argent. Mon hospitalité n'est pas à vendre.

Elle prit un balai de paille et se mit à balayer.

— Nous serons heureux de travailler alors. Il doit bien y avoir des tâches que nous pourrions effectuer en échange de l'hébergement pour une nuit, insista Ceanna.

— J'ai un bon dos, ajouta Sandulf en gaélique. Votre tas de bois pour le feu est bien maigre.

La femme cessa de balayer.

— Vous m'intéressez, Viking. Vous avez réussi à repérer mon tas de bois qui diminue sans voir ma réserve de bûches.

— En général, les femmes seules ont toujours besoin de bois débité pour le feu.

— Et d'autres choses aussi, n'est-ce pas ? gloussa la vieille dame.

— Je cherche toujours à deviner et devancer les besoins d'une femme, répliqua Sandulf.

Elle le détailla des pieds à la tête, puis jeta un coup d'œil à Ceanna.

— Je le vois, en effet. Comment savez-vous que je suis seule ?

— Vous n'avez pas appelé votre mari quand vous nous avez vus approcher, dit le guerrier avant de faire un signe vers la chaumière. Il y a des choses qui ont besoin d'être réparées sur le toit et les murs, travaux que vous auriez demandés à tout homme valide et capable vivant ici, car vous ne semblez pas le genre de femme à supporter des fainéants.

— Oui, vous pourriez avoir raison, concéda la femme, amusée.

Ceanna leva la paume de sa main et y recueillit l'éclaboussure d'une goutte de pluie.

— On dirait qu'il va pleuvoir, et nous avons beaucoup marché aujourd'hui. Je veux bien vous aider au nettoyage de la maison. Je sais aussi baratter le beurre et bien coudre.

La femme pencha la tête sur le côté et les scruta tous deux.

— Montrez-moi vos mains, ordonna-t-elle.

Ceanna lui tendit la sienne.

La femme passa un doigt sur sa paume, puis se recula.

— Vous avez travaillé de vos mains, certes, je le vois, mais ce sont celles d'une lady aujourd'hui. Je vois des traces d'ampoules récentes.

— Je n'ai jamais été du genre à faire travailler les serviteurs pendant que je me reposais, s'indigna Ceanna en relevant le menton, pour montrer Sandulf à côté de Vanora. Mais j'ai quitté cette vie.

Les yeux de la vieille femme s'agrandirent.

— Pour lui ? Je veux bien croire que c'était tentant, lança-t-elle.

Ceanna sentit son visage s'enflammer. C'était au-dessus de ses forces d'expliquer que Sandulf et elle n'étaient que compagnons de voyage.

— Pourrez-vous nous héberger ? se contenta-t-elle donc de répéter.

La femme éclata alors de rire.

— Mais oui, ma jolie. Je le peux. En particulier si votre homme est prêt à me fendre quelques bûches en échange. Je reconnais que c'est de plus en plus difficile pour moi. Et j'imagine que ce chien ne refusera pas un bel os.

— Que veut-elle ? demanda Sandulf à Ceanna. Elle parle un peu trop vite pour moi.

— Elle veut que vous lui fendiez du bois. Elle préfère du bois de chauffage à de l'or ou d'autres tâches.

— Dites-lui que ce sera un honneur pour moi de le faire pour une dame comme elle.

Les joues pâles de la femme rosirent instantanément.

— Il vient du Nord, affirma-t-elle aussitôt. Je ne le comprends pas très bien à cause de son accent, mais il est un régal pour les yeux. Il est sûrement capable de charmer les oiseaux dans les arbres et de les en faire tomber comme des mouches.

— Il n'est pas belliqueux, déclara Ceanna sur un ton qu'elle espéra assuré, tous les Vikings ne sont pas enclins à la violence.

La femme réfléchit un long moment avant de répondre :

— C'est exact. Le chien reste dehors, j'ai un chat et une chouette à l'intérieur.

Ceanna fit signe à Vanora de se coucher devant la maison tandis que la femme expliquait à Sandulf où trouver une hache et lui indiquait quelle quantité de bois elle voulait qu'il fende. Ceanna le vit écarquiller les yeux quand il découvrit la taille impressionnante du tas de bûches que leur hôtesse lui montra, mais il se mit aussitôt au travail.

Quand Ceanna entra, elle remarqua en premier lieu un ragoût appétissant qui mijotait dans la cheminée. Tout était propre et bien rangé dans la pièce. Une odeur d'herbes qui séchaient emplissait l'atmosphère. Un chat noir ouvrit un œil à son arrivée. Il se leva et vint s'enrouler autour de ses jambes. Elle se pencha pour caresser la fourrure soyeuse de l'animal. La chouette descendit de son perchoir, observa la scène, puis s'envola par la porte ouverte. La femme semblait ravie de l'air approbateur de Ceanna.

— Votre chaumière est très bien entretenue, dit-elle après un moment de silence.

— Elle suffit à mes modestes besoins. Je vis des dons des gens qui viennent me voir parce qu'ils pensent que je peux les guérir de leurs maux.

— Et c'est le cas ?

La femme haussa les épaules.

— Je les aide plus que je ne leur fais du mal. Mes animaux m'indiquent qui je dois aider, et qui je dois éconduire.

— Je suis contente qu'ils m'apprécient.

— C'est un homme bien, votre Viking, reprit la femme tandis qu'elle posait plusieurs écuelles en bois sur la table.

— J'aime à le croire.

— Il mérite qu'on s'accroche à lui, si vous voulez mon avis. Quand on a vécu aussi longtemps que moi et enterré cinq maris, on le sait instinctivement.

— Il s'est avéré utile. Il m'a aidée à traverser l'Awe en crue quand j'ai perdu tous mes moyens.

Ceanna concentra son attention sur le ragoût qui bouillottait doucement. Elle avait eu l'air réticente à parler, elle en était fort consciente, mais elle ne voulait pas raconter toute leur histoire.

— Vous comptez pour lui, je l'ai vu dans ses yeux. Il se serait mis à genoux pour me supplier de vous héberger pour la nuit. Des gens comme cela sont rares.

Ceanna soupira. Elle compterait pour lui ? Il la connaissait à peine. Elle se détourna de la marmite.

— Nous… c'est-à-dire que…

— Je sais ce que c'est, ma chère, quand on est jeune et que la vie nous appelle.

Le sourire de la femme s'agrandit, et il était évident que lui expliquer leur situation réelle ne ferait de bien à personne.

— Cela me rappelle mon troisième mari. Nous nous sommes enfuis ensemble. Nous aurions été heureux si…

Elle s'interrompit, songeuse.

— Si… ?

— Il est mort trop tôt. Avant même d'avoir su à quel point il me rendait heureuse, poursuivit-elle, la voix brisée sur ces derniers mots. C'est pour cela que j'ai appris à connaître les herbes médicinales, afin de pouvoir aider les malades au lieu d'être une pauvre femme éplorée qui se tord les mains, impuissante devant leurs souffrances.

Ceanna posa la main sur le bras de la vieille femme.

— Je suis certaine qu'il le sait maintenant.

— En êtes-vous sûre ? demanda la veuve en s'essuyant les yeux avec un gros soupir. Cela me réconforte. J'ai tellement pensé à lui ces derniers temps. Et aujourd'hui, voir comment votre homme vous regarde…

— Puis-je vous aider avec le ragoût ? proposa Ceanna pour couper court, tout en s'écartant du seuil.

Elle avait pu voir du coin de l'œil que Sandulf avait ôté sa tunique et était toujours en train de fendre le bois. Le temps lui sembla alors suspendu. Elle aurait voulu rester là à admirer la façon dont bougeaient les muscles de son dos, sous sa peau qui devenait luisante de sueur.

— Il fait cela pour que vous le remarquiez et pour se faire admirer. Aucun homme sain d'esprit ne le ferait s'il ne désirait captiver le regard d'une femme, dit la vieille dame avec un sourire concupiscent. J'ai vécu longtemps. Je sais ce que veulent les hommes. Si vous souhaitiez une potion, je pourrais vous en donner une. Quelque chose pour qu'il ne regarde que vous. Parfois les jeunes filles viennent chez la mère Mildreth, c'est mon nom, pour ces choses-là. Et plusieurs d'entre elles ont juré de son efficacité.

Ceanna s'arracha à la contemplation des coups de hache rythmés de Sandulf. Une potion pour le rendre amoureux d'elle. C'était tentant, mais elle ne saurait jamais ensuite s'il la désirait vraiment, ou si c'était uniquement à cause du charme de la potion.

— Il a surtout envie de garder sa tunique propre, rétorqua-t-elle.

— Alors, la potion, qu'en dites-vous ?

— Gardez-la pour qui en aurait plus besoin que moi.

La mère Mildreth éclata d'un rire croassant qui fit sursauter le chat.

— Les êtres humains gaspillent leur jeunesse. Quand vous êtes vieux, vous comprenez à quel point vous avez allègrement dédaigné une quantité incroyable d'opportunités parce que vous aviez peur de vous engager.

— Si vous voulez bien me montrer où nous allons dormir, je pourrai tout préparer.

Mildreth arbora un air malicieux.

— J'aime la façon dont fonctionne votre esprit, milady. J'ai ici des herbes qui adouciront tout et vous garantiront de beaux rêves.

— Je ne suis pas une… Enfin, plus une… Appelez-moi Ceanna.

— Parfois ce qui importe n'est pas le nom que l'on vous donne, mais la façon dont vous vous considérez vous-même. Tout le monde peut voir que vous êtes une lady, une vraie, en toutes circonstances. Bien, maintenant voyons où nous allons vous faire dormir.

Ceanna leva les yeux vers le plafond noirci par la fumée et pria pour un sommeil sans rêves. Les étoiles qu'elle voyait briller à travers une fente du mur conféraient une lueur argentée à tout ce qui se trouvait à l'intérieur. Et le romarin, la valériane et la lavande que Mildreth avait mis à sécher parfumaient délicieusement la remise à foin où elle les avait installés pour la nuit. Certes, ces herbes auraient dû l'aider à trouver le sommeil, mais chaque fois qu'elle fermait les yeux elle repensait à la rivière et aux baisers échangés avec Sandulf.

La chevelure dorée du Viking avait scintillé à la lueur du feu ce soir-là après sa corvée de bois et son plongeon dans la mare à côté de la chaumière. Ceanna avait d'ailleurs refusé de se joindre à lui après qu'il l'avait taquinée pour qu'elle le fasse, choisissant une toilette rapide devant la cheminée, mais cela n'avait pas le moins du monde tari le libre cours de son imagination.

Et cela n'avait fait qu'empirer quand Mildreth lui avait donné un grand coup de coude dans les côtes avant qu'elle se retire pour gagner le lit de fortune installé dans la remise à foin, en lui souhaitant bien des plaisirs.

Alors qu'il y avait bien des raisons pour que Ceanna ne cède pas à ses désirs. Tout d'abord, et avant tout, sa tante ne serait jamais d'accord pour qu'elle devienne une servante de Dieu si elle soupçonnait que sa vocation n'était pas profonde.

De plus, à qui donnait-elle le change ? Elle ne voulait pas s'abandonner à son désir, tout simplement parce qu'elle avait peur d'être repoussée. Le Viking l'avait embrassée une seconde fois, objecta la petite voix dans sa tête, avec fougue, sans retenue. Cela ressemblait-il au comportement d'un homme indifférent ? Ceanna serra les poings.

Sandulf était allongé à côté d'elle, étranger à ses tourments. Il avait sombré dans un profond sommeil aussitôt les yeux fermés.

Elle se tourna sur le côté, puis de nouveau sur le dos. C'est alors qu'elle entendit un petit bruit, un gémissement presque imperceptible. Elle ne bougea plus, certaine qu'il provenait de Sandulf. Elle attendit et l'entendit de nouveau, une lamentation ténue, qui s'échappait de ses lèvres. Il agita les mains, se débattit et commença à crier « Non ! » encore et encore.

— Sandulf ? chuchota Ceanna en le secouant. Vous allez bien ?

— Ingrid ? Tu es vivante !

— C'est moi, Skadi. Réveillez-vous. Vous avez fait un mauvais rêve. Vous êtes ici en sécurité, dans la chaumière de mère Mildreth.

Il cessa de s'agiter et se tourna vers elle.

Ses traits crispés se distinguaient nettement en dépit de la faible lueur de la lune. Il cligna des yeux.

— Ceanna ? Quelque chose ne va pas ?

— Vous avez crié dans votre sommeil. Vous n'arrêtiez pas de dire non. De toute évidence, dans votre rêve vous étiez ailleurs.

Elle écouta son souffle redevenu régulier et se demanda s'il s'était rendormi.

Sandulf lui effleura alors la main.

— Je ne voulais pas vous déranger. Les mauvais rêves sont terribles quand ils nous visitent.

— Vous en souvenez-vous ?

— Mes rêves sont toujours les mêmes. Je revois le jour où mon père et ma belle-sœur ont été assassinés. Je suis désolé de vous avoir perturbée, répéta-t-il en se levant. Je vais m'asseoir devant la cheminée. Le sommeil ne viendra plus.

— Vous ne m'avez pas dérangée, j'étais réveillée, dit Ceanna en tendant la main pour le retenir. Restez. Nous ne voudrions pas détruire les illusions que se fait Mildreth sur nous.

— Quel genre d'illusions ?

— Elle est romantique dans l'âme. Elle croit que nous sommes des amants qui fuient des parents qui désapprouvent notre union. Je n'ai rien pu faire pour l'en dissuader.

Elle avait parlé avec un débit précipité et sentit tous ses muscles se tendre alors qu'elle attendait le rire de dérision du Viking face à cette méprise.

— Avez-vous souvent du mal à trouver le sommeil ? lui demanda-t-il, au lieu de l'éclairer sur son opinion de leur romance supposée.

— Je dois être trop fatiguée. J'ai souvent du mal à m'endormir quand je suis épuisée, répondit Ceanna en ravalant sa déception. Je pense sans cesse à Urist et à cette pauvre femme du village avec ses coups de couteau dans le ventre.

— Vous avez bien dormi la nuit dernière, pourtant.

— C'était avant, dit-elle avec un pauvre rire.

Elle ne voulait vraiment pas se remémorer le matin précédent, où elle s'était réveillée dans ses bras, ni les baisers qu'ils avaient échangés. Ils l'avaient obsédée depuis, chaque fois qu'elle fermait les yeux. Elle aurait dû avoir d'autres pensées en tête, celles que les gens possédant de vraies vocations considèrent comme appropriées, par exemple réfléchir aux longues prières à genoux sur de durs sols de pierre. Elle soupira. Ce genre de choses avait peu d'attrait. Elle serait transparente, et sa tante verrait aussitôt qu'elle feignait.

— J'espère que ce n'est pas à cause de mon agitation que vous avez fait ce mauvais rêve, ajouta-t-elle.

— Il survient plus fréquemment que je ne le voudrais. J'ai horreur de ce sentiment d'impuissance que j'ai ressenti quand Ingrid est morte. Mon frère aîné avait raison. Je suis resté paralysé, alors que j'aurais dû agir.

— Cette Ingrid, c'est la femme dont vous recherchez l'assassin.

— Oui.

— Je suis désolée pour vous. Et pour Ingrid.

Sandulf enfouit alors le visage entre ses mains.

— Pensez-vous que ce meurtrier est à Nrurim ? l'interrogea Ceanna.

Il releva la tête.

— Annis, ma nouvelle belle-sœur, m'a conduit à le croire. Ou bien il y est pour être à l'affût d'une autre occasion d'utiliser ses sinistres talents, ou bien il est possible qu'il ait désiré expier ses nombreux péchés, comme vous le diriez, vous les chrétiens.

— S'il est d'une quelconque manière responsable de l'attaque du groupe d'Urist, alors ce n'est pas le cas, il est loin de vouloir expier, chuchota Ceanna. Ma tante pourrait même être en danger. Elle pourrait héberger au sein du couvent une vipère qui frappera sans prévenir.

— C'est possible. Mais il n'est peut-être pas là-bas non plus.

— Est-il responsable de la mort de tous les membres de votre famille ?

— De ma belle-sœur Ingrid, très certainement. Il connaît peut-être aussi l'identité de l'homme qui a tué mon père. Ma nouvelle belle-sœur, Annis, pense qu'il n'a pas eu le temps de tuer à la fois mon père et Ingrid. De plus, l'assassin aurait normalement dû revendiquer la gloire d'avoir abattu un guerrier aussi redouté, mais mon demi-frère Rurik a déclaré que personne ne l'avait fait auprès de lui et de mes autres frères, pas davantage non plus auprès du roi Feann qui avait commandité cette attaque pour venger l'honneur de sa sœur. Il l'aurait couvert d'or s'il s'était dévoilé.

Sandulf lui expliqua ensuite le massacre à Maerr et ses suites. Ceanna l'écoutait avec une sympathie grandissante.

— Pourquoi n'êtes-vous pas avec vos frères, pour tenter de découvrir ce qui s'est passé exactement ?

— On m'a envoyé au loin, vers l'est, sur un bateau de commerce du nouvel époux de ma tante mais, même sans cela, de toute façon Brandt m'aurait banni. Il a été très affecté par la mort de sa femme et m'a blâmé de ne pas l'avoir protégée. Je suis vivant, et elle ne l'est plus, alors que j'aurais dû donner ma vie pour elle. Je l'ai vite compris et je suis donc parti.

— Mais vous recherchez cet homme maintenant, seul. Pourquoi ?

— Sans moi, Lugh l'Assassin ne sera jamais accusé du crime contre Ingrid. Je suis le seul à avoir vu son visage avec sa cicatrice en forme d'étoile filante ce jour-là. Je sais de quoi cet homme est capable.

Ceanna entendit la colère à peine dissimulée dans la voix de Sandulf et se demanda contre qui elle était dirigée, l'assassin ou ses frères. Ou lui-même ?

— Votre père s'était fait beaucoup d'ennemis.

Il soupira.

— Mon père n'a jamais caché son ambition ni son désir de pouvoir. Il régnait par la peur, non par l'amour et le respect. Autrefois je voulais être comme lui, mais lors de mes voyages j'ai appris qu'il y avait bien des manières de mener les hommes, qui font ressortir le meilleur d'eux-mêmes au lieu de les briser et de les rabaisser. Si jamais un jour je dirige, j'ai fait le vœu d'être différent de mon père.

— Comment avez-vous su où chercher cet homme ?

— J'ai quitté Maerr à bord du navire de mon oncle Thorfinn. Après une semaine de voyage environ un homme nommé Rangr m'a abordé en me disant qu'il avait appris que j'étais le plus jeune fils de Sigurd et qu'il avait une histoire à me raconter, qu'il ne fallait répéter à personne. À ce moment-là le capitaine a hurlé que c'était mon tour de ramer, et nous n'avons donc pas pu parler.

Sandulf resta ensuite silencieux. Ceanna lui donna un coup de coude.

— Vous ne pouvez pas vous arrêter maintenant, vous en arrivez à la partie intéressante.

— Après mon tour de rame, je suis allé rencontrer ce Rangr, mais alors que je m'approchais de lui j'ai vu qu'il dissimulait un couteau dans sa main. L'un des timoniers m'a crié de faire attention et m'a dit de faire demi-tour, mais heureusement j'étais prêt. Rangr s'est jeté sur moi dans l'intention de me tuer, mais avec l'aide du timonier j'ai réussi à le faire passer par-dessus bord.

— J'imagine donc qu'il est mort. Que vous est-il arrivé ensuite ? Avez-vous été puni ?

— Après cet événement, le capitaine m'a raconté que le garde personnel de Thorfinn lui avait expliqué au moment d'embarquer que Rangr était sujet à de brusques crises de rage, et qu'il fallait garder un œil sur lui. Avant cet incident, il avait déjà eu maille à partir avec un autre membre de l'équipage. C'était un bon débarras, mais j'ai été obligé de faire double service de rames en punition, car je leur avais coûté un rameur. Quand je suis allé à la place de Rangr sur le banc, j'y ai découvert un pendentif en or, très semblable à celui que mon père avait offert à ma mère à ma naissance, caché sous une planche désajustée.

— Vous avez pensé que votre mère avait engagé cet homme pour veiller sur vous et que vous l'aviez tué accidentellement ?

— C'est possible. Ma mère se faisait du souci pour moi. Mais, s'il était censé me protéger, qui donc sur ce bateau voulait me voir mort ? Et pourquoi a-t-il changé d'avis et essayé de me planter un couteau dans les côtes ? Après la mort de Rangr, ils m'ont fait travailler assez dur pour me tuer. Toute cette histoire m'avait rendu nerveux, alors je me suis échappé dès que nous avons mouillé à Kaupang. Je me suis mis au service d'un autre capitaine qui allait vers l'est.

— Vous avez dit que votre mère pouvait avoir engagé l'homme ? Pourquoi en doutez-vous ?

— J'ai découvert un autre pendentif, une flèche en or, comme celle que ma mère avait reçue à la naissance de Brandt, autour du cou d'un homme dans une auberge à Constantinople. J'ai reconnu l'homme ainsi que son compagnon comme deux des Saxons qui avaient perpétré le massacre dans la grande salle de notre maison, ceux qui avaient tranché la gorge de Vigmarr, le père de la femme que mon frère Alarr devait épouser. Vigmarr était l'un des meilleurs guerriers du Nord. J'ai gagné la confiance de l'un d'eux avant de me livrer à ma vengeance. Avant sa mort, le Saxon m'a montré le pendentif et m'a avoué que c'était le paiement pour cette tuerie. Je n'ai pu que me poser la question : et si les deux pendentifs avaient été donnés par ma mère, en paiement pour être débarrassée de mon père ?

Ceanna scruta l'obscurité, afin de tenter de discerner les traits du guerrier.

— Vous pensez donc que votre mère avait quelque chose à voir avec l'attaque contre votre père ? Ces bijoux auraient pu être volés. Vous avez dit vous-même que tout était très confus.

— Vous ne connaissez pas mes parents. Mon père était obsédé par le pouvoir et l'argent, bien plus affairé à amasser les deux qu'à s'occuper de sa famille. Il aurait tout sacrifié, y compris son honneur, pour y parvenir. Ma mère craignait qu'il ne veuille divorcer afin de conclure une autre alliance. Quand ils ne se disputaient pas, ils s'ignoraient superbement, les derniers mois avant l'attaque. Ma mère est une femme fière, et elle en avait peut-être assez. Mais de là à planifier tout ce qui est arrivé à ma famille… J'espère que non. J'espère qu'elle n'a pas organisé cette attaque. Car en ce cas son sang impur et déshonoré coule dans mes veines.

— Et moi, je connais son fils, qui m'a sauvé la vie plusieurs fois ces derniers jours. Quelqu'un vous a appris le sens de l'honneur.

Sandulf se rallongea sur le dos. Ils avaient beau être très proches dans cette petite remise à foin, leurs corps ne se touchaient pas.

— Il me vient de mes frères.

— Parlez-moi de la femme de votre frère, celle qui est morte, dit Ceanna après une légère hésitation car elle se souvenait à quel point il avait été sensible sur ce sujet un peu plus tôt. Il est parfois plus facile de s'endormir quand on repense aux bonnes choses, plutôt que de ruminer sur les mauvaises.

— Il y a du vrai dans ce que vous dites, reconnut-il.

Sandulf lui décrivit alors son frère aîné, Brandt, et comment il vénérait jusqu'au sol qu'il avait foulé. Et, lorsque Brandt s'était marié, combien il avait vénéré de même son épouse à son tour. Et comment il avait espéré épouser une personne comme elle : cheveux dorés, grande, avec un doux sourire et un caractère plus doux encore.

Cette femme morte était tout le contraire d'elle-même, se dit Ceanna, le cœur lourd. Mais elle n'avait aucun désir d'épouser Sandulf. Elle voulait simplement aller à Nrurim et y prendre un nouveau départ dans l'existence. Même si la perspective d'être emmurée sa vie durant dans un couvent lui était moins attirante que jamais.

— Elle devait être merveilleuse, lança-t-elle avec une chaleur sincère dans la voix.

Haïr une femme morte n'était pas digne d'une servante de Dieu, se réprimanda-t-elle.

— Ingrid était charmante. Aussi belle à l'intérieur qu'à l'extérieur. J'étais censé m'occuper d'elle ce jour-là. Elle portait son premier enfant. Elle avait mal aux pieds, ne voulait pas rester debout durant toute la cérémonie et craignait peut-être de faire honte à la famille. Nous étions allés en avance dans la grande salle sur ma suggestion, parce qu'il était certain que tous nos proches y viendraient après la cérémonie. Personne ne le saurait. J'avais même veillé à ce qu'elle ait une assiette de prunes confites au miel avant même qu'elle le demande, au cas où elle aurait faim. Elle apparaît souvent dans mes rêves, couverte de sang, me demandant de remplir mon serment, acheva Sandulf d'une voix qui se brisa.

— Et vous le faites. Vous faites ce qu'il faut. Dites-lui de se taire dans vos rêves, afin que vous puissiez vous concentrer sur votre quête. J'espère que je vais pouvoir me reposer, conclut Ceanna après un léger bâillement.

— Vous allez vite dormir, assura Sandulf en soupirant. Qu'est-ce qui vous empêche de trouver le sommeil ?

— Mildreth pense que nous sommes… amants, bredouilla Ceanna avant d'avoir eu le temps de réfléchir aux implications de cette phrase. Et si elle me pose des questions demain ? Comment lui répondre sans trahir la vérité ?

Sandulf tourna le regard vers la faible lueur des étoiles visibles à travers les fentes du toit pendant si longtemps qu'elle crut qu'il s'était endormi.

— Nous sommes amis, Ceanna, ce qui est mieux, répondit-il alors qu'elle allait ouvrir la bouche pour chuchoter son nom. Dites-lui que cela ne la regarde pas et que vous avez très bien dormi.

Des amis… Le cœur de Ceanna se serra. Elle n'avait pas réalisé jusqu'à ce qu'il prononce ce mot qu'en bien des façons elle avait espéré qu'il prenne la décision qu'elle soit autre chose que cela pour lui. Qu'il l'embrasserait et que les choses iraient au-delà d'un point de non-retour, qu'elle n'aurait pas à réfléchir aux demi-vérités qu'elle avait proférées et aux mensonges qu'il lui faudrait élaborer quand elle arriverait à Nrurim. Prétendre être une servante de Dieu avec une vision profondément spirituelle était un plan intelligent, qui assurerait la sécurité de Dun Ollaigh. Il existait certes des défauts flagrants à ce plan, Ceanna en était fort consciente, mais cela partait d'une bonne intention.

Tandis que son cœur se lamentait, sa raison se réjouissait. Elle n'aurait pas besoin de mentir à sa tante sur le sujet de sa pureté.

— Est-il préférable d'être amis ? chuchota-t-elle, la gorge serrée.

— J'ai eu beaucoup d'amantes, mais je compte mes amis sur les doigts d'une main, en particulier mes amies féminines.

— Essayez-vous de m'insulter ?

Sandulf se pencha vers elle et recoiffa les boucles échappées sur son front.

— Non, je dis cela pour vous faire honneur. J'ai mis bien des femmes dans mon lit, Skadi, mais je me souviens à peine d'elles. Je veux me souvenir de vous.

Ceanna se mordilla la lèvre. C'était aussi une chose nouvelle pour elle. Elle aurait voulu qu'il la prenne dans ses bras et l'embrasse à lui faire perdre la tête, mais elle voulait être plus qu'un simple corps réconfortant. Elle voulait qu'il se souvienne d'elle.

— Et vous vous souvenez de vos amis ?

— On n'oublie jamais les amis véritables. Je suis un homme dangereux pour mes ennemis, Skadi, pas pour mes amis.

— Je vois.

Elle se tut et réfréna sa joie. Il la considérait comme une amie véritable. Et il avait raison, les amis sont ce qu'il y a de plus important au monde. On peut compter sur ses amis. Ceanna était déterminée à prouver son amitié à Sandulf en l'aidant à trouver l'assassin de sa belle-sœur. Peut-être sa tante saurait-elle quelque chose.

Sa gorge se serra. Une telle créature pouvait menacer sa tante et tous ceux qui vivaient au monastère, mais il y avait toujours des voyageurs de passage qui y séjournaient, et il était possible qu'il eût simplement été l'un d'eux.

Ceanna distinguait à peine les traits de Sandulf. Elle ignorait si c'était l'intimité créée par l'obscurité ou leur amitié naissante qui l'avait incité à se confesser. Rassemblant son courage, elle frôla le front du Viking de ses lèvres.

— Vous êtes peut-être dangereux pour vos ennemis, mais vous êtes un homme de bien. Je vous suis reconnaissante de m'accorder votre amitié.

Une goutte de sueur coula le long de sa joue, qu'elle essuya vite.

— Dormez. Vous n'avez aucun fantôme qui vous empêcherait de trouver le sommeil. Je vous envie cela, dit Sandulf d'un ton bourru avant de lui tourner le dos.

Allongé dans l'obscurité, Sandulf écouta la respiration régulière de Ceanna, enfin endormie. Des amis, pas des amants. La douleur lancinante à son entrejambe due à la proximité de la jeune femme lui prouvait à quel point c'était un mensonge. Par chance, Ceanna était bien trop innocente pour comprendre qu'il voulait être bien plus que son ami. Quel genre de vaurien serait-il s'il prenait son innocence alors qu'elle allait entrer dans les ordres ?

S'il avait été un tant soit peu comme Danr, le jumeau de Rurik, il l'aurait déjà séduite et aussitôt chassée de ses pensées. Danr était celui de la fratrie qui faisait tourner toutes les têtes et se trouvait toujours en bonne compagnie. Il avait l'esprit de répartie en toutes circonstances et avait balayé d'un bon mot plus de disputes avec son père que Sandulf n'avait envie de compter.

Il avait d'ailleurs cherché à l'égaler par le passé, avec les femmes en particulier, mais avec Ceanna la séduction dépourvue de sentiments était impossible. Il la respectait bien trop pour cela. Il désirait son amitié. Cela faisait bien trop longtemps qu'il n'avait pas ri avec quelqu'un, et Skadi et sa chienne n'étaient pas en reste pour cela.

— Je vous protégerai, dit-il tout bas dans la nuit.

Quand elle retrouverait sa tante, il voulait qu'elle puisse lui affirmer qu'elle était aussi chaste qu'une nonne devait l'être. Il voulait lui donner sa chance de vivre la vie à laquelle elle aspirait sans regret.

Et cela allait se révéler d'autant plus difficile que la jeune femme se blottit tout contre lui. Sandulf l'entoura de son bras et comprit sur-le-champ qu'il ne dormirait pas pour le reste de la nuit. Il lui avait menti. Il avait fait son rêve habituel sur Lugh et le massacre, mais cette fois la femme qu'il avait tenue agonisante dans ses bras en train de se vider de son sang était Ceanna, pas Ingrid.

Sandulf s'obligea à penser à la façon dont il tuerait Lugh de sa propre main. Et ces pensées ne furent pas aussi réconfortantes que d'habitude. S'il échouait, Ceanna serait en danger, et la protéger était soudain devenu plus important que venger la mort d'Ingrid.

Il fit un gros effort de concentration. Il n'était pas venu aussi loin, après avoir autant souffert, pour abandonner sa quête. Ceanna était importante parce qu'elle pouvait le conduire à Nrurim.

Il fallait que Lugh soit dans cette ville, ou du moins qu'il y ait récemment séjourné, comme l'avait affirmé la femme de Rurik. Une fois qu'il aurait réglé le sort de cet homme, il affronterait Brandt, lui transmettrait les dernières paroles d'Ingrid et retrouverait sa place légitime parmi les fils de Sigurd. Quelle que soit cette place.

Sandulf enroula une boucle de cheveux de Ceanna autour de son doigt. Cette perspective ne l'enthousiasmait plus comme par le passé.

Chapitre 8

Quand Ceanna se réveilla le lendemain matin, la lumière du soleil filtrait par les trous du toit en chaume, et la place à côté d'elle était vide. La seule indication de la présence de Sandulf cette nuit-là était un léger tassement de la paille. Ceanna passa la main dessus, mais elle était froide, comme s'il s'était levé depuis des heures.

Elle se vêtit rapidement et se rendit dans la chaumière où elle découvrit Sandulf attablé. Vanora était couchée à ses pieds, et Mildreth les avait tous deux généreusement servis en nourriture. La chouette quant à elle somnolait sur une poutre. Le chat n'était nulle part en vue.

— J'ai trop dormi, s'excusa Ceanna avant de rosir immédiatement. Je croyais… Je croyais que vous ne vouliez pas de chiens dans votre maison.

Mildreth lui fit un clin d'œil appuyé.

— Grâce à la promesse de votre homme hier soir de faire encore quelques corvées pour moi, votre chien a dormi devant la cheminée et s'est très bien tenu.

Sandulf s'étrangla avec sa bouchée.

— Je me suis levé tôt pour fendre du bois. Notre hôtesse n'aura pas à s'en préoccuper pendant un moment.

Tôt, disait-il ? S'était-il même simplement rendormi après son cauchemar ?

— Je devais être plus fatiguée que je ne le croyais. Je

ne me rappelle pas la dernière fois que j'ai dormi aussi longtemps. D'ordinaire je suis debout avant l'aube, car il y a toujours quelque chose à faire qui n'attend pas.

— Parfois cela fait du bien de dormir, affirma Sandulf.

— Surtout après l'exercice, renchérit Mildreth avant de partir dans un rire de crécelle.

Ceanna sentait qu'elle avait les joues plus brûlantes que jamais, au grand amusement de Mildreth qui ne cessait de glousser. Elle fixa son attention sur la table pour éviter de croiser le regard de Sandulf.

Tout était encore pire, parce qu'une grande partie d'elle-même avait eu envie de faire exactement ce que Mildreth croyait qu'elle avait fait la nuit précédente. À la froide lumière du jour, elle était heureuse que sa raison ait prévalu et de n'avoir rien fait qui eût mis en péril ses chances de devenir nonne. Et elle continuerait de même. Elle aurait voulu que cette pensée lui procure plus de plaisir. Au plus profond de son cœur, Ceanna savait qu'elle avait réussi à résister à la tentation, car aucune tentation ne lui avait été proposée. Sandulf l'avait crue quand elle lui avait expliqué que c'était son meilleur choix pour son avenir. Elle aurait voulu en être certaine.

— Vous devriez prendre la grande route, suggéra Mildreth en fronçant le nez. Ce chemin vous y conduira, mais je connais un raccourci qui vous fera éviter le col. Cela vous fera gagner plusieurs jours sur votre voyage.

— Nous vous serions reconnaissants de toute aide que vous pourriez nous apporter, répondit Sandulf. Nous souhaitons tous deux arriver à Nrurim le plus vite possible.

Ceanna sentit son cœur se lester de plomb. C'était ce qu'elle avait voulu la veille, mais elle savait maintenant qu'atteindre la ville signifierait la fin du temps qu'elle passerait avec Sandulf.

Mildreth se leva.

— Quand votre femme aura terminé son repas, nous

pourrons y aller. Elle aura besoin de garder des forces pour la nuit. J'ai quelques affaires à prendre, je reviens.

Elle sortit en trombe de la pièce avant que Ceanna puisse objecter quoi que ce soit.

— Elle croit que nous…, chuchota Ceanna. Nous deux. Notre relation.

— Elle est heureuse de s'imaginer une petite romance, rétorqua Sandulf tout bas.

Ceanna plongea le nez dans son écuelle de potage.

— Mais nous connaissons la vérité. Nous sommes amis, pas amants.

Sandulf lui serra la main, et l'éclat dans ses yeux s'accentua.

— En effet.

Ceanna retira sa main, horrifiée de sentir son pouls s'accélérer et pulser le long de son bras.

— Des amis. Nous sommes tous les deux trop raisonnables pour être autre chose, insista-t-elle.

— Chut, répondit Sandulf en posant les doigts sur ses lèvres. La voilà qui revient. Et je doute que quiconque à part vous me considère comme une personne raisonnable.

Ceanna se retourna vers la porte. Sa bouche la picotait après ce léger effleurement.

Mildreth déposa un petit baluchon en tissu devant Ceanna.

— Pour vous, milady. Buvez une tasse de cette tisane tous les matins.

Ceanna jeta un coup d'œil dans le baluchon, rempli d'herbes odoriférantes. Elle reconnut des feuilles de framboise et de rue fétide.

— Et ceci est destiné à… ? demanda-t-elle, gorge serrée.

— Vous n'êtes pas mariés, n'est-ce pas ? dit Mildreth en baissant la voix. Cette tisane empêchera un bébé de s'accrocher dans votre ventre.

S'installer dans son ventre…

Ceanna posa instinctivement la main sur son estomac. Sa réponse pour proclamer que c'était impossible faillit jaillir, mais elle se contraignit à rester muette et prit le baluchon, puis l'enfonça dans la bourse qu'elle portait à la ceinture.

— Je la prendrai, soyez-en assurée.

— Mes remèdes sont très recherchés, sachez-le, affirma mère Mildreth avec un hochement de tête qui ne laissait pas de place à la contestation. J'ai eu bien souvent la queue devant ma porte, hommes et femmes confondus. Il y en a que je choisis de ne pas servir.

— Je suis honorée.

— Allons-nous prendre connaissance de ce raccourci ? demanda Sandulf beaucoup trop fort, visiblement gêné par ces messes basses.

— Oui, je suis très pressée d'arriver à Nrurim, dit Ceanna, tout en se promettant de se débarrasser de cette tisane le plus vite possible.

Si sa tante la découvrait, cela entraînerait des questions gênantes sur sa pureté.

Elle fit taire la petite voix qui lui demandait pourquoi elle ne prendrait pas le risque de séduire Sandulf. Elle avait toujours essayé d'éviter de prendre des risques qui la conduiraient à l'humiliation la plus abjecte, mais peut-être son guerrier en valait-il la peine ?

Après avoir fait leurs adieux à mère Mildreth, munis de ses indications pour la route, ils cheminèrent un moment en silence.

— Vous êtes restée silencieuse depuis notre départ de chez mère Mildreth, dit Sandulf en se penchant pour reprendre le bâton qu'il avait lancé à Vanora.

À la différence de la veille, Ceanna n'avait pas entretenu la conversation. Il se rendit compte que cela lui manquait.

— Vous ai-je contrariée ? Y a-t-il quelque chose que j'aurais dû faire et n'ai pas fait ? Je m'étais imaginé que vous seriez contente de dormir tard.

— Pourquoi pensez-vous cela ?

— Le silence et vous n'êtes pas les meilleurs amis du monde. Même quand vous ne parlez pas, vous chantonnez.

Ceanna lança un caillou de la pointe de sa botte.

— Vous me connaissez à peine. Je peux tout à fait me taire quand c'est nécessaire.

— Ne vous méprenez pas, j'aime cela. Je croyais apprécier le silence, mais en ce moment…

— Vous aimeriez être distrait de vos pensées ? termina-t-elle spontanément.

Sandulf dut résister à son envie de l'attirer dans ses bras et de l'embrasser à en perdre le souffle. Il s'appliqua à ramasser un bâton et à l'envoyer à la chienne.

— Précisément.

— Je voulais que vous sachiez que je ne lui ai jamais demandé cette tisane pour ne pas avoir d'enfants.

— Ah, c'est donc cela ! dit Sandulf en gardant les yeux braqués sur le bâton.

— Je pourrais vous apprendre le picte, pour passer le temps, si nous devons encore nous fréquenter un moment, proposa Ceanna.

— Croyez-vous que cela me sera utile là où je vais ?

— On ne sait jamais.

Il relança le bâton.

— Je suis doué pour les langues, déclara-t-il, tout en envoyant le bout de bois plus loin et plus fort qu'il n'en avait eu l'intention.

C'était un talent dont il n'aurait pas eu connaissance s'il était resté à Maerr.

— Je l'ai découvert sur la route de Constantinople.

— C'est une langue assez difficile. Les Gaéliques se découragent souvent après quelques mots.

— Mais je veux apprendre, insista Sandulf en pointant aussitôt le doigt vers un arbre. Comment dit-on en picte ? Aurai-je un gage si je me trompe ?

— Vous commencez à ressembler à mère Mildreth, répondit Ceanna en baissant la tête.

— Puisse cela ne jamais se produire ! s'exclama Sandulf. Et je vous apprendrai des bribes de ma langue en retour. On ne sait jamais quand on aura besoin d'un peu de scandinave.

Mais ces projets étaient peut-être voués à ne jamais se réaliser, car peu après ils arrivaient en vue du monastère, bien plus tôt qu'ils ne l'auraient cru. Mildreth avait-elle fait exprès de leur dire qu'il fallait encore une longue route avant d'y parvenir ? Certes, ils le distinguaient encore à peine dans le lointain, mais on ne pouvait se méprendre sur ses constructions massives que Ceanna aurait reconnues entre toutes.

— Nous avons réussi, nous y sommes ! lança Ceanna en contemplant au loin les murs du monastère, entièrement construit en bois.

Et, comme la plupart des bâtisses du royaume de Strathclyde, il était aussi entouré d'une solide palissade du même matériau, le protégeant des maraudeurs de toutes sortes.

Il y avait encore quelques jours, Ceanna avait pensé que voir le monastère lui ferait l'effet de rentrer chez elle. Alors qu'en ce jour, le redécouvrant avec ses poutres en bouleau grisâtres qui la dominaient d'une hauteur impressionnante, elle avait plus le sentiment de pénétrer dans une prison.

Et cette arrivée signifiait également qu'elle devrait bientôt faire ses adieux à Sandulf, alors qu'elle n'était pas prête pour cela. Elle s'était habituée à son bavardage et à sa main ferme toujours là au bon moment pour l'aider en se glissant discrètement sous son coude quand elle en avait besoin. Elle avait dû mal à essayer de trouver quelle personne elle aurait pu préférer en tant que compagnon de voyage.

Ils avaient évoqué tant de sujets depuis leur départ de

chez mère Mildreth, en se chamaillant gentiment tout en refaisant le monde ! Elle avait commencé à enseigner au Viking quelques mots de picte et était surprise de la vitesse à laquelle il les retenait, tandis que lui de son côté lui avait inculqué quelques mots de scandinave.

Elle avait ignoré tout du long ses propositions de gages scabreux, destinés à la taquiner et à la faire rougir.

Ceanna avait commencé à comprendre que Sandulf avait raison : ils étaient amis. Elle avait désormais l'impression de pouvoir presque tout lui confier.

Tout, mais pas les sentiments croissants qu'elle éprouvait à son égard, ceux qu'elle devrait garder en elle comme un sombre secret.

Des amis, et pas des amants, se répétait-elle sans cesse.

La dernière chose dont elle avait envie par ce beau matin ensoleillé était d'entrer dans ces bâtiments sombres pour y dévouer sa vie à la prière. Elle tenta de se rappeler toutes les raisons pour lesquelles c'était le bon choix – sauver sa vie, ses gens, dans l'honneur et la fierté –, et pourquoi elle devrait se réjouir de franchir ce pas.

Soudain, le mensonge qu'elle s'apprêtait à débiter lui parut très coupable.

— Je pensais que cela prendrait plus longtemps, dit-elle quand elle remarqua que Sandulf la dévisageait d'un air intrigué.

Ses regards en coin et ses traits d'esprit allaient lui manquer.

— Cela a pris moins de temps que ce que je craignais, approuva Sandulf à son tour.

Ceanna croisa les bras. Elle avait failli se cramponner à son cou et le supplier de l'emmener loin d'ici. Il y avait quelque chose dans cet endroit qui la mettait mal à l'aise, lui tordait le ventre et refusait de disparaître.

— Il semblerait que nous ayons bel et bien échappé à ceux qui ont attaqué le camp d'Urist, reprit-elle.

Sandulf resta silencieux un long moment avant de répondre :

— Je sais.

— Cela vous inquiète néanmoins.

— Étant donné le carnage dont nous avons été témoins, cela me surprend. Quelque chose ne va pas. Je n'aime pas les surprises, quand des vies sont en jeu.

— Mais vous les appréciez à d'autres moments.

— Cela dépend de la nature de la surprise, répliqua-t-il, les yeux soudain brillants.

— D'ordinaire, j'aime pour ma part que ma vie soit bien ordonnée et paisible. Une fois que j'ai choisi le cours d'une action, j'ai tendance à m'y tenir. Ces derniers temps m'ont beaucoup troublée, j'ai dû sans cesse changer mes plans.

— Cela vaut parfois la peine de le faire, rétorqua Sandulf.

— Et de s'accrocher à d'autres, ajouta Ceanna.

Un sourire flotta sur les lèvres du guerrier.

— J'ai respecté ma part du marché : vous protéger jusqu'à ce que vous soyez en sécurité.

Ceanna préféra lisser les plis de sa robe plutôt que de se risquer à regarder la bouche de son compagnon. Il n'était pas responsable du fait que ces baisers échangés entre eux avaient hanté son sommeil ces dernières nuits, et qu'elle en voulait d'autres. Il lui avait exprimé très clairement qu'il respectait sa volonté.

Se garder pure était essentiel pour devenir religieuse, et Ceanna savait très bien que sa tante le découvrirait sans attendre si elle mentait sur ce sujet.

— J'en suis bien consciente.

— Souhaitez-vous continuer seule ? Voulez-vous que j'attende ici jusqu'à ce que vous puissiez revenir ? Je peux garder Vanora pour vous.

Ceanna scruta les nuages qui passaient dans le ciel.

Sa tante n'appréciait pas particulièrement les Vikings ni les chiens, mais elle savait qu'elle se sentirait plus en sécurité avec Sandulf à ses côtés. Et il était hors de question de discuter de la présence de Vanora. Quand sa tante aurait constaté la joie apportée par un chien, Ceanna ne pouvait qu'espérer que l'animal serait autorisé à rester.

Elle jura tout bas. Elle n'abandonnerait jamais Vanora.

— Nous irons ensemble. Ma tante comprendra mieux les choses quand elle aura entendu le récit de mon voyage avec vous. Elle sera débordante de gratitude et pourra vous aider dans votre enquête sur ce Lugh.

Ceanna sentit le nœud déjà présent dans son estomac se resserrer un peu plus. Dans un bon jour sa tante serait enchantée, certes, mais la dernière fois que Ceanna l'avait vue les choses ne s'étaient pas passées entièrement comme elle l'avait attendu.

— Enfin, je l'espère, ajouta-t-elle. J'ai répété mon discours un nombre incalculable de fois, jusqu'à le connaître par cœur. J'ai eu une vision, une vision dans laquelle je mourrais, si je restais à Dun Ollaigh.

Elle tapa dans ses mains, faisant aussitôt bondir Vanora qui inspectait un bâton.

— Je vais vous faire un serment en retour, déclara-t-elle, celui de trouver l'assassin de votre belle-sœur. Je vous le promets. Et merci pour ce que vous avez fait pour moi.

Le regard de Sandulf sembla lire jusqu'au tréfonds de son âme.

— Si vous ne pouvez pas tenir cette promesse, je ne vous en voudrai pas, répondit-il.

— Nous sommes amis, et les amis tiennent leurs promesses, objecta Ceanna.

— En effet, admit-il, un muscle de sa mâchoire se crispant aussitôt.

Ceanna haussa le menton.

— La personne qui a attaqué le camp d'Urist n'est pas ici, dans ce monastère, j'en suis certaine. Et, si cet homme avec la cicatrice en étoile filante sur le visage y est, je le retrouverai pour vous. Vous ferez le reste.

La bouche de Sandulf ne fut plus qu'une ligne imperceptible.

— Non, vous n'allez pas le chercher. Laissez-moi m'en occuper.

— Je ne veux pas me disputer avec vous, répliqua Ceanna avec une grimace. J'essaye de vous aider dans votre quête. Tout ce que je sais c'est que, si vous commencez à poser des questions un peu partout, les gens se retourneront contre vous et chercheront à protéger quelqu'un qui ne le mérite pas. Faites comme je vous ai dit… Au nom des leçons de picte que je vous ai données.

Plutôt que de lui répondre, Sandulf contempla le monastère et la petite bourgade qui s'était créée autour, à l'abri de ses murs.

— Alors nous ferions mieux d'y aller, opina-t-il.

Elle aurait voulu pouvoir lui prendre la main et se sauver loin d'ici. La franche camaraderie qu'ils avaient entretenue sur la route lui manquait déjà.

Il lui saisit la main et la porta à ses lèvres, la réchauffant tout entière d'un long frisson brûlant.

— Merci, dit-il.

Ceanna referma les doigts sur ce baiser, comme si elle espérait le retenir.

— Mais je n'ai rien fait pour mériter des remerciements.

— Vous avez été mon amie et vous avez cru à mon histoire. J'avais oublié ce que c'était que d'être en agréable compagnie.

Ce parfum de conclusion dans les paroles du guerrier bouleversa Ceanna et aggrava son humeur déjà chagrine. Était-ce sa faute si elle en désirait plus ? Et ne voulait pas que cela se termine ?

Elle serra les lèvres. Elle avait désormais renoncé à désirer des choses impossibles.

Quand ils arrivèrent aux premières habitations, un garde les arrêta.

— Vous devez déclarer ce que vous venez faire ici, ordonna-t-il.

— Je vais voir ma tante, l'abbesse, la mère supérieure, annonça Ceanna.

Elle examina les lieux autour d'elle. Ils semblaient presque déserts, au lieu de l'endroit bourdonnant d'activité dont elle se souvenait lors de sa dernière visite. Et les gardes s'affairaient à arrêter tous ceux qui entraient dans la cour pour fouiller paniers et charrettes.

— Y a-t-il un problème en ce moment ? demanda-t-elle.

— Notre vieux roi a été tué ici, répondit le garde sur un ton dédaigneux, comme si elle était indigne qu'il lui accorde son attention pour avoir posé pareille question. L'assassin est toujours en liberté. Le nouveau roi et ses conseillers mettent tout en œuvre pour préserver la paix.

— Cela s'est passé il y a plusieurs mois, rétorqua Ceanna. Le coupable a certainement été découvert, ou bien il s'est enfui au loin depuis longtemps.

Elle s'était exprimée d'une voix exagérément douce et sucrée, celle dont elle se servait pour cajoler son père afin de l'inciter à ingurgiter son potage.

Elle repensa à ce qu'elle savait de cette histoire. Son cousin, le roi Aed, avait été brutalement assassiné tandis qu'il chassait près de Nrurim, mais l'assassin avait réussi à prendre la fuite dans la confusion générale. Les deux jeunes fils d'Aed avaient également disparu quand le nouveau roi et son régent avaient pris la succession. Les plus folles rumeurs couraient sur le sort des deux enfants. Certains disaient qu'ils avaient été enlevés, d'autres qu'ils avaient été tués par Giric, le nouveau régent.

Le garde ne lui jeta pas même un regard.

— Nous sommes au service du bon plaisir du régent

Giric, milady, et de personne d'autre. Des renseignements récents laissent à entendre que le coupable pourrait revenir.

Ceanna et Sandulf échangèrent un regard.

— Récents, dites-vous ? À quel point ? demanda Sandulf.

Le garde prit un air circonspect.

— Je ne sais pas si je devrais dire ce genre de choses à des étrangers, en particulier à des Vikings.

— Je suis de Dun Ollaigh, intervint Ceanna. Et la mère abbesse sera heureuse de me voir. Je suis Lady Ceanna, sa nièce.

— Je n'ai pas la moindre idée de votre identité, milady, mais vous parlez picte comme si c'était votre langue maternelle.

— Parce que c'est le cas. Je suis née à Dun Ollaigh, sur la côte, comme je viens de vous le dire.

Sandulf tendit les mains en signe de paix.

— Le roi Aed est mort bien avant mon arrivée dans ce pays, assura-t-il.

Le garde sembla sensible à ces réponses.

— Je vais vous conduire au monastère. Ainsi vous ne pourrez rien faire de louche.

— Je peux vous assurer que nous n'avons pas la moindre intention de créer des problèmes ici, décréta Ceanna d'un ton ferme.

— Pour le salut de notre mère supérieure, j'espère que vous êtes bien qui vous prétendez être, répondit le soldat tout en lançant un coup d'œil à Vanora. Notre mère n'aime pas beaucoup les chiens, mais j'imagine que vous le savez déjà, puisque vous êtes sa nièce.

Sandulf se contenta de hausser tout juste un sourcil en entendant le ton du garde. Vanora se coucha à ses pieds avec un grognement discret.

Ceanna préféra regarder les pavés fixement et tenta de refréner son agacement.

La dernière fois que sa tante avait vu Vanora, cela ne

s'était pas très bien passé. Peut-être avait-elle été optimiste de venir avec sa chienne, mais il était hors de question de la laisser seule à Dun Ollaigh.

— Si ma tante ne veut pas de Vanora, est-ce que… ? commença-t-elle tout bas à l'intention de Sandulf.

— Arrêtez de voir le pire, répliqua-t-il. Tout se passera bien. Je vous ai promis de veiller à votre sécurité, et je le ferai.

— Jusqu'à Nrurim, c'était ce dont nous étions convenus, lui rappela Ceanna, tout en se détestant du tremblotement de sa voix à ces mots.

— Jusqu'à ce que vous soyez en sécurité, vous ai-je promis, rétorqua Sandulf.

— Je ne serais donc pas en sécurité ici, selon vous ?

— Nous verrons, milady. Nous verrons.

Quand ils arrivèrent au monastère bourdonnant d'activité, un jeune moine se précipita vers eux.

— Lady Ceanna ? Est-ce bien vous ? Vous ne vous souvenez sans doute pas de moi, je suis le frère Malcolm. J'avais eu l'honneur de vous faire visiter le scriptorium lors de votre dernière visite. Nous étions si inquiets !

Ceanna se figea. Pourquoi auraient-ils dû être inquiets à son propos ?

— M'attendiez-vous ?

Frère Malcolm se redressa comme une poule apeurée, prise par surprise.

— Un message nous est parvenu il y a deux jours, selon lequel vous aviez été enlevée. Votre tante craignait que vous ne fassiez partie des gens enlevés récemment par des Vikings, qui vous auraient gardée en raison de votre fort caractère.

Ceanna ignora l'exclamation indignée de Sandulf. Après leur fuite depuis l'embuscade trouble où ils avaient trouvé Urist, Sandulf avait prédit ce genre de choses. La certitude de Ceanna que sa belle-mère n'oserait jamais contacter sa tante parce que celle-ci s'opposerait au mariage qu'elle avait arrangé avait un goût de cendre dans sa bouche.

— Le messager s'est trompé, affirma Ceanna avec un rire artificiel destiné à rassurer.

Derrière le moine, des nonnes cessèrent de frotter le dallage et la dévisagèrent ouvertement, bouche bée. Quand elle les regarda à son tour, elles cessèrent rapidement de l'observer et reprirent leur tâche avec ardeur.

L'austérité de cet endroit l'oppressait. Mais ce n'était que de la nervosité. Ce lieu était son foyer désormais, et plus Dun Ollaigh. Cependant l'âme de Ceanna se languissait déjà du bruit de la mer et du vent qui tournoyait partout dans le domaine, de la façon dont les rayons du soleil jouaient sur les vagues du port à l'aube et de la fraîcheur des rochers sous ses pieds, toutes choses qu'elle ne connaîtrait plus jamais.

— Il s'est complètement fourvoyé, insista-t-elle.

— Vraiment ? demanda frère Malcolm.

— Vous pouvez constater par vous-même que je vais très bien. Depuis que j'ai quitté Dun Ollaigh, j'ai voyagé jusqu'ici sans la moindre contrainte. Je n'ai pas fait de détour, ni n'ai échappé à un enlèvement raté. Et la raison de mon voyage est extrêmement sérieuse.

Le frère Malcolm passa le doigt dans l'encolure de sa robe.

— Et votre compagnon ? Il a l'air farouche, avec ce chien.

— Cette chienne m'appartient.

— La mère supérieure n'aime pas beaucoup les chiens autres que le sien mais, puisque c'est le vôtre, j'imagine… Je peux donc avancer que votre visite ne sera pas très longue, si l'on prend en compte toutes les dernières rumeurs ?

Le frère Malcolm rassembla les plis de sa robe, afin de se mettre hors d'atteinte du nez fureteur de Vanora.

Ceanna pinça les lèvres. Le chien de sa tante sentait mauvais et vomissait sur les ajoncs répandus au sol après que sa tante lui avait donné trop de restes prélevés sur la table.

Elle prit le temps de réfléchir et se dit qu'annoncer sa

nouvelle vocation à frère Malcolm ne serait pas une bonne idée. Elle attendrait de voir sa tante.

Frère Malcolm baissa la voix.

— Votre compagnon est-il venu pour un raid, ou pour prier ?

— Ce n'est pas un pillard ! Pourquoi m'aurait-il conduite ici en m'ayant protégée, s'il avait eu l'intention de m'enlever et de me vendre au-delà des mers ?

Le frère Malcolm enfonça les mains dans les manches de sa robe.

— Les récits s'altèrent souvent quand ils sont rapportés par plusieurs personnes à la suite. Mais vous voilà, ici. Dieu soit loué ainsi que tous les saints et les anges au ciel !

— Lady Ceanna a l'intention de rester ici, déclara Sandulf.

— Vous allez rester ! s'exclama frère Malcolm.

Ceanna lança un regard noir à Sandulf.

— Je désire d'abord m'en entretenir avec ma tante. Son avis passe avant tout.

— Notre mère supérieure, en effet, c'est une bonne idée, approuva le frère Malcolm en partant d'un bon pas. Je vois. On ne m'avait rien dit. Je croyais que vous rentreriez dans votre famille aussitôt après être arrivée ici.

Rentrer ! Ceanna fut accablée. Quelqu'un était donc venu ici semer le doute sur sa situation afin de lui nuire. Elle sentit soudain que sa tâche allait devenir infiniment plus complexe. Et le pire était que cet endroit ne l'attirait aucunement. Elle repensait sans cesse aux raisons qui le lui avaient fait détester lors de sa dernière visite.

— Permettez-moi d'aller voir ma tante tout de suite, demanda-t-elle donc. Elle voudra constater mon arrivée miraculeuse par elle-même. Et voir ainsi que ses prières ont été exaucées.

Elle vit frémir légèrement les épaules du moine, qui la devançait.

— Mieux vaut que vous attendiez dans l'antichambre des

visiteurs. Cela sera plus approprié, ajouta-t-il en détaillant Sandulf des pieds à la tête. Votre compagnon et vous-même comprenez cet honneur particulier, je l'espère ?

Ceanna savait que si elle croisait le regard de Sandulf elle éclaterait d'un rire hautement incongru ou, pire, pousserait un hurlement de frustration. Elle se plaqua la main sur la bouche et se reprit, avant de compromettre sa maigre chance de devenir nonne.

— Bien sûr, mon frère, évidemment nous en sommes conscients.

— Un païen ici, à St. Fillans, dans nos murs, marmonna le frère Malcolm. J'ai beau savoir que cela nous avait été prédit, je m'émerveille toujours de voir comme la vie est pleine de surprises. Je n'avais jamais cru les prédictions de frère Mattios auparavant, mais je dois y souscrire aujourd'hui. Je le lui dirai quand il reviendra. Je suis désormais un croyant convaincu.

— Eh bien ? demanda Sandulf, allez-vous faire ce que souhaite Lady Ceanna, ou allez-vous expliquer à la mère supérieure pourquoi vous avez prolongé son angoisse sur le sort de sa nièce, parce que vous avez péroré sur les prédictions d'un quelconque moine absent ?

Frère Malcolm blêmit aussitôt.

— J'ignorais que les Vikings pouvaient aussi bien parler notre langue. Et le grand confident de notre mère abbesse, le frère Mattios, est bien plus qu'un moine quelconque. C'est un érudit, de l'abbaye de St. Benoît Biscop à Jarrow, celle-là même où saint Bede a écrit ses célèbres récits historiques.

— C'est étonnant comme les gens, même païens, peuvent apprendre de nombreuses choses, n'est-ce pas ? continua Sandulf, cette fois dans un picte parfait.

— Attendez ici, vous deux… et cette créature, ordonna frère Malcolm avant de les faire entrer en hâte avec Vanora dans une petite antichambre, puis de s'éclipser.

Ceanna entendit le verrou s'enclencher. Vanora s'installa immédiatement et posa la tête entre ses pattes.

Ceanna s'agenouilla à côté d'elle et lui murmura que tout irait bien, qu'elle refuserait de l'abandonner. Vanora la regarda d'un seul œil.

— Qu'est-ce qui vous trouble, Ceanna ? demanda Sandulf à voix basse.

— Il nous a enfermés.

— Nous n'avions pas l'intention de repartir, de toute façon.

— Quelqu'un est arrivé ici avant nous, c'est évident, expliqua Ceanna en posant la main sur le cou de Vanora. Envoyé au monastère, pour m'y attendre, au cas où j'y entrerais bien vivante. Et, si j'étais morte, on aurait raconté que j'avais agi sans discernement et causé ma propre perte. Je n'étais pas censée arriver ici, mais devenir une disparue, perdue dans les brumes à tout jamais.

— Il semblerait bien, dit Sandulf en pinçant les lèvres.

— Vous n'avez pas l'air surpris.

— J'ai vu ce qui est arrivé au groupe d'Urist. J'imagine que ces gens ont préféré être prudents et prévoir plusieurs possibilités d'action. Urist a peut-être même affirmé que vous avez été enlevée par un Viking.

Ceanna resta bouche bée. Sandulf avait donc anticipé que quelqu'un arriverait à l'abbaye avant eux.

— Mais vous n'avez pas eu l'idée de m'avertir ? Nous aurions pu trouver un moyen de voyager plus vite. Marcher la nuit, trouver des chevaux. Quelque chose, n'importe quoi.

— Cela aurait-il fait une différence si j'avais partagé mes réflexions avec vous ? Vous étiez décidée à venir ici pour devenir religieuse. Vous avez dit vous-même qu'il n'y avait pas de solution alternative.

Il poursuivit avec un sourire en coin :

— Et où aurions-nous trouvé des chevaux ? Nous n'avons pas croisé âme qui vive, mère Mildreth exceptée. Il est fort probable que votre belle-mère a envoyé quelqu'un à Nrurim dès qu'elle a compris que vous vous étiez enfuie, avant même l'embuscade.

Ceanna serra les poings. Elle avait été persuadée que sa belle-mère n'oserait pas exposer à l'abbesse ses plans de la marier à Feradach. C'était de l'arrogance de sa part. Il était évident que l'abbaye de sa tante était pour elle l'endroit le plus logique où chercher refuge.

Il fallait qu'elle trouve vite un plan, quelque chose pour convaincre sa tante qu'il fallait qu'elle reste ici. Elle se mit à faire les cent pas. Révéler sa vision lorsqu'elle avait été en prière serait-il suffisant ?

Vanora secoua la tête à cause de l'agitation de Ceanna et alla s'asseoir ostensiblement à côté de Sandulf. Elle s'allongea avec un long soupir, comme si elle avait compris que Ceanna n'avait pas du tout envie d'être là.

— Dieu seul sait quelles fariboles on a servies à ma tante. On l'a sans doute prévenue que j'arriverais avec une histoire terrible concernant ma belle-mère. Son amant et elle sont très manipulateurs.

— Oui, vous me l'avez expliqué.

— Vous me croyez, je le sais. Je ne suis pas encline aux histoires fantaisistes, ne suis ni écervelée ni téméraire, comme l'a sous-entendu frère Malcolm.

— J'ai vu ce qui est arrivé à Urist et ses amis. Et je commence à vous connaître, Lady Ceanna. Vous ne vous laissez pas emporter par votre imagination. C'est tout le contraire, en fait. Vous avez un remarquable esprit pratique et rationnel.

— Pratique, et pragmatique. Excellent pour devenir nonne, ironisa-t-elle.

Sandulf caressa les oreilles de Vanora, et la chienne se colla contre lui.

— Quelque chose comme cela. J'ai peu d'expérience avec

les nonnes. Elles passent beaucoup de temps agenouillées en prière, et je ne suis pas certain que cela aide à grand-chose.

— C'est bon pour l'âme, rétorqua Ceanna avec un rire étranglé qui résonna complètement faux à ses oreilles.

Elle sentit sa gorge se serrer. Être ici lui rappelait toutes les raisons pour lesquelles elle avait en premier lieu estimé que devenir religieuse ne lui conviendrait pas. Mais il lui avait fallu choisir entre une vie sous la coupe de sa tante ou une mort certaine. Elle se figea.

Et s'il y avait un autre moyen ?

Elle dévisagea Sandulf. Ils étaient amis. L'aiderait-il si elle le lui demandait ? Elle n'aurait qu'une seule occasion de lui poser la question.

— Que pensez-vous qu'il va se passer maintenant ? Votre tante va-t-elle vous recueillir ?

— Je laisse aux autres le soin de prédire l'avenir. Mais je sais que rentrer chez moi signifiera mon arrêt de mort. Comme je vous l'ai dit, j'ai entendu ma belle-mère comploter avec Feradach.

— Et votre tante vous croira-t-elle ?

Ceanna cessa de faire les cent pas.

Le dévouement de sa tante pour assurer l'avenir de Dun Ollaigh ne venait qu'en seconde position, après son dévouement envers l'Église. Si elle estimait que la vocation de Ceanna n'était pas sincère, ou ne croyait pas au complot visant à la supprimer, elle pourrait mettre tout cela sur le compte de la nervosité fréquente d'une jeune fille avant son mariage.

Sa tante ne l'avait pas beaucoup appréciée quand elle était enfant, après que Ceanna lui avait demandé quand ses ailes se mettraient à pousser. Elle se souvenait d'avoir entendu parler de jeunes filles renvoyées chez leurs parents parce que la mère abbesse les avait décrétées inaptes à la vie contemplative.

— J'ai entendu dire une fois…, commença-t-elle, coupée

dans son élan en voyant Sandulf réprimer un sourire, ce qui lui valut un regard réprobateur. Qu'est-ce qui vous amuse ? Partagez-le donc avec moi.

— Vous semblez entendre beaucoup de choses, répondit-il en haussant les épaules. C'est tout. Cela me rappelle ma jeunesse. Mon cousin passait son temps à entendre des choses. Il les racontait ensuite à tous, mais le problème était que ce n'était pas aux bonnes personnes. Nous ne nous intéressions donc pas à lui. Moi en particulier, d'autant plus que nos mères essayaient sans cesse de nous faire jouer ensemble, alors que je ne voulais être qu'avec mes frères.

— Je n'ai jamais eu de cousin ou de cousine. Et mon père m'a tenue éloignée de ma tante après la mort de ma mère et de mon frère dans la rivière. Elle ressemblait bien trop à ma mère, et cela ne faisait qu'aviver son chagrin. Mon père et elle étaient rarement d'accord, mais elle avait respecté le droit de ma mère d'épouser qui elle voulait.

— Que vient faire votre mère dans tout cela ? demanda Sandulf.

— En l'absence de fils, sous les lois pictes, l'héritage revient à la fille aînée. C'est ce qui s'est passé dans ma famille, car mon grand-père n'avait pas de fils. Ma tante ayant choisi l'Église après la mort de son mari, c'est à ma mère qu'il a incombé de se marier pour préserver son héritage des convoitises.

— Votre père a-t-il des fils ?

— Mon seul frère est mort avec ma mère, vous le savez. Et, dans l'état de santé où se trouve mon père, je pense qu'il est fort improbable qu'il ait d'autres enfants.

— Vous devrez donc vous marier si vous voulez que vos terres soient protégées des envahisseurs, comme l'a fait votre mère, je comprends. Votre belle-mère a raison sur ce point.

Ceanna croisa les bras. Les gens de ce monastère ne savaient ni manier l'épée ni se battre. À l'époque de son arrière-arrière-grand-père les moines d'Iona étaient entraînés pour la guerre, mais pas ceux de St. Fillans.

— Quand mon père trépassera, je sais ce qui m'attend : je serai morte moins d'une semaine après.

— À quel point votre père est-il souffrant ?

— Mon père était en très bonne santé jusqu'à l'arrivée de l'amant de ma belle-mère. Mais la blessure qu'il a reçue quand il a combattu des envahisseurs il y a quinze mois refuse de guérir. Ces dernières semaines son état a empiré, en dépit des attentions dévouées de ma belle-mère. Il m'a à peine reconnue quand je lui ai discrètement fait mes adieux.

Ceanna serra les poings plutôt que de laisser couler ses larmes pour son père, qu'elle craignait de ne jamais revoir. Elle était peinée pour l'homme qu'il avait été, avant la mort de sa mère et de son frère.

— Je ne serai pas sacrifiée sur l'autel de l'ambition de ma belle-mère, affirma-t-elle.

Sandulf leva un sourcil, et Ceanna comprit après coup qu'elle avait dit cela en criant. Elle reprit sur un ton plus calme :

— J'espérais persuader ma tante de m'accepter comme étant une jeune femme qui se connaît elle-même, qui désire sincèrement prendre le voile, plutôt que de me considérer comme une jeune écervelée qui s'est enfuie, faisant échouer une importante alliance stratégique.

— Vous craignez que votre tante ne perce votre ruse à jour immédiatement.

Le poids qui pesait sur les épaules de Ceanna s'allégea soudain.

— Je ne redoute pas le mariage en lui-même, Sandulf, mais j'ai peur de perdre la vie.

— Vous resterez sous ma protection jusqu'à ce que vous ayez atteint un rivage sûr.

— Comment cela, mon galant guerrier, me demanderiez-vous en mariage ? le taquina-t-elle avec un rire étranglé, tout en détestant les bonds de son cœur.

Ils étaient amis, pas amants. Il le lui avait clairement fait comprendre.

Il détourna le regard.

— Je n'irai pas jusque-là, répondit-il.

— Non, en effet.

Ceanna eut la sensation d'étouffer. Sandulf avait une vie ailleurs, une famille, des ambitions, des rêves, auxquels il retournerait après avoir accompli sa quête. Il avait été son compagnon pour le voyage, il n'était pas le héros qui sauverait son avenir.

— J'y arriverai, Sandulf, je trouverai un moyen, assura-t-elle.

Il posa la main sur son bras, et elle sentit sa chaleur. Elle fit mine de se détourner, mais au lieu de cela ses yeux plongèrent dans les siens.

— Qu'avez-vous besoin que je fasse ? demanda-t-il.

Ceanna humecta ses lèvres sèches. Ce dont elle avait besoin, c'était qu'il la touche, la caresse.

— Mes désirs ne sont pas importants, seule importe ma vie. Cet endroit doit être plus agréable qu'il ne me paraît pour le moment.

— Le frère ne semblait absolument pas conquis par Vanora, objecta Sandulf en haussant un sourcil.

Quand elle entendit son nom, la chienne se mit à agiter la queue. On aurait dit un battement de tambour dans le silence de la pièce.

— Ma tante lui trouvera sa place, une fois qu'elle aura compris combien elle est utile.

— C'est vous qui la connaissez, dit Sandulf avec un haussement d'épaules. J'ai des inquiétudes, mais j'espère de tout cœur me tromper.

Il se passait quelque chose qui échappait à Ceanna, et

elle commençait à se demander si fuir jusque chez sa tante avait finalement été une bonne idée.

Pouvait-elle supplier Sandulf de l'emmener loin d'ici ? Et où pouvait-elle aller ? Elle n'osa pas et répondit tout autre chose.

— Ma tante fera ce qui est juste. C'est une personne pointilleuse sur l'ordre et la tradition.

— Quant à moi, me voilà ici, à penser que vous aimez à créer le chaos. Comment allez-vous faire, dans cet endroit ?

— C'est injuste. Quel chaos ai-je donc engendré ? s'indigna Ceanna.

— Vous avez bouleversé ma vie.

— D'ordinaire je suis très réservée et disciplinée. Demandez à n'importe qui.

Le sourire qu'il lui offrit en guise de réponse la réchauffa tout entière.

— Mais j'ai bien plus de chances de vivre mon prochain anniversaire ici qu'à Dun Ollaigh. Rester en vie signifie qu'un jour j'aurai peut-être la chance de combattre les machinations de ma belle-mère et d'y répliquer.

— Voulez-vous passer le reste de votre vie, là où vous serez sous le contrôle de votre tante, à genoux jour et nuit, sans perspective de liberté, sans pouvoir aller et venir à votre guise ?

— Chaque recoin de cette abbaye bourdonne d'activité comme une ruche, marmonna Ceanna.

Ce n'était pas là une réponse, elle le savait fort bien, mais se résoudre à exprimer ses angoisses soudaines était au-dessus de ses forces. Elle avait vu dans le cloître un groupe de femmes qui peinaient à travailler la terre se faire réprimander pour avoir parlé, et son sang s'était aussitôt glacé.

En dépit de ses affirmations bravaches, Ceanna savait que devenir nonne était la dernière chose qu'elle voulait au monde.

— Même si c'est une ruche atrocement silencieuse, ajouta-t-elle.

Elle soupira et fit volte-face en entendant la porte s'ouvrir à toute volée.

— Que se passe-t-il ici ? Ceanna, pourquoi es-tu ici et pas à Dun Ollaigh, où tu es censée te trouver ? tonna sa tante depuis le seuil. Ton alliance par le mariage avec Feradach est d'une importance fondamentale pour assurer la prospérité de cette famille, selon ta belle-mère.

Chapitre 9

Quand elle avait entendu la voix tonitruante de sa tante, Ceanna s'était vivement écartée de Sandulf. Elle sentait que ses joues étaient écarlates, comme si elle était restée longtemps devant un feu de cheminée. Elle arrangea rapidement les plis de sa robe et tenta de se concentrer.

Les paroles de sa tante confirmaient ses pires craintes. Elle avait échoué.

Sandulf lui lança un regard impénitent avant de s'écarter.

— Ma tante, dit Ceanna en se reprenant, tout en lui tendant les bras, comme je me languissais de vous voir ! Venez, ne restez pas à distance, donnez-moi une accolade. J'ai fait un long voyage pour vous voir.

— Ma nièce, c'est vraiment toi !

Sa tante la serra maladroitement dans son giron. Elle sentait les fleurs sauvages et l'encens, mais ce n'était pas une odeur réconfortante, c'était plutôt étouffant et écœurant.

— J'ai craint pour toi, mon enfant. À quoi as-tu donc pensé, en entreprenant ce long voyage ? Tu aurais dû m'envoyer une missive pour me demander conseil, au lieu de venir seule.

— Il fallait que je vous voie, ma tante. Je voulais expliquer en personne… pourquoi j'ai agi de la sorte.

Son discours sur son désir de devenir une servante de Dieu lui resta coincé dans la gorge. Elle avait beau l'avoir répété et répété dans sa tête, le prononcer tout haut était impossible. C'était mal de mentir à sa tante. En plus, en ce saint lieu !

Si un autre avenir s'offrait à elle, n'importe lequel, elle l'embrasserait, se dit Ceanna, surtout maintenant qu'elle avait été témoin du silence que les sœurs étaient obligées d'observer.

— Je voulais votre avis sur mon avenir, commença-t-elle.

Sa tante la relâcha et se recula de quelques pas. Le visage de la mère abbesse prit aussitôt un air impassible et terrifiant. Ceanna soupira intérieurement. Elle avait préféré oublier comment pouvait être sa tante. Il fallait faire à la façon de cette femme autoritaire, ou cela ne se faisait pas, comme disait sa mère.

— J'espère que tu ne vas pas être fatigante, Ceanna. Tu sais que je te conseillerai de faire ton devoir. Toujours. Une réflexion en prière, pratique dont tu as singulièrement manqué jusqu'à présent, me fournit systématiquement les solutions à mes questions et problèmes.

Ceanna croisa les bras.

— Mon devoir tel que je le conçois, ou celui que ma belle-mère pense être le mien ?

Sa tante fit un infime sourire.

— Ton père a tes intérêts à cœur, ma nièce, même si ses manières peuvent te sembler brusques. Ta belle-mère m'est très dévouée. Elle ne conseillerait jamais quelque chose que je désapprouverais.

C'était pire que ce que Ceanna s'était imaginé. Sa tante avait déjà formé son opinion. Elle ferait reconduire Ceanna à Dun Ollaigh sans l'écouter. Mais elle ne pouvait pas abandonner si facilement, pas avec sa vie en jeu.

Elle reprit donc ses explications.

— Avec tout le respect que je vous dois, ma tante, je vous rappelle que mon père est gravement malade. Ou peut-être ignoriez-vous qu'il peut à peine aligner deux paroles sensées ? On a l'impression qu'il va se briser dès qu'il tousse. Il est brûlant de fièvre la plupart du temps.

— Ta belle-mère me tient informée en m'envoyant régulièrement des messages. S'il y avait un réel problème, elle ferait mander l'un de mes prêtres. Ce monastère a une excellente réputation pour ses soins prodigués aux malades.

— Ma belle-mère a énormément changé ces quinze derniers mois. Feradach, le nouveau capitaine de la garde de mon père, a rapidement réussi à gagner sa confiance. Pourquoi préférez-vous croire ses messages plutôt que ce que vous dit une personne du même sang que vous, qui a affronté le danger pour vous parler et plaider pour son salut ?

— Tu es fatigante, Ceanna. Cela recommence.

— Je doute que Lady Ceanna puisse jamais être fatigante, intervint Sandulf, mâchoire contractée. Écoutez ce qu'elle a à vous dire, je vous en prie. Elle dit la vérité. Je suis témoin des horreurs qui se sont produites.

— Je vois.

La mère supérieure détailla Sandulf, puis écarquilla les yeux quand elle découvrit Vanora, qui émit un petit grognement sourd. L'abbesse leva un sourcil, et Sandulf haussa les épaules sans la moindre intention de s'excuser. Vanora s'installa ensuite de nouveau à ses pieds.

— Je peux me débrouiller seule, Sandulf, lui chuchota Ceanna avant de se tourner vers sa tante.

Puis elle prit sa respiration et continua :

— Ma tante…

Celle-ci leva la main.

— Épargne-moi tes discours sucrés. Pourquoi es-tu ici, Ceanna ? Tu n'as pas la moindre fibre religieuse en toi. Je me souviens quand tu avais six ans et refusais de te tenir tranquille pendant la messe.

Ceanna serra les poings.

— Je n'ai aucun désir d'épouser Feradach parce qu'il sera épouvantable pour Dun Ollaigh. Il recherche le pouvoir pour lui-même et détruira tout ce qui nous est cher. Il a brûlé des fermes et exige des fermages bien trop élevés. Mon père écoutera vos conseils, quand vous lui direz que ce mariage va à l'encontre des intérêts de tous ceux qui sont concernés.

Sa tante arbora un air courroucé.

— Feradach a une excellente réputation, raison pour laquelle je l'ai recommandé pour le poste de capitaine des gardes. Le frère Mattios, son plus jeune frère, s'est avéré être un ajout précieux à notre petite communauté.

— Avec tout mon respect, ma tante, ce n'est pas le genre d'homme…

— J'espère que tu ne commences pas à ressembler à ta mère, Ceanna. Très frivole et volage dans sa jeunesse, elle était aussi stupidement têtue. Quand elle avait une idée en tête, elle n'en démordait plus.

— Frivole et volage sont deux mots qui n'ont jamais été applicables à Lady Ceanna, fit observer Sandulf.

Vanora aboya son approbation.

— Sans sa constance et sa détermination, nous aurions péri lors de notre voyage. Votre nièce devrait plutôt recevoir des éloges, ma Mère, plutôt que d'être réprimandée.

Sa tante se renfrogna de plus en plus.

— Quelle que soit la situation, je sais que ton père a tes intérêts à cœur, répéta-t-elle.

— Peut-être, mais je doute que ce soit le cas de ma belle-mère, répliqua Ceanna.

Sa tante émit un reniflement désapprobateur.

— Tu es la seule enfant qui lui reste. Tu dois prendre en compte ce qui est le mieux pour Dun Ollaigh. Je ne peux pas être d'une grande aide pour cela. J'avais espéré que tu te serais débarrassée de tes manières frondeuses après la mort de ta mère, mais je vois que tu as hérité d'elle son caractère obstiné.

— Ma mère était votre sœur. Vous et moi sommes du

même sang. Ma belle-mère veut prendre le contrôle de Dun Ollaigh avec son amant, Feradach. Elle cherche à vous tromper.

— Qu'ont donc toutes les jeunes filles avec leur belle-mère ? Tu es loin d'être la première personne à venir me trouver pour m'exposer ce problème, à se plaindre sans fin de la femme que leur père a épousée.

Ceanna serra les poings, et Vanora enfouit son museau sous ses pattes.

— Je vous en prie, écoutez-moi, ma tante. Ma belle-mère souhaite ma mort afin de pouvoir diriger Dun Ollaigh.

— Cela ne ressemble pas du tout à Mhairi. Elle a toujours été une créature docile, désireuse de plaire et de bien faire, la femme idéale pour ton père, à mes yeux et à ceux de frère Mattios.

— Le guide que j'étais censée avoir pour venir ici a été attaqué et laissé pour mort, et une femme qui avait revêtu ma cape de voyage a été poignardée, continua Ceanna en comptant chaque point sur ses doigts. Ensuite quelqu'un vous a fait parvenir une fausse rumeur, selon laquelle j'avais été enlevée par un Viking. Si cela m'était arrivé, serais-je ici, en compagnie d'un Viking ? J'imagine que je serais ligotée, voguant sur la mer du Nord, en direction de l'Eireann, ou même plus à l'ouest encore, vers la nouvelle colonie d'Islande.

Sa tante ouvrit et referma la bouche plusieurs fois, sans prononcer une parole.

— Il y aura une explication logique à ce message, répliqua-t-elle enfin. Un raid était l'explication la plus plausible pour ta disparition. Tu connais les désastres que nous avons soufferts depuis que ces hordes païennes sont apparues sur nos rivages, ajouta-t-elle en se raclant la gorge. Quelle que soit la cause, je suis heureuse que tu termines cette petite aventure saine et sauve. Mhairi sera également ravie d'apprendre cette bonne nouvelle. C'est une chance que les messagers de ton père aient décidé de rester encore une journée à St. Fillans.

Ceanna baissa les yeux et fixa le sol. À moins qu'elle n'agisse très vite, elle serait renvoyée sans cérémonie à Dun Ollaigh et ne s'en sortirait pas vivante.

Sa tante était de toute évidence disposée à croire sa belle-mère plutôt qu'elle. Pourquoi n'avait-elle pas plus réfléchi à leurs connexions auparavant ? Mais le problème serait resté le même : où serait-elle allée ? Elle n'avait nulle part où se réfugier.

Elle jeta un coup d'œil à Sandulf, solide, et bien réel à ses côtés.

— Je souhaite épouser quelqu'un d'autre, ma tante. Ma belle-mère n'approuverait pas, parce qu'elle voulait me faire épouser son amant. C'est aussi simple que cela.

Ceanna offrait ce piètre récit alors qu'elle aurait dû développer une belle histoire bien construite, mais elle ne pouvait faire mieux. Elle pria de toutes ses forces pour que Sandulf se taise et ne relève pas les incohérences évidentes de sa fable.

— Un autre ? s'étonna sa tante en écarquillant les yeux. Cet homme est-il convenable ? Je ne vois pas ton père refuser sa permission s'il l'est, Ceanna. Je sais qu'il se languit depuis très longtemps de te voir mariée. Jusqu'à cette proposition d'alliance avec Feradach, les demandes ne se bousculaient pas, si j'ai bien compris. J'en blâme la liberté que ton père t'a laissée.

— Et pourquoi voudrais-je l'épouser, s'il n'était pas convenable, d'une manière dont Feradach ne pourra jamais l'être ? Je ne suis pas dépourvue de bon sens, quoi qu'ait pu inventer ma belle-mère à mon sujet pour sous-entendre le contraire.

Ceanna tendit les mains, l'estomac noué. Elle resterait aussi proche de la vérité que possible et espérait réussir à éviter de mentionner le nom de Sandulf avant d'avoir pu lui parler et lui faire une proposition. Hériter de Dun Ollaigh de par son épouse et en devenir le lord devait certainement avoir une valeur à ses yeux.

— L'époux que j'ai choisi sera meilleur pour Dun Ollaigh que Feradach ne le sera jamais.

— Et tu sais ce qui est le mieux pour Dun Ollaigh, n'est-ce pas ?

— Écoutez-moi, ma tante, je vous en supplie. Je vais vous expliquer tout ce qu'a fait Feradach.

Ceanna lui relata rapidement tous les méfaits qu'elle avait récemment découverts, commis par Feradach ces dernières semaines, depuis la vente de grain et de bétail clandestinement, à son unique profit, pour prétendre ensuite que ces marchandises avaient été volées, jusqu'au fait de poursuivre les jeunes servantes de ses assiduités et les violenter, sans détailler les souffrances des petites gens.

Quand elle termina son énumération, Ceanna s'agenouilla. Elle ne pouvait qu'espérer que sa tante la croie et convienne que Feradach était un parti tout à fait inenvisageable.

Si sa tante la défendait, alors l'autre problème, d'une bien plus vaste ampleur, celui de trouver un époux convenable, planerait aussitôt au-dessus de sa tête.

Ceanna lança un regard à Sandulf. Il était resté silencieux pendant la litanie qu'elle avait faite des malheurs qui avaient accablé Dun Ollaigh, et son visage semblait de pierre. Sans connaître ce qu'il pensait exactement, il était impossible pour elle de déclarer son intention de l'épouser, même si elle l'avait sous-entendu ! Il pourrait tout à fait affirmer qu'elle affabulait, et elle se retrouverait dans une position pire que jamais.

Sa tante lui fit signe de se relever.

— Et tu as voyagé jusqu'ici pour me répéter tout cela… Ces ragots de taverne ?

— Non, Lady Ceanna est venue jusqu'ici pour que vous fassiez ma connaissance et écoutiez mon histoire, intervint

Sandulf en tendant la main. Sandulf Sigurdsson, à votre service, ma Mère.

La tante de Ceanna se laissa brutalement tomber sur la chaise la plus proche.

— C'est donc cet homme que tu veux épouser ! Je ne sais rien de lui, si ce n'est que de toute évidence c'est un pillard païen, et ainsi notre ennemi.

Ceanna regarda Sandulf. Il lui adressa un petit hochement de tête. Il était impossible de deviner ce qu'il voulait lui signifier précisément. Ceanna se releva lentement et essaya de refréner son excitation croissante. Il comprenait ce qu'elle faisait, et pourquoi.

— Pensez-vous que c'est mal de ma part de chercher à obtenir la bénédiction de ma tante en ce qui concerne mon avenir ?

— Pourquoi ta belle-mère ne m'a-t-elle pas parlé de lui auparavant ? Que pense ton père à son sujet ? Quel est le problème avec lui ?

— Pourquoi l'aurait-elle fait, si elle souhaite que j'épouse Feradach ?

Sa tante prit une expression méfiante.

— Il s'avère que c'est un païen viking. Je n'arrive pas à croire que tu aies fait entrer pareil païen en ces lieux. Ou que tu envisages sérieusement de t'unir à lui.

— Je préfère de loin m'unir à lui, comme vous le dites, ma tante, plutôt qu'à Feradach qui me révulse.

Une expression peinée traversa l'espace d'un instant les yeux de Sandulf, mais fut vite masquée.

— Vous savez vraiment y faire avec le choix de vos mots, lui dit-il tout bas. J'ai de bonnes raisons d'être ici, sans cela je vous abandonnerais à votre destin.

Ceanna se plaqua la main sur la bouche.

— Je vous demande pardon, ce n'est pas ainsi que je voulais le dire.

Sandulf fit un nouveau signe de tête, pour lui montrer qu'il avait compris.

Sa tante toussa pour se rappeler à leur attention.

— Autre chose, avant que j'appelle les gardes de ton père ? Tu es toujours la même, Ceanna, encline aux rêveries et emportée par ton imagination. Je n'arrive pas à croire que j'aie pu changer d'avis à cause de tous ces compliments sur ton bon comportement qui me sont régulièrement parvenus.

Ceanna frissonna. Tout cela se déroulait d'une manière bien pire que ce qu'elle avait imaginé.

Sandulf était sur le point de l'abandonner, elle serait réexpédiée à Dun Ollaigh sans ménagement, vers son mariage et sa mort prématurée. La moindre des choses qu'elle pouvait faire, c'était de trouver l'homme que recherchait Sandulf, celui qui avait tué sa belle-sœur, et dont il était certain qu'il avait trouvé refuge entre ces murs.

Elle inspira profondément avant de prendre la parole.

— Ma tante, votre abbaye abrite un assassin impitoyable.

— Qui t'a raconté cela ? s'exclama l'abbesse en penchant la tête vers Sandulf. Celui-là ?

— C'est pour cela qu'il a voyagé jusqu'ici, pour vous avertir. C'est d'ailleurs ainsi que nous nous sommes rencontrés.

— Tu viens ici me raconter une histoire de mariage et de belle-mère prétendument malveillante, Ceanna, et maintenant tu m'en racontes une autre tout aussi rocambolesque.

Sa tante leva les mains au ciel, exaspérée.

— Lady Ceanna dit la vérité, intervint Sandulf. Si vous voulez bien m'écouter, je peux vous expliquer. J'ai des preuves.

La mère supérieure émit l'un de ses reniflements habituels, qui évoquaient toujours à Ceanna une vache mécontente.

— Ma tante, écoutez, s'il vous plaît. Tout le monastère pourrait être en danger si quelqu'un a dissimulé avoir pris part à cette affaire.

— De quoi parles-tu, ma petite ? En quoi le passé de

mes ouailles a-t-il une importance ? C'est quelque chose qui se passe entre eux et le confessionnal. Ce sont tous aujourd'hui des gens honnêtes et qui travaillent dur. Je n'admettrai pas que tu ternisses leur image sur les simples dires d'un Viking.

Ceanna fut consternée. Elle avait encore tout gâché.

— Je dis la vérité, à propos de cela, dit-elle en faisant un signe à Sandulf.

Celui-ci sortit un parchemin de sa poche.

— L'épouse de mon frère a demandé au prêtre d'écrire la liste des crimes de cet homme, car elle s'imaginait bien que vous ne croiriez pas un Viking. Elle s'engage à répondre de moi et de la véracité de mon histoire, affirma Sandulf.

La tante de Ceanna jeta un bref coup d'œil au parchemin avant de le glisser dans sa manche.

— Je reconnais ce sceau. Nous avons eu affaire l'une à l'autre par le passé, il y a longtemps. Je prendrai mes renseignements en temps voulu. Si cette personne est ici, il faudra lui laisser l'occasion de s'expliquer.

Un muscle tressauta sur le visage de Sandulf, indiquant à Ceanna qu'il était près d'exploser.

— Je vous suggérerais de le faire tout de suite, ma tante.

— Je souhaite me consacrer aux divers préparatifs de ton mariage imminent. Je ne me laisserai pas distraire par des histoires d'assassin rôdant en liberté.

— Je n'en discuterai pas tant que vous n'enquêterez pas à la demande de ce Viking.

Ceanna soutint le regard de sa tante sans ciller. Celle-ci fut la première à baisser les yeux.

— Très bien, je vais demander à mon scribe de regarder les registres pour voir si quelqu'un du nom de…

— Lugh, fils d'Aidan, compléta Sandulf avec un geste de la main. Tout est noté sur le parchemin. J'en suis venu à comprendre qu'il est ici, depuis au moins dix-huit mois.

La tante de Ceanna reprit le feuillet et l'examina plus attentivement.

— Je vais voir ce qui peut être fait, étant donné que c'est demandé par Annis de Glannoventa. Cela ne prendra pas très longtemps, mais je dois m'assurer que je ne connais personne de ce nom ici. Si cet homme est aussi vil que le suggère ce document, il devra répondre de ses crimes.

— Sandulf Sigurdsson voudra attendre ici, jusqu'à ce que vous ayez terminé de mener vos recherches.

— Nous parlerons plus tard de ton avenir, Ceanna, conclut sa tante avec un hochement de tête, avant de quitter la pièce.

— Je voulais faire les choses différemment, dit Sandulf tout bas. Votre tante vous a prise en grippe, maintenant.

Ceanna haussa un sourcil.

— Ma tante n'écoutera pas un Viking. Vous l'avez constaté par vous-même. Elle a à peine regardé le parchemin que vous avez brandi juste sous son nez. Quelque chose ne va pas ici, et je n'arrive pas à mettre le doigt dessus.

— Pensez-vous qu'elle va vraiment faire vérifier les registres ?

— Ma tante est très à cheval sur les principes. Si elle dit qu'elle va faire quelque chose, elle le fait.

— Mais…

— Des hommes du Nord ont brûlé ce monastère il y a six ans. Ils ont encore essayé l'été dernier.

— Je n'ai jamais rien entrepris contre ce lieu et j'ai toutes les intentions de le préserver de ce genre d'événement. Lugh est un tueur impitoyable, Ceanna. Je l'ai vu à l'œuvre.

Le ton de Sandulf la fit rester un moment silencieuse.

— Y a-t-il quelque chose que vous ne me dites pas ?

Il détourna les yeux avant de prendre la parole.

— J'avais deviné qu'on vous attendrait ici. C'est le pire endroit où vous auriez pu aller. J'aurais dû vous en parler il y a des jours. Et vous laisser le choix.

Ceanna regarda fixement les ajoncs répandus sur le sol.

— Il fallait que je le tente et, de toute façon je ne vous aurais pas écouté. J'ai mal évalué l'intimité entre ma belle-mère et ma tante.

— Votre tante ne vous permettra pas de prendre le voile. Elle ne croira pas que vous êtes une servante de Dieu. Vous lui avez laissé entendre que nous souhaitions nous marier.

— Il me fallait gagner du temps. Je lui expliquerai qu'elle s'est trompée dans ses suppositions. Je trouverai le moyen pour que l'on ne me renvoie pas à Dun Ollaigh. Si je n'y arrive pas, je ne verrai pas le prochain printemps, j'en suis sûre.

— Épousez-moi.

Ces mots restèrent en suspension dans l'air. Ceanna était certaine d'avoir mal entendu. Il lui demandait de l'épouser ! Pas parce qu'il avait des sentiments pour elle, mais parce qu'il pensait que l'option alternative serait sa mort. S'il avait réellement voulu l'épouser, pourquoi aurait-il attendu, pour lui faire sa demande, qu'elle n'ait plus d'espoir ?

— Vous épouser ? Est-ce une offre sérieuse ?

— Absolument, répondit Sandulf d'un ton rauque. Je ne vous laisserai pas être sacrifiée sur l'autel des ambitions de votre tante ou parce que c'est le plus cher désir de votre belle-mère. J'ai vu ce qui est arrivé au groupe d'Urist. Quelqu'un vous cherche, Ceanna. Je vous ai donné ma parole de vous protéger jusqu'à ce que vous soyez en sécurité, et je le ferai. Nous savons tous deux que vous ne l'êtes pas ici. M'épouser vous protégera.

Ceanna passa la langue sur ses lèvres et tenta d'oublier l'horrible image du corps de la femme mutilée qui revenait sans cesse la hanter. Sandulf avait raison. Quelqu'un avait essayé de la tuer, et recommencerait. Et cette personne pouvait avoir un rapport avec l'assassin qu'il cherchait, lui rappela sa petite voix intérieure.

— Vous voulez m'épouser pour m'offrir votre protection ? Qu'en retirerez-vous ?

— Ceci, dit-il en se penchant pour frôler ses lèvres des siennes.

Ceanna gémit tout bas, et il accentua son baiser. Elle s'accrocha à sa nuque et elle but à ses lèvres, s'émerveillant des mouvements de sa langue autour de la sienne.

Elle pouvait presque croire avec ce baiser qu'il la désirait réellement et n'avait pas été forcé par les circonstances à lui faire cette proposition.

Il s'écarta légèrement.

— Alors, m'épouserez-vous ? répéta-t-il.

Ceanna passa à nouveau la langue sur ses lèvres. Son esprit restait obnubilé par l'arc que formait la bouche de Sandulf. Toutes les raisons pour lesquelles elle aurait dû refuser se bousculaient dans sa tête. Sandulf n'avait pas vraiment répondu à sa question sur ce qu'il espérait gagner avec ce mariage. Il n'y avait aucune garantie qu'elle pût réclamer Dun Ollaigh après la mort de son père.

— Je… Je…

— Que se passe-t-il ici ?

Ceanna esquissa le mouvement de s'écarter, mais Sandulf enroula le bras autour de sa taille et l'attira tout contre lui. Elle le cogna sans ménagement.

Derrière sa tante, qui venait d'entrer, Ceanna reconnut plusieurs des gardes de son père. Des hommes censés être partis en expédition plusieurs jours avant le mariage.

Sandulf avait raison, quelqu'un l'avait trahie… Ou peut-être même avait-on anticipé sa tentative de fuite. Elle aurait dû s'en douter, tout avait été trop facile.

— Lady Ceanna et moi-même avons l'intention de nous marier aujourd'hui, annonça Sandulf sur un ton autoritaire alors qu'un borborygme étranglé jaillissait de la gorge de Ceanna. C'est son souhait, et mon désir. Ma seule question pour vous sera celle-ci : nous marierons-nous avec la bénédiction de son Église, ou selon les coutumes de mon peuple ?

— Que dis-tu de cela, Ceanna ? demanda sa tante d'une voix impérieuse. Je croyais que cet homme était un étranger que tu avais rencontré sur la route. Et que cette fantaisie de l'épouser était une manœuvre pour m'inciter à te prendre ici dans le troupeau de mes ouailles. Quelle preuve as-tu de sa capacité à défendre Dun Ollaigh quand il le faudra ? Sait-il même se servir d'une épée ?

L'intonation de la mère supérieure sous-entendait que Sandulf n'était guère plus que de la boue sous des semelles.

Ceanna se serra contre Sandulf pour puiser de la force en lui. Certes, il l'avait demandée en mariage, mais cela n'avait pas été agrémenté de mots doux et de nobles sentiments. Il le faisait pour la protéger, et parce qu'elle l'avait en quelque sorte mis au pied du mur avec ses propres déclarations à sa tante, pas parce qu'il ressentait quelque chose de profond pour elle. De plus, Ceanna n'avait pas la moindre idée de ses projets ou perspectives d'avenir.

Mais, soit elle tentait sa chance avec lui, soit elle retournait vers une mort certaine dans les griffes de sa belle-mère. Donc elle n'avait pas le choix. Ses rêves d'adolescente d'un héros qui aurait vénéré le sol qu'elle avait foulé et sauvé Dun Ollaigh de tous ses ennemis ne se concrétiseraient jamais.

Elle se dégagea du cercle protecteur des bras de Sandulf.

— J'ai l'intention d'épouser l'homme que j'ai choisi, ma tante. Soit vous m'aidez, soit notre famille perdra le contrôle de Dun Ollaigh. Vous n'avez pas visité le domaine depuis un long moment et vous vous en remettez à une personne qui a toutes les raisons de vous mentir. Dun Ollaigh est dans notre famille depuis bien des générations. Pourquoi voulez-vous l'abandonner ?

Le visage de l'abbesse se crispa violemment.

— Tu sais très bien que je ferai toujours tout ce qui est en mon pouvoir pour que Dun Ollaigh reste dans notre famille. Il le faut. Tu feras ce qu'ordonne ta belle-mère.

— Ma belle-mère n'est pas de mon sang. Elle cherche

à me manipuler pour servir ses propres desseins. Pourquoi n'étiez-vous pas invitée à mon mariage ? Serait-ce possible que ce soit parce que ma belle-mère désirait vous le cacher jusqu'à ce qu'il soit trop tard pour vous d'intervenir ?

La tante de Ceanna resta un long moment silencieuse.

— Elle est mariée à ton père et doit lui être loyale.

— Certes, mais elle ne l'est pas envers lui. Fiez-vous à mon jugement. Permettez-moi d'épouser Sandulf Sigurdsson aujourd'hui dans votre église, avec votre bénédiction.

Sa tante soupira.

— Tu ressembles trait pour trait à ma bien chère sœur quand tu crispes ainsi la mâchoire pour prendre un air buté. Je ne pouvais jamais rien lui refuser. Trop têtues pour votre bien, toutes les deux.

— Merci ! s'exclama Ceanna en se jetant au cou de sa tante.

Celle-ci lui rendit maladroitement son accolade avant de la repousser et d'esquisser un sourire.

— Mais je t'avertis, mon enfant, ne viens pas pleurer dans mon giron en me suppliant de t'accorder une place dans mon monastère quand cet homme t'abandonnera.

Sandulf se crispa aussitôt.

— Je n'ai aucune intention de faire une chose pareille ! se récria-t-il.

— Je donne ma bénédiction, à contrecœur, pour cette union, Ceanna. Bien, maintenant puis-je te parler seule à seule ?

— Après que nous serons mariés, objecta Sandulf en surveillant les gardes du coin de l'œil. D'ici là, Ceanna reste à mes côtés. Je ne la laisserai pas disparaître on ne sait comment.

— Vous n'avez pas confiance en moi.

— J'ai déjà entendu ce genre d'histoire, rétorqua Sandulf en haussant les épaules.

La mère abbesse devint écarlate. Ceanna se demanda à

quand remontait la dernière fois que quelqu'un lui avait tenu tête, et qui avait alors réussi à la dominer. Probablement sa défunte mère.

— J'approuve la prudence de Sandulf, ma tante. Je ne retournerai pas à Dun Ollaigh complaire aux volontés de ma belle-mère. Je me marie. Aujourd'hui.

La bouche de sa tante ne dessina plus qu'une fine ligne imperceptible.

— Très bien, dit-elle, avant de claquer des doigts. Qu'on aille me chercher un prêtre. Procédons à la cérémonie. Ensuite nous parlerons, Ceanna, et tu comprendras ce que je voulais te faire entendre à propos des Scandinaves et de leurs manières. J'espère que tu sais ce que tu fais.

Chapitre 10

L'église de St. Fillans était glaçante, rappelant à Sandulf pourquoi il évitait le plus possible les églises en général. Il en avait visité une pour la première fois à son arrivée à Constantinople et n'avait pas apprécié l'expérience, mais l'homme dont il était le garde personnel à l'époque avait insisté.

L'odeur persistante d'encens et l'air vicié qui y régnaient lui avaient rappelé la mort et les nombreux échecs qui avaient terni sa vie, et dont il se sentait hautement responsable.

Depuis, aller à l'église n'était jamais devenu plus facile, mais il était prêt à l'endurer pour sa Skadi, et cette volonté le troublait. Lady Ceanna avait pris pour lui une importance qu'il n'avait pas anticipée. Quelque part entre Dun Ollaigh et le monastère il avait commencé à la considérer comme sienne, et il n'était pas disposé à la voir souffrir.

Le mariage offrirait à la jeune femme la protection immédiate contre la menace d'être emmenée de force, mariée à l'amant de sa belle-mère, puis assassinée dans son sommeil. Sandulf refusait de la laisser se faire entraîner vers son ancienne vie. Il savait le sort qui serait le sien si jamais elle retournait à Dun Ollaigh.

Et quel serait l'avenir maintenant ?

Sandulf avait renoncé à essayer de voir l'avenir.

Il s'appliqua à rester calme et mesuré en répondant au

prêtre. L'homme haussa un sourcil en découvrant qu'il possédait des rudiments de latin. Sandulf ne prit pas la peine de l'éclairer sur ses expériences à l'est. Il était simplement amusé de déconcerter les gens qui ne s'attendaient pas à ce qu'il possède ce genre de connaissances.

Marié ! Une condition qu'il n'avait jamais envisagée depuis le massacre, de plus avec Ceanna, cette femme qu'il considérait comme une amie. Il avait envie de hurler qu'elle méritait mieux, quelqu'un capable de la protéger mieux que lui, qui avait été paralysé quand il avait fallu agir face au danger.

Tandis qu'il prononçait ses vœux, Sandulf était conscient de ne pas lui avoir dit toute la vérité. Il n'avait aucun droit d'épouser une femme comme elle.

Mais il la désirait de chaque fibre de son corps.

— Oui, je le veux, termina Ceanna.

Elle leva les yeux vers lui avec toutes les attentes lumineuses d'une jeune épousée, et une sincérité absolue. Tous ses instincts dictaient à Sandulf de la prendre dans ses bras. Il s'obligea à les garder le long du corps.

Ceanna fronça légèrement les sourcils et commença à se détourner. À peine un battement de cœur, et il l'avait déjà déçue !

— Je suis désolé, dit-il en lui prenant le menton entre ses doigts et en se penchant vers elle.

Le baiser était censé être à peine un frôlement de lèvres, mais une brève caresse s'avéra impossible. Le désir de s'attarder et de goûter les délices de la bouche de la jeune femme faillit submerger Sandulf. Elle l'avait dévisagé trop tôt avec un air de déception et de dégoût. À cause de ce qu'il avait dû faire. Et de ce qu'il avait raté. Il détestait l'idée de vouloir être un meilleur mari que son père et craignait fortement d'être pire.

Comment pourrait-il protéger Ceanna de l'assassin dont il était désormais presque certain qu'il avait été engagé pour la tuer, alors qu'il ignorait où il se trouvait ? Comment pourrait-il sauver ses gens à Dun Ollaigh alors qu'il s'était engagé à retrouver Lugh, afin de demander justice pour une innocente ?

Pour le moment, il s'abreuvait à sa bouche et tentait d'oublier l'avenir qui l'attendait.

— Sandulf Sigurdsson cache des secrets, tu sais, je peux toujours le deviner de manière infaillible, dit la mère supérieure à Ceanna quand elles se retrouvèrent toutes deux seules après la brève cérémonie de mariage.

Elle leur avait offert une chambre pour la nuit et avait insisté pour préparer Ceanna à ce qui allait suivre.

— Il connaissait toutes les paroles du rituel de la cérémonie. Étrange pour un guerrier païen, tu ne crois pas ?

— Il a voyagé jusqu'à Constantinople et y a servi l'empereur. Il aura dû apprendre là-bas. Je pensais que vous seriez contente qu'il désire également se faire baptiser.

Sa tante se secoua telle une poule énervée.

— Étais-tu convaincue de sa sincérité ? Seul le temps le dira. Il déforme la vérité sur certains sujets, donc pourquoi pas celui-là ?

— Je suis impressionnée que vous connaissiez ses secrets alors que vous l'avez rencontré pour la première fois il y a une demi-journée à peine, fit remarquer Ceanna d'un ton qu'elle s'efforça de garder léger.

— Je connais ce genre d'homme, Ceanna. Ne sois pas impudente. Et reste tranquille. Tes cheveux sont dans un état épouvantable. À moins que tu ne les nattes soigneusement, tu ne seras jamais présentable.

— Peut-être les aimé-je détachés et non coiffés.

— Permets-moi de le faire pour toi, Ceanna. Cela aurait dû revenir à ta mère de te préparer. Je peux l'honorer de cette manière.

Elle coiffa les cheveux de Ceanna jusqu'à ce qu'ils brillent et forment une auréole soyeuse autour de sa tête. La tendresse dans les gestes de sa tante surprit Ceanna. On aurait presque pu penser qu'elle avait de l'affection pour elle.

Ceanna regarda le lit et essaya de ne pas penser à la nuit qui l'attendait. Il était tout à fait possible que Sandulf la traite comme il l'avait toujours fait : comme une amie, pas une amante. Elle se souvint de l'accord qu'ils avaient passé concernant l'amitié pendant leur nuit dans la remise à foin de mère Mildreth.

— Sur quoi déformerait-il la vérité ? Quels autres secrets a-t-il gardés ? Qu'avez-vous découvert, ma tante ?

— La raison de sa venue ici. Je crains des desseins bien plus sombres, répondit sa tante en reposant le peigne avec un soupir. Tu ressembles tant à ta chère maman défunte. Tu n'écoutes pas la voix de la raison. Mais sache que si jamais tu en éprouves le besoin tu trouveras une place ici, en dépit de ce que j'ai dit plus tôt. Je fermerai les yeux sur tes péchés, tant que tu feras une pénitence correcte. Quand frère Mattios rentrera de voyage il pourra me conseiller en la matière.

Ceanna fit en silence le vœu de plutôt mourir de faim. Sa tante voulait simplement la déstabiliser. Ceanna se souvint comment sa mère avait souvent fondu en larmes après une pique acérée de sa tante. Comment avait-elle pu oublier cela, dans sa hâte à trouver refuge ici ? se dit-elle. Non, elle n'avait pas vraiment oublié… Simplement elle n'avait nulle part ailleurs où aller.

— Vous n'avez pas confiance en mon jugement sur lui, rétorqua-t-elle.

— Aucun homme du nom qu'il a fourni ne réside ici. Et n'y a jamais résidé. Pourquoi ton nouveau mari tient-il tant à venir ici ? Pourquoi ment-il ? La raison évidente, c'est qu'il cherche des trésors religieux. C'est ce que frère

Mattios avait prédit. Il est encore temps d'annuler le mariage avant la nuit de noces. Penses-y, mon enfant.

Ceanna se concentra pour réfléchir. Quelqu'un avait fourni une fausse information à Sandulf. Sa venue en ces lieux avait été une folle équipée pour rien, sans doute concoctée par sa nouvelle belle-sœur, cette Annis de Glannoventa. Elle devait avoir des raisons d'envoyer Sandulf poursuivre une quête vaine et interminable. Ceanna se sentit soudain accablée. Elle avait commencé à imaginer un plan pour que Sandulf défende Dun Ollaigh. Et voilà qu'il semblait bien que les recherches du Viking dussent continuer dans une direction différente.

— Aucun homme de ce nom… En êtes-vous certaine, ma tante ?

— Mes scribes ont vérifié les registres par trois fois. Le seul homme qui aurait pu éventuellement correspondre à la description fournie par ton époux est frère Mattios, qui est un homme d'une réputation irréprochable, au-delà de toute critique. Tu aurais dû voir les parchemins qu'il a rapportés du monastère de Jarrow.

— Peut-être ce Lugh a-t-il changé de nom à son arrivée.

Sa tante se renfrogna.

— Ainsi tu préfères les mots doux de ton Viking. Un jour tu seras plus sage concernant les hommes et leurs manières, ma chère. J'ai chargé frère Malcolm de l'informer de l'absence de toute preuve dans les registres. Ton Viking pourrait très bien décider de repartir avant même d'honorer ton lit ou de te voir. Du moins, c'est ce qu'a prédit frère Malcolm.

Ceanna sentit sa gorge se serrer. Sandulf ne l'abandonnerait quand même pas ?

— Frère Malcolm ne connaît pas mon mari.

— Ce serait une bénédiction sous bien des aspects si cela se produisait. Un mariage non consommé et une épouse abandonnée… Une annulation serait dès lors une simple formalité.

— Si vous êtes tant montée contre lui, pourquoi nous avoir permis de nous marier ?

— Je ne sais pas, mon enfant. Tu m'as regardée avec les mêmes yeux que ta mère, et je n'ai pas pu refuser. Mais j'ai pensé que tu devais être au fait de mes inquiétudes, en dépit de ton évidente fascination pour cet homme.

Ceanna leva les yeux au ciel. De la fascination ! Elle n'avait plus qu'à espérer que Sandulf ne l'ait pas remarquée.

Et qu'il n'ait pas prêté oreille à l'aimable suggestion de frère Malcolm de l'abandonner.

— Quelqu'un s'est-il présenté récemment, demandant à rejoindre les ordres ? Quelqu'un avec des motivations douteuses, ou qui aurait été éconduit ?

La tante de Ceanna commença à faire des signes de dénégation quand son assistante, qui était en train de faire le lit, poussa un petit cri.

— Il y a un homme qui a été refusé il y a quelques semaines, affirma-t-elle.

— Parlez, ma sœur. Quel homme ?

— Frère Mattios conversait avec lui dans la cour, le jour où vous aviez ce terrible mal de tête. Il m'a fait jurer le secret. Il a dit qu'il arriverait des choses terribles si quiconque savait. Serait-il possible que ce soit l'homme que recherche votre nouveau mari ?

La tante de Ceanna soupira.

— Ma sœur, frère Mattios me l'aurait dit si une personne suspecte était venue ici pendant que j'étais souffrante.

La nonne fit une révérence et marmonna que la mère supérieure devait avoir raison.

— Où est ce frère Mattios, ma tante ? Vous avez parlé de lui à plusieurs reprises. J'aimerais le rencontrer, cet homme qui vous dirait si un étranger s'était présenté au monastère, à peu près au même moment où l'on a informé mon mari que ce Lugh aurait pu arriver ici.

— Il est en voyage, au service du monastère. Rien qui te concerne, répliqua sa tante en tapotant le peigne contre ses dents. Je l'ai trouvé un peu trop réservé à propos de quelque chose, mais… il avait peut-être raison. Les secrets peuvent faire du mal, ma chère, et ton nouveau mari en a bien trop.

Ceanna eut toutes les difficultés à ne pas exprimer sa frustration.

— Et sur quel sujet ce frère Mattios avait-il peut-être raison ? C'est vous qui gardez des secrets, ma tante, pas Sandulf.

— Le frère Mattios a prédit qu'un assassin, un Viking, viendrait ici faire du mal à des gens qui me sont chers.

— Qui craignez-vous qu'il assassine ? Vous ?

— Les enfants royaux, ceux qui sont ici depuis l'assassinat du roi Aed ! s'écria la jeune nonne avant de plaquer les mains sur sa bouche.

— Il y a des raisons à ce que je fasse observer la règle du silence, ma sœur. Vous avez prêté serment sur les reliques.

Ceanna baissa la tête. Sa tante aussi gardait ses secrets. Elle cachait les fils du feu roi ici, au monastère ! Ceanna se dit qu'elle aurait dû s'en douter plus tôt, avec les gardes plus nombreux et la réticence de sa tante à lui parler.

— C'est donc vous qui laissez courir la rumeur selon laquelle ils ont disparu, alors que vous les gardez ici !

— Comment aurais-je pu refuser de rendre ce service à un homme mourant qui m'en suppliait, un parent, de surcroît ?

— Où sont les enfants d'Aed maintenant ? Avec ce parangon de vertu qui craint l'irruption d'un assassin scandinave ?

— Ils sont confiés aux bons soins de frère Mattios. Dans un endroit sûr. Où ils auraient dû être conduits immédiatement, si je n'avais pas écouté Giric, le régent. Il voulait qu'ils entrent dans les ordres quand le moment serait venu, une noble ambition. Et je me suis dit, pourquoi pas ici ? Cela ferait rejaillir cet honneur sur tout le monastère. Frère Mattios était d'accord avec moi, mais ensuite…

Ceanna se sentit glacée. Entrer dans les ordres signifierait et garantirait qu'aucun des deux enfants ne pourrait réclamer le royaume. Il y en avait plus dans cette affaire que ne voulait bien lui révéler sa tante.

— Il les a emmenés chez ma belle-mère et son frère Feradach, n'est-ce pas ? Ce n'est pas seulement Dun Ollaigh qu'ils convoitent. Ils vont utiliser les enfants royaux comme monnaie d'échange pour prendre le contrôle de tout le royaume.

— Tu adores laisser filer ton imagination, Ceanna, la rabroua sa tante, mais Ceanna remarqua son expression troublée.

Sa tante détourna alors habilement la conversation en parlant à Ceanna de ce à quoi elle devait s'attendre pendant sa nuit de noces, ce qui marquait un changement notable avec les tentatives précédentes de l'abbesse de la persuader d'annuler son mariage quelques heures seulement après la cérémonie.

Que se passait-il ?

— Allonge-toi et laisse l'homme faire ce qu'il veut. C'est le conseil le plus sensé que j'ai entendu sur ce sujet, affirma-t-elle. C'est ce qui a marché avec mon défunt mari, quoique pas pour très longtemps. Il a attrapé un refroidissement et est mort un mois après notre mariage.

Ceanna s'obligea à sourire. Cela ne servait pas à grand-chose d'expliquer qu'elle avait déjà subi ce genre de discours de la part de sa belle-mère. Sa tante avait rendu la perspective de tout le processus encore moins attirante que ne l'avait fait cette dernière. Ceanna posa la main sur son ventre et réfléchit à ce que lui faisait éprouver Sandulf. Les gestes du Viking étaient très différents de ceux de Feradach.

Ses pensées furent distraites par un bruit croissant dans le couloir.

— Ton époux arrive. De toute évidence, les informations que lui a fournies frère Malcolm ne l'ont pas renvoyé sur la route. Je ne peux pas dire que je ne souhaitais pas qu'il s'élance à la recherche de son assassin fantôme. Mais, si tu changes d'avis, appelle. Je vérifierai les draps demain matin.

La mère supérieure et la jeune nonne quittèrent la chambre.

Sandulf entra avec Vanora. La chienne s'installa bien vite dans un coin et ferma les yeux.

— J'ai supposé qu'il valait mieux qu'elle reste avec nous, annonça-t-il.

Ceanna se tenait bien droite et essayait de ne pas regarder le lit, ni de songer à ce qu'il fallait qu'il se passe entre eux. Les chandelles laissées par sa tante offraient une lumière vacillante et créaient des ombres étranges qui dansaient sur les murs grossièrement enduits de plâtre.

— Vous avez bien fait. Vanora est inquiète quand elle doit passer une nuit dehors. Elle ne bougera pas d'un pouce jusqu'à demain matin.

Ceanna sentit une chaleur gagner son bas-ventre, chassant aussitôt toutes ses pensées sur les manœuvres de pouvoir autour d'elle et le mystérieux frère Mattios. Elle tenta de regarder n'importe où sauf dans la direction de Sandulf, mais ses yeux revenaient inexorablement se fixer sur les larges épaules de son époux, et sur sa taille fine et bien marquée.

Elle ne savait trop ce qu'elle attendait de ce mariage précipité. Elle n'avait plus qu'à espérer que Sandulf n'avait pas accepté par pitié.

Il fallait absolument qu'elle fasse quelque chose pour que cette union ne soit pas uniquement un mariage de convenance.

Elle n'était plus une jeune fille aspirant à être novice, ni l'héritière éventuelle d'une importante forteresse et de son domaine sous la coupe des moindres volontés et caprices de sa belle-mère pour la marier.

Elle était devenue quelqu'un d'autre. Elle était devenue une épouse, la possession de Sandulf, une personne qu'elle espérait qu'il considérerait comme aussi importante que sa quête.

Ceanna serra les dents. Elle pouvait le faire. Elle pouvait devenir cette femme. Il l'avait sauvée des mains de Feradach de par leur mariage, aussi pourrait-elle en retour trouver l'assassin que recherchait Sandulf. Il comprendrait alors qu'ils pourraient vivre l'union dont elle avait rêvé depuis toujours. Elle pourrait se couler dans le rôle de cette personne bien plus facilement que dans celui de servante de Dieu.

— Vous semblez soucieuse, s'inquiéta Sandulf en rompant le silence avant qu'elle ait pu réfléchir un peu à la façon dont elle s'y prendrait pour réussir tout cela. J'imagine que vous avez appris l'échec des recherches ici sur Lugh. Frère Malcolm s'est fait un plaisir de m'en informer. Ce pauvre homme a semblé croire que je voudrais dès lors partir et annuler le mariage. Je me suis retenu de le frapper, mais je n'en étais pas loin.

— J'imagine, dit Ceanna avec un soupir de soulagement.

— Je déciderai demain quelle suite donner à mes recherches. Ce soir, commença-t-il en entrelaçant les doigts aux siens, ce soir est consacré à d'autres choses. Votre tante vous a-t-elle dit quoi que ce soit qui changerait les choses entre vous et moi ?

— Ce n'est rien, sans doute, lui répondit Ceanna avant de lui répéter ce qu'elle avait appris sur le sort des enfants du roi Aed.

Elle se rendit compte qu'elle parlait de plus en plus vite, mais elle ne pouvait rien y faire. Elle se tut cependant aussitôt qu'elle vit l'air incrédule de son époux.

— Vous savez ce que cela signifie, déclara-t-elle, et ce que je dois faire.

— Demandez-vous à retourner à Dun Ollaigh ? Nous nous sommes mariés pour vous tenir à l'écart de cet endroit. Rentrez là-bas, et vous mourrez. Nous mourrons tous deux. Allons-nous annuler ce mariage pour que vous puissiez y retourner ? Cela ne ferait que trop plaisir à votre tante.

Ceanna croisa les bras. Elle s'était encore fourvoyée. Elle l'avait déçu alors que leur vie commune n'avait même pas réellement commencé. Elle devait faire plus d'efforts, sinon sa tante en inspectant les draps le lendemain matin découvrirait qu'elle était toujours vierge.

Mais faire ce genre de confession à Sandulf signifierait peut-être qu'il lui ferait l'amour simplement par pitié, et c'était ce qu'elle voulait éviter à tout prix.

Elle secoua lentement la tête.

— Je voulais me marier avec vous. Je l'ai choisi.

Il lui leva le menton afin qu'elle le regarde dans les yeux. N'importe quelle femme aurait pu se noyer dans leurs nuances changeantes.

— Bien. Alors cessons de chercher des raisons valables qui vous obligeraient à retourner à Dun Ollaigh. Nous avons d'autres choses plus importantes à faire présentement.

— Expliquez-moi.

— Je suis ici avec des idées de séduction dans la tête, murmura Sandulf en laissant glisser les mains le long des bras de Ceanna. Je vous ai déjà dit que nous irions à votre rythme, pas au mien. Je veux que cela vous plaise. Car cela accroîtra mon plaisir.

— Je croyais que nous étions convenus d'être amis, non pas amants.

Ceanna se recula d'un pas, hors d'atteinte de l'agréable caresse des mains de son époux. Elle se cogna les jambes contre le bord du lit. Les mises en garde de sa tante contre les hommes et leurs appétits insatiables lui revinrent à l'esprit. Pendant le discours de la mère abbesse, Ceanna avait décidé qu'elle voulait être une personne qui apprécierait ces choses, qu'elle ne resterait pas passive pour simplement les endurer.

— Nous sommes mariés, maintenant, dit Sandulf en se rapprochant d'elle.

Il ôta sa tunique et resta devant elle, éclairé par la pâle lueur des chandelles.

— Je n'ai plus à m'inquiéter de gâcher vos chances de devenir religieuse, ni de détruire votre avenir. Je veux que vous en ayez un, Ceanna. Je veux que vous viviez. C'est pour cela que je vous ai épousée.

— C'est donc ce qui vous a arrêté auparavant ? Chez Mildreth… ?

Il ramena en arrière une mèche tombée sur le front de Ceanna.

— Vos cheveux auréolent votre visage comme un nuage.

— Ma tante m'a fourni une liste d'instructions détaillant la façon dont doit se comporter une épouse dans le lit de noces. Nous sommes censés prier d'abord, mais je ne suis pas certaine de l'efficacité de la chose.

Elle n'avait plus qu'un filet de voix. Elle tenta de se reprendre et continua :

— Je ne sais pas quoi faire, donc il faudra que vous me montriez.

Sandulf lui prit le visage entre ses longs doigts et approcha les lèvres des siennes.

— Faites confiance à vos instincts, Skadi, pas à votre tante.

Entendre son surnom la calma. La bouche de Sandulf rencontra la sienne, et elle s'abandonna à son baiser. Leurs langues se touchèrent, se mêlèrent, et la chaleur au creux du ventre de Ceanna se transforma aussitôt en vague brûlante.

Sandulf l'allongea doucement sur le lit et resta un moment à la contempler.

Puis il laissa courir un doigt le long de la joue de Ceanna, lui envoyant des picotements dans tout le corps.

— Dois-je éteindre les chandelles ? demanda-t-il.

Elle lui fit un lent signe de tête pour lui signifier le contraire.

— J'aime vous regarder.

— J'ai des cicatrices, dit-il avec un rire rauque.

Ceanna suivit du doigt plusieurs traces argentées sur sa poitrine. Il en avait une particulièrement marquée près du cœur. Elle effleura sa douceur soyeuse presque irréelle.

— Celle-ci, comment est-ce arrivé ?

— Quelqu'un aurait préféré me voir mort à Constantinople. J'ai protesté.

— J'en suis heureuse.

Elle continua son exploration, effleurant les tétons de son époux, qui durcirent aussitôt pour se transformer en pointes sous le bout de ses doigts.

Il lui prit les mains et les maintint au-dessus de sa tête. La langue de Sandulf dessina aussitôt des cercles dans son cou, et elle gémit instantanément. Une masse dure se pressa entre ses cuisses. Sa fine chemise était plaquée contre son corps, laissant peu de place à l'imagination.

— Dites-moi que vous avez envie de cela, chuchota-t-il en lui mordillant doucement le lobe de l'oreille, faisant aussitôt naître une sensation nouvelle de moiteur entre ses cuisses.

Elle s'arqua contre la virilité de Sandulf.

— Dites-moi que j'ai occupé tous vos rêves, comme les miens l'ont été par vous.

— Je… Je croyais que je ne vous intéressais pas, bredouilla Ceanna.

Cet aveu lui valut un baiser instantané assorti d'un rire sonore.

— Vous avez beaucoup à apprendre sur les hommes, Skadi, et sur moi en particulier. Je vous ai désirée le jour même de notre rencontre.

Il tira un peu sur sa chemise.

— Puis-je ? Je vous ai tellement imaginée ainsi.

Ceanna hocha la tête, incapable d'articuler un mot. Le vêtement glissa doucement jusqu'à ce que son corps nu soit offert au regard de son époux dans la lueur vacillante. Elle tenta instinctivement de dissimuler sa poitrine de ses mains, mais Sandulf secoua la tête.

— Il n'y a nul besoin de vous cacher, Skadi. Cela fait très longtemps que je veux me délecter de votre beauté.

— Ma beauté ?

Il laissa courir les doigts sur le flanc de Ceanna.

— Vous êtes plus désirable que je ne l'aurais jamais imaginé.

Il pencha la tête et prit le bout d'un des seins de Ceanna dans sa bouche. Sa langue tourna et tourna autour jusqu'à ce que Ceanna se sentît brûlante. Elle se plaqua contre lui, avide de ses caresses. Elle émit une sorte de feulement du fond de la gorge, tandis qu'elle s'efforçait de ne pas bouger.

Sandulf leva la tête et éclata d'un rire très viril.

— Aimez-vous cela ? Vous devez le dire si ça ne vous plaît pas. Votre plaisir est le mien.

— Je n'ai jamais..., commença-t-elle, c'est-à-dire que... Tout le monde m'a dit de rester allongée et de ne jamais bouger.

— Ces personnes ont tort. Faites ce que vous suggère votre corps.

Ceanna se mordit la lèvre, songeuse.

— Je n'ai jamais fait cela auparavant.

Sandulf dégagea les cheveux tombés sur son visage.

— Je sais. Cela signifie que j'ai une grande responsabilité de m'assurer que cela vous plaise.

— Restez-vous habillé ?

— Pour le moment. Je ne veux pas que ce soit terminé avant d'avoir réellement commencé, dit-il en posant un doigt sur les lèvres de Ceanna. Laissez-moi me délecter. S'il vous plaît.

En dépit de ces paroles, Ceanna décida de rester encore

immobile, jusqu'à ce qu'elle trouve quoi faire. La bouche inquisitrice de Sandulf attisait inexorablement le feu en elle. Elle se cramponna à ses épaules avant de plonger les mains dans ses cheveux et de le serrer contre elle. Puis elle fut parcourue d'un grand frisson.

Il leva la tête et la regarda.

— Est-ce tout ? murmura-t-elle.

— Non, il y a plus. Bien plus.

Il l'embrassa un peu partout. Puis sa bouche descendit peu à peu inexorablement vers la toison au bas du ventre de Ceanna. Il glissa un doigt entre ses cuisses et la caressa en de lents mouvements circulaires, en s'enfonçant de temps à autre en elle. À chaque fois, la chaleur augmentait. Elle écarta alors les cuisses. Sandulf posa aussitôt la main à plat, ses doigts continuant leur danse dans les replis secrets de Ceanna. Elle s'arqua de nouveau, et la chaleur qui avait monté en elle explosa soudain. Elle comprit alors qu'elle voulait plus que les doigts de son époux à cet endroit.

— Je vous en prie, gémit-elle.

Il ôta son pantalon, libérant son membre viril, bien plus grand que ce qu'elle aurait imaginé.

— Regardez comme je vous désire, lui susurra-t-il à l'oreille. Touchez-moi, prenez-moi.

Ceanna referma la main sur son sexe à la fois chaud, dur et soyeux, le faisant gémir aussitôt.

— Mettez-le là où vous me voulez. Dépêchez-vous.

Elle le guida instinctivement entre ses cuisses, vers l'endroit secret qui réclamait un contact des plus intimes de la part de son époux.

Il soupira en la frôlant, ce qui fit aussitôt pulser de nouveau des vagues brûlantes en elle.

— Je suis désolé, Ceanna, mais ceci va vous faire mal, lui murmura-t-il à l'oreille.

Elle hocha la tête, incapable de parler. Sa belle-mère et sa tante avaient toutes deux insisté sur cette douleur, mais aucune n'avait évoqué le plaisir qu'elle sentait se diffuser en elle. En effet, la douleur, brève et intense, lui coupa un instant le souffle.

Mais elle se détendit aussitôt après, s'ouvrit, et la souffrance s'évanouit miraculeusement, comme si elle n'avait jamais existé.

Sandulf l'embrassa sur la tempe. Il restait allongé, complètement immobile en elle. Ceanna commença alors instinctivement à bouger les hanches selon un rythme primitif. Son époux y répondit de la même façon, et la délicieuse chaleur revint l'envahir tout entière.

À son cri de plaisir, il frémit et s'enfonça plus encore.

Quand Ceanna revint sur terre, elle découvrit que Sandulf la contemplait, au moment où les chandelles offraient leurs dernières lueurs.

Il recoiffa les boucles humides sur son front.

— Je suis désolé, ce n'est jamais très bon la première fois.

— Voulez-vous dire que ce sera meilleur que cela ?

Sandulf se retira d'elle et éclata de rire, à en faire trembler le lit.

— Vous me surprendrez toujours, Skadi !

Il quitta rapidement le lit, laissant place à un courant d'air froid. Puis revint en un éclair.

— Ceci va vous aider, expliqua-t-il.

Il plaça un tissu frais mouillé entre ses cuisses et la nettoya doucement. La fraîcheur contrastait agréablement avec la chaleur précédente et calma la vague sensation désagréable de piqûre que Ceanna ressentait.

— Vous vous endormirez plus facilement, assura Sandulf.

Il récupéra sa chemise et l'aida à la passer par la tête.

— Est-ce tout ? demanda-t-elle, incapable de cacher son ton plaintif.

— Nous avons eu une longue journée, répondit-il en s'allongeant à côté d'elle avant de la serrer dans ses bras.

Ceanna posa la tête sur sa poitrine et entendit le battement régulier de son cœur.

— Je veux recommencer, bien sûr, mais il vous faut du temps pour vous remettre. Vous avez utilisé de nouvelles parties de votre corps.

Recommencer… Ceanna fut enchantée de ces mots et frétilla des orteils. Son corps lui procurait une sensation très plaisante de flottement, comme si elle était sur un nuage, et son esprit commença à fabriquer des rêves.

— Cela serait très plaisant, en vérité, approuva-t-elle avant de sombrer instantanément dans le sommeil.

Allongé dans l'obscurité, Sandulf écoutait le souffle de Ceanna endormie et les petits ronflements de sa chienne.

La profondeur des sentiments qui l'habitaient le surprenait et l'inquiétait à la fois.

Chaque fois qu'il s'était uni à une femme auparavant, il avait cherché un moyen de mettre un terme à leur rencontre, en revanche il savait qu'il ne se lasserait jamais de Ceanna. Peut-être était-ce une bonne chose, puisque c'était sa femme. Il avait beau savoir qu'elle avait besoin d'un moment pour se remettre, il la désirait de nouveau.

Il commençait à comprendre le chagrin infini de Brandt à la mort d'Ingrid. Son frère aîné avait-il éprouvé la même chose que lui envers sa femme ? À la désirer sans cesse ? Et, pour honorer la tradition viking, quel cadeau d'épousée pourrait-il offrir le lendemain à Ceanna ? Il n'avait rien d'autre que ce qu'il transportait dans son sac. Il fallait que ce soit un objet de prix, qui signifierait, si quelque chose lui arrivait, qu'elle ne mourrait pas de faim en se retrouvant seule. Cela ne ressemblerait en rien au bijou en or que son père avait offert à Ingrid en gage de l'affection de la famille, qu'il avait proclamée d'une voix tonitruante lorsque le couple avait fini par sortir de sa réclusion dans la chambre nuptiale. Sa mère avait levé les yeux au ciel et rappelé que c'était au marié d'offrir le cadeau, pas au beau-père, et qu'une fois de plus Sigurd avait voulu être au centre de l'attention. Sandulf se souvenait de la fureur de Brandt en regardant le pendentif avec une figurine de Valkyrie, mais Ingrid l'avait accepté de bonne grâce. L'une des dernières choses dont il se souvenait à propos de son père, c'étaient les hurlements de celui-ci pour ordonner à Ingrid de porter son pendentif et d'en prendre grand soin pour ne pas faire honte à la famille.

Sandulf plissa le front et serra plus fort le corps abandonné dans le sommeil de Ceanna.

D'après ses souvenirs, on n'avait pas retrouvé le bijou sur le corps d'Ingrid. Mais c'était un mystère pour un autre jour.

Il n'était certain que d'une chose : il voulait protéger Ceanna d'une manière dont il ne l'avait jamais fait pour aucune femme auparavant, et cela l'effrayait. Elle avait commencé à compter pour lui. Il était conscient du danger auquel ils faisaient face et de la vitesse avec laquelle une épouse bien-aimée pouvait vous être enlevée, alors que Ceanna venait tout juste de le mesurer. Il s'emploierait de toutes ses forces à la tenir dans l'ignorance des forces du mal qu'il allait affronter. Mais sa quête même le conduisait tout droit vers ce danger. Il ne savait comment garder son épouse en sécurité et à ses côtés en même temps. Et il n'avait aucune personne de confiance en ces lieux pour l'aider.

Ceanna gémit dans son sommeil comme si elle était angoissée. Sandulf la serra aussitôt plus fort dans ses bras.

— Qu'y a-t-il ?

— Restez avec moi, murmura-t-elle, ensommeillée.

— Toujours. Je suis là, répondit-il.

— Bien. J'aime que vous soyez auprès de moi, dit-elle en se blottissant contre lui.

Elle ne se rendait peut-être pas compte de ce qu'elle demandait. Sandulf savait ce qui l'attendait, qui il aurait à affronter. Il fallait que Ceanna soit ailleurs, en sécurité. Rurik et sa nouvelle épouse pourraient la recueillir, ou il irait humblement chez son frère Alarr, en Eireann. Rurik avait fait savoir que les choses allaient bien pour lui, désormais roi ou tout au moins en passe de le devenir. Il ne refuserait certainement pas la demande de Sandulf de veiller sur son épouse tandis qu'il pourchasserait Lugh.

Il eut aussitôt la gorge serrée. Il voulait être avec Ceanna, la voir sourire. Se réveiller en la tenant dans ses bras.

— Je veillerai sur toi, Ceanna, chuchota-t-il. C'est le plus important.

Chapitre 11

Ceanna se réveilla quand les rayons du soleil s'infiltrèrent dans la chambre. La tête posée sur la poitrine de Sandulf, elle écouta les battements de son cœur.

Elle aurait dû être heureuse. Elle n'avait jamais pensé que ce serait le genre de choses qui lui arriveraient : se réveiller dans les bras d'un mari séduisant, avec un avenir radieux qui les attendait.

Mais ce n'était qu'une illusion, telle une pomme d'apparence parfaite qui s'avérait véreuse une fois coupée, tels les héros salvateurs dont elle rêvait adolescente. Elle avait autant de chance de faire le bonheur d'un homme comme Sandulf que d'attraper le rayon de soleil qui faisait briller la barbe naissante de son époux sous la caresse de ses doigts.

Elle enleva sa main et sentit aussitôt les bras de Sandulf se resserrer autour d'elle.

— Bonjour, reine des songes ! dit-il en riant. Une fois encore, vous avez dormi plus que moi.

— Vous dormez très peu.

— Je pourrais faire une exception, si vous promettez de rester dans mes bras toutes les nuits.

Ceanna se laissa aller au plaisir de ces badinages d'amoureux et tenta de se redresser en s'appuyant sur le coude contre la poitrine de Sandulf. Il ne fit aucun effort pour l'aider.

— Êtes-vous réveillé depuis longtemps ? demanda-t-elle.

— Un bon moment, répondit-il en indiquant la chienne. Vanora attend son deuxième repas, mais je pourrais rester ici toute la journée.

— Ah, elle a déjà mangé ce matin ? s'étonna Ceanna.

— Je l'ai sortie tout à l'heure, mais vous dormiez encore, et quand je suis revenu vous étiez si ravissante et tentante que je n'ai pu résister à l'envie de retourner me coucher à vos côtés pour patienter jusqu'à votre réveil.

Ceanna s'empourpra et prit la parole, très gênée.

— Je me permets de vous dire que ma tante va vouloir inspecter les draps pour avoir la confirmation que nous avons consommé notre mariage. Elle me l'a dit clairement hier soir.

— Au moins a-t-elle attendu que nous soyons prêts.

Ceanna voulut se lever, mais à son grand étonnement elle fut paralysée par des courbatures qu'elle n'avait jamais connues auparavant et s'écroula sur Sandulf.

— J'ai mal partout ! s'exclama-t-elle.

Sandulf éclata de rire dans son oreille.

— Est-ce un problème ? Il a fallu trois jours à mon frère Brandt avant de ressortir avec Ingrid de la chambre nuptiale.

— Notre mariage est différent. Nous devons retrouver ce Lugh avant qu'il frappe de nouveau. Nous n'avons pas de temps à perdre.

— Oui, je dois le trouver, approuva-t-il.

Il n'y avait pas d'ambiguïté sur le « je » que Ceanna venait d'entendre, alors qu'elle aurait voulu que ce soit « nous ». Elle se crispa des pieds à la tête.

Sandulf se retourna pour lui tendre ensuite un bracelet manchette.

— Pour vous, comme présent du lendemain. Cela devra faire l'affaire pour le moment.

— Mon présent du lendemain ? questionna Ceanna, perplexe.

Sandulf arbora soudain une expression extrêmement sérieuse.

— C'est une tradition viking. C'est le cadeau de l'épousée. S'il m'arrive quoi que ce soit, vous ne mourrez pas de faim. Je ne vous aurai pas laissée sans rien. C'est ce que font les hommes de ma famille : ils veillent sur leurs épouses. J'ai fait fabriquer cette manchette après mon premier voyage couronné de succès. L'autre, que je porte, appartenait à Lugh. J'étais fatigué d'expliquer sans cesse pourquoi je n'en portais qu'un alors qu'un Viking est censé en arborer à chaque bras.

Ceanna fut atterrée par la finalité de ces paroles. Elle examina la manchette artistement ouvragée. Sandulf allait trouver une excuse pour l'abandonner, en prétendant que c'était pour sa propre sécurité. Personne ne pourrait la forcer à retourner à Dun Ollaigh, avait-il dit. Il avait tenu parole sur cette partie de leur pacte, mais Ceanna était déterminée à en avoir plus. Elle lui démontrerait qu'elle était une partenaire à rang égal avec lui dans leur relation. Et indispensable. Elle se répéta ce mot plusieurs fois. Un bon mot, tel un objectif à atteindre, plutôt que de stagner dans l'état où elle était jusque très récemment. Elle prit le bracelet et le déposa à côté d'elle sur l'oreiller.

— Merci. J'en prendrai le plus grand soin.

— Cela me fait plaisir.

Quand elle vit son regard interrogateur, elle s'éclaircit la gorge et prépara son argumentation « Rendre Ceanna indispensable à Sandulf ».

— Je pensais demander à ma tante si je pouvais vérifier les registres. Il s'y trouve peut-être un indice révélateur sur le frère Mattios, ce moine qui s'est soudainement éclipsé quand il a appris qu'un Viking allait arriver.

— Vous semblez obnubilée par ce frère Mattios et ces enfants disparus. Pourtant votre tante vous a assuré qu'il était de bonne foi, un membre éminent de la communauté de Jarrow.

Sandulf posa les mains sur sa tête, comme pour clore la discussion.

— Je ne peux pas croire que ma belle-sœur Annis m'ait menti, mais elle a peut-être mal compris les rumeurs autour des intentions de Lugh. Elle avait une piètre opinion de cet homme. Il est possible qu'il y ait plus d'indices à Glannoventa, ignorés de Rurik et d'elle. Nous allons nous y rendre dès demain, en direction du plein sud pour éviter Dun Ollaigh.

— Et si frère Mattios vous craignait réellement ? S'il utilisait les enfants du roi comme prétexte pour échapper à l'assassin scandinave qui devait venir ici ? demanda Ceanna, ignorant le petit bond que venait de faire son cœur quand elle avait entendu que les projets immédiats de Sandulf les incluaient tous deux.

— Et si ces enfants étaient sa vraie cible ? ajouta doucement Sandulf.

— Il est ici depuis dix-huit mois. Je doute que quiconque établisse des plans à aussi longue échéance. Il a saisi une opportunité, à mon avis, rétorqua Ceanna en serrant les poings. Je sens qu'il n'est pas honnête, au plus profond de moi.

Il lui prit les mains et les porta à ses lèvres.

— J'aime que vous soyez si passionnée. Si vous redoutez de voyager vers le sud à cause des traversées de rivière, nous pourrons peut-être nous débrouiller autrement en ce qui concerne notre vie commune.

— Autrement, marmonna Ceanna, une grosse boule se formant aussitôt dans sa gorge.

Ce qui s'était passé entre eux la nuit précédente avait signifié tout pour elle, et rien pour lui. Il lui avait accordé sa protection et les moyens d'assurer son avenir, pour un petit moment.

Elle examina le bracelet manchette avec un dégoût croissant. C'était ce qu'elle avait obtenu, pour avoir désiré croire de nouveau qu'il existait des héros. Elle réussit à déglutir péniblement, en dépit de sa gorge serrée.

— Et de quelle autre manière ? reprit-elle.

— Vous restez ici, et je reviendrai dès que je le pourrai. Vous êtes désormais une femme mariée. Votre tante n'aura aucun prétexte pour vous renvoyer. Si vous le préférez, vous pourriez aller chez mère Mildreth et séjourner un moment chez elle. Laissez-moi un message au cas où vous ne vous seriez pas décidée avant mon départ.

Ceanna résista à l'envie de lancer le bracelet contre le mur. Son plan, visant à se rendre indispensable, avait été un échec total. Comment pourrait-elle lui prouver qu'il avait besoin d'elle s'ils étaient séparés ?

— Et pourquoi ne puis-je rester avec vous ? Je traverserai n'importe quels rivières ou océans, du moment que nous sommes ensemble.

Les yeux de Sandulf se vidèrent de toute expression chaleureuse, la laissant glacée.

— C'est votre choix, mais n'allez pas dire que je vous ai refusé l'option de rester en sécurité sur la terre ferme.

Tandis que Sandulf sortait Vanora pour qu'elle se dégourdisse les pattes, la tante de Ceanna vint inspecter les draps. Elle déclara que l'union avait bien été consommée et lui chuchota à l'oreille qu'avec un peu de chance elle n'aurait plus à endurer le traumatisme de cette première nuit.

— Le frère Mattios vous a-t-il laissé quelque chose, ma tante ? demanda Ceanna, désespérant de voir se clore cette conversation sur les péripéties de sa nuit de noces et souhaitant éviter de se répandre sur ses inquiétudes. Quelque chose dont il aurait voulu que vous vous occupiez ?

— Pourquoi me rebats-tu sans cesse les oreilles avec frère Mattios, Ceanna ? Il n'a rien à voir avec toi, ni avec ton nouveau mari, s'agaça sa tante en la scrutant d'un regard perçant.

— A-t-il des biens personnels ? Quoi que ce soit, qui pourrait fournir des indices sur sa vie passée ? Êtes-vous certaine qu'il est bien ce qu'il prétend être ? J'aimerais l'interroger moi-même, mais c'est impossible.

Ceanna se prit la tête entre les mains et essaya de réfléchir le plus vite possible. C'était un pari, mais il fallait qu'elle suive son instinct et prouve à Sandulf qu'elle pouvait lui être utile avant qu'il décide de partir seul.

— Pourquoi cette insistance sur frère Mattios, ma nièce ? Il vient de Jarrow, où se trouve l'ancien monastère de St. Bede et Benoît Biscop. Nous avons eu de la chance qu'il nous préfère et décide de rester ici plutôt que de retrouver son ancienne résidence.

— Et il s'est soudainement volatilisé, après avoir prédit qu'un assassin d'origine scandinave allait arriver, rappela Ceanna. Étant donné que mon nouveau mari est viking, et le seul à être récemment arrivé ici, et que personne ne devrait se faire de souci sur ses origines et ses intentions, je me demande naturellement pourquoi un moine a éprouvé le besoin de se sauver. Et plus j'y pense, plus j'estime qu'il est inhabituel pour un moine de Northumbrie de voyager si loin vers le nord. Pourquoi a-t-il quitté Jarrow ?

— Parce que c'est ainsi, répondit sa tante avec un geste de la main comme on chasserait une mouche. Il est peu commun pour un moine de changer d'ordre, mais il a déclaré qu'il admirait la façon dont je dirige ce double monastère, et dont j'avais fait revivre pareil lieu de contemplation.

— Mais pourquoi est-il venu ici en premier lieu ?

— Il avait entendu parler de la réputation de notre scriptorium. Moins grand que celui de Jarrow, bien sûr, mais nous conservons quelques manuscrits excellents. Les rois de Strathclyde, le père du roi Aed en particulier, étaient de généreux contributeurs, et notre collection est très riche.

Ceanna haussa un sourcil. Sa tante arborait la même expression que sa mère lorsqu'elle essayait de faire croire à Ceanna que des héros viendraient la sauver si elle était en danger.

— Répondez-moi franchement, ma tante, et je ne vous ennuierai plus avec cela. Je partirai avec Sandulf et commencerai ma nouvelle vie loin d'ici.

Le soupir de sa tante fut si fort qu'il résonna dans toute la pièce.

— Quand une personne dévoue sa vie aux ordres, elle abandonne ses possessions. Nous faisons vœu de pauvreté, ma chère.

— Mais vous avez dans vos appartements des tapisseries de Dun Ollaigh, celles dont ma mère disait que vous les adoriez étant enfant. Je les ai vues dans votre chambre.

Aussitôt, la bouche de la mère supérieure ne forma plus qu'une ligne fine.

— Que veux-tu dire ? Peut-être est-ce tout aussi bien que tu n'aies pas décidé de rejoindre mes ordres. Tes problèmes d'obéissance me surprennent sans cesse.

— Quand a-t-il suggéré de faire partir les enfants du feu roi du refuge qu'est votre monastère ? demanda Ceanna, essayant un autre angle d'attaque. Après l'arrivée des messagers de mon père ? Ou avant ?

Pour la première fois, sa tante sembla désemparée.

— J'imagine que c'était après, maintenant que tu le dis.

— Peut-être devrions-nous le leur demander ? dit Ceanna en arrangeant sa robe, ravie de ce moment intime de confidences, tout en lançant un regard impérieux à sa tante. J'imagine qu'ils n'ont pas disparu purement et simplement.

Sa tante fut la première à détourner le regard.

— Je vais les convoquer dans le scriptorium. Cela ne serait pas convenable dans cette chambre.

Le scriptorium sentait l'encre, le vélin et la poussière. L'endroit était désert, si ce n'étaient Ceanna, Sandulf et Vanora à leurs pieds. Ceanna avait retrouvé son époux dans le jardin du cloître après que sa tante avait autorisé cette entrevue avec les gardes. En dépit de l'impatience qui le taraudait de repartir pour la Northumbrie, Sandulf avait accepté de rester jusqu'à ce que Ceanna ait pu s'entretenir avec eux. Elle se crispa soudain. Pourvu qu'elle ait fait le bon calcul ! se dit-elle.

Elle soupira de soulagement quand l'un des gardes, l'un des serviteurs les plus fidèles de son père, pénétra dans la salle sur les pas de sa tante. Il s'agenouilla immédiatement devant Ceanna.

— Milady ! Dieu soit loué vous êtes saine et sauve ! Nous avons entendu des rumeurs. Et vous avez tenu à épouser un païen. J'ai craint le pire.

— Je me suis mariée, en effet, mais mon mari est un homme honorable, Ecgbert.

Il lança un coup d'œil méfiant à Sandulf avant de s'exprimer en picte.

— Est-ce vraiment un homme bon ? Avez-vous agi de par votre propre volonté ?

— C'est l'un des meilleurs, répondit Ceanna en gaélique, consciente que Sandulf essayait de suivre la conversation.

Sa maîtrise du picte avait progressé, mais pas suffisamment pour qu'il puisse comprendre la teneur d'une discussion sans difficulté.

— Votre belle-mère va être courroucée, continua le garde en picte. C'est une femme très déterminée. Elle désirait profondément ce mariage entre vous et le capitaine Feradach.

— Ma tante nous a donné sa bénédiction, affirma Ceanna, étonnée de pouvoir prononcer ces mots sans chevroter. J'espère pouvoir compter sur votre loyauté envers moi et mon nouveau mari.

— Nous sommes loyaux envers vous et votre père.

Sandulf pencha la tête de côté.

— Pensez-vous pouvoir parler enfin en gaélique, afin que je comprenne ?

— Il faudra que je redouble d'efforts pour vous apprendre le picte, murmura Ceanna. Mais tout va bien. Cet homme est loyal.

— Alors j'attends vos instructions, dit Sandulf d'une voix aux intonations rauques qui chatouillèrent étrangement Ceanna au fond du ventre.

— Bien, répondit-elle d'un ton décidé, tout en sachant qu'elle avait rougi. Avant que vous partiez, Ecgbert, je voulais savoir si l'on vous avait chargé d'un message spécial pour le frère Mattios en même temps que celui pour ma tante.

— Pour le frère Mattios ? demanda le garde en passant au gaélique. C'est curieux que vous le mentionniez. Il a insisté pour savoir si j'avais un message de la part de son frère, le capitaine Feradach. Quand nous sommes arrivés ici, nous n'avons pu trouver nulle part dans nos affaires le parchemin portant ce message, mais le plus jeune membre de ma garde m'a dit que le capitaine Feradach le lui avait fait apprendre par cœur, par sécurité, parce que les parchemins ont une fâcheuse tendance à s'égarer.

— Quel était le message ? s'enquit Sandulf.

— « Un Viking demande le chemin de Nrurim. J'ai besoin de tes talents. Pars tout de suite, mais sois prudent. » Je n'en ai pas compris le sens, mais il faut dire que le capitaine Feradach et moi-même ne nous sommes pas vus depuis longtemps.

Ceanna se détendit. Elle avait réussi. Elle avait prouvé qu'il y avait une connexion. La prochaine fois, Sandulf ne décréterait peut-être pas aussi vite qu'il n'était pas important qu'elle soit à ses côtés. Elle pouvait lui prouver sa valeur. Et être ainsi réellement sa Skadi, sa guerrière.

— Feradach aurait donc envoyé ce message à son frère ? Pourquoi n'en ai-je pas été informée plus tôt ? s'indigna la tante de Ceanna. Pourquoi le capitaine Feradach donne-t-il des ordres à mon moine ? C'est moi qui décide qui peut aller et venir, et comment.

Le garde s'inclina très bas.

— Oui, milady abbesse. Le frère Mattios a blêmi aussitôt et s'est précipité pour aller vous voir. Je croyais que vous saviez.

La mère supérieure porta la main à sa gorge.

— Je ne sais que dire. En effet le frère Mattios est venu me trouver, mais il m'a raconté une histoire toute différente sur la nécessité du départ sans tarder des fils du roi Aed. Il était agité et a réussi à me convaincre d'accepter.

— Et vous l'avez laissé partir avec eux ?

— Oui. Ils doivent aller vivre chez leur tante en Eireann, à l'abri des menées du nouveau roi ou de son régent. Frère Mattios a promis de les y conduire.

— Permettrez-vous maintenant que nous examinions les possessions de frère Mattios ? Je vous en prie, ajouta Ceanna.

— Dans quel but ?

— Parce que, s'il est la personne que ma femme et moi pensons qu'il est, il aura gardé une ou deux babioles de ses exploits passés, répondit Sandulf très lentement. L'un de ses complices a avoué que l'homme que je recherche le fait toujours. Il subtilise un objet aux victimes qu'il a pris particulièrement plaisir à tuer et l'ajoute à sa collection.

La tante de Ceanna poussa un soupir exaspéré.

— Vous pouvez regarder, je n'y vois pas d'inconvénient. Le frère Mattios n'est pas là pour défendre sa réputation, mais j'imagine que ce mystère sera vite résolu. Je me souviens qu'il a mis quelques objets de côté, à l'intention de son frère s'il venait à décéder.

Sur ces paroles, elle quitta le scriptorium, l'air préoccupé. Sandulf serra l'épaule de Ceanna.

— Merci de votre ténacité, Skadi, nous avons progressé.

J'ai eu tort de ne pas faire plus confiance à votre instinct un peu plus tôt. Je suis désolé. Vous avez su circonvenir votre tante bien mieux que je n'y aurais jamais réussi.

— Je vous en prie, mon époux, répondit Ceanna en inclinant la tête. Si le frère Mattios est bien qui nous croyons, les enfants royaux sont en grave danger. Ils sont peut-être même déjà morts.

Sa tante revint avec une petite cassette en bois ouvragée.

— Le frère Mattios a laissé ceci, avec les strictes instructions qu'elle soit retournée à son frère s'il ne revenait pas de sa mission. On dirait qu'il l'a scellée à la cire, avec une sorte de sceau, expliqua-t-elle en la secouant. Il y a quelque chose dedans, pas de doute. Faites-en ce que bon vous semble. Je commence à me demander s'il n'y a pas un fond de vérité dans votre histoire, Viking, et j'aimerais que cette affaire soit résolue.

— Merci, approuva Sandulf en prenant la cassette.

Il sentit une boule se former dans son ventre. Il était grandement redevable à Ceanna, dont la vivacité d'esprit avait rendu tout cela possible. Il avait failli partir pour Glannoventa sans elle. C'était comme le lui avait expliqué l'homme qui lui avait sauvé la vie sur le bateau : les assassins sont comme le dieu Loki à triste réputation chez les peuples scandinaves. Ils offrent un double visage, prompt à la malice et aux subterfuges, sont retors et absolument indignes de confiance.

Il brisa les sceaux en cire, souleva le couvercle et se mit aussitôt à trembler. Sur un tissu plié était déposée une petite figurine en or qui tenait un bouclier, légèrement abîmée mais aussi étincelante que lorsque son père la lui avait montrée. Sandulf leva les yeux au plafond, essayant de contenir ses émotions.

Les souvenirs de cette journée où Ingrid l'avait reçue se bousculèrent dans sa tête : son père se pavanant en exhibant le poids d'or du bijou, l'expression d'horreur absolue et de fureur de Brandt lorsque son père l'avait offert à Ingrid lors d'une brève cérémonie, la colère de leur mère vis-à-vis de son mari qui cherchait à embarrasser son fils de cette façon en offrant un présent du lendemain à sa belle-fille, comme si son fils aîné ne possédait rien, et comment Ingrid avait apaisé la situation avec des paroles bien choisies.

Quand il sentit qu'il pouvait se maîtriser de nouveau, Sandulf rendit la boîte à la mère supérieure.

— Satisfait ? demanda la vieille dame avec un sourire calculateur en tendant la main pour qu'il la lui remette. Ceanna, tu dois repartir avec les hommes de ton père. Ton mari…

— Retournez cette figurine, je vous prie, la coupa Sandulf. Je veux que ce soit vous qui le fassiez, pas moi. Vous avez vu que je n'ai fait que la regarder, je n'y ai pas touché, ni ne l'ai retournée.

— Cette figurine ? Je dois dire que c'est une représentation étrange de notre Sainte Vierge, mais qui suis-je pour en discuter ? Elle était importante aux yeux du frère Mattios.

— Si vous l'examinez attentivement, vous verrez que c'est une Valkyrie avec un bouclier. Elle a des chats à ses pieds. Au dos sont inscrites les runes signifiant « Ingrid », le nom de l'épouse de mon frère aîné. La figurine appartenait à ma belle-sœur, elle la portait parfois en pendentif. C'était son présent du lendemain, son cadeau d'épousée, après son mariage. J'en suis certain.

La main légèrement tremblante, avec un sourire artificiel plaqué sur le visage, l'abbesse sortit le bijou de la cassette. Son sourire s'évanouit aussitôt.

— Je ne vois pas très bien ce que c'est, mais en effet il y a une inscription. Je ne sais pas lire les runes.

— Puis-je regarder ? demanda Ceanna avant de prendre la figurine à son tour pour l'approcher des torches. Il y a des marques au dos, c'est indéniable. Pourriez-vous dessiner celles représentant Ingrid dans la poussière, Sandulf ?

Je veux que ma tante voie l'évidence et la vérité. Je veux qu'elle ouvre les yeux.

Il ne méritait pas une épouse telle que Ceanna. Elle avait foi en lui. Son sentiment de responsabilité à son égard envahit Sandulf avec force, à tel point qu'il en fut soudainement oppressé.

Il prit un calame, le roseau taillé en pointe utilisé couramment dans le scriptorium pour écrire, et griffonna rapidement les runes.

— Regardez, ma tante, dit Ceanna en rendant la figurine à la mère supérieure. Sandulf a tracé les runes. Ce sont exactement les mêmes que celles au dos de la figurine. Il n'avait eu aucun moyen de les voir avant, vous l'avez constaté vous-même.

— Je… Oui… Cela pourrait être les mêmes marques, marmonna l'abbesse dans un filet de voix presque inaudible. Vous voulez dire que ce n'est pas notre Sainte Vierge, mais une idole païenne ?

— Cela me paraît très curieux qu'un croyant aussi fervent que frère Mattios fasse aussi grand cas d'un objet si manifestement païen. Peut-être ne voulait-il pas que cela se sache, ainsi est-ce la raison pour laquelle il a scellé cette cassette, suggéra Ceanna en penchant la tête sur le côté. Que signifient les runes, Sandulf ?

— Elles signifient « J'appartiens à Ingrid ». Mon père a offert cette figurine à l'épouse de mon frère aîné en tant que présent du lendemain, de la part de notre famille. Mon père avait dit que c'était parce qu'une femme aurait besoin d'un cœur de guerrier pour donner des enfants robustes à son fils aîné.

Ceanna baissa la tête, les joues cramoisies.

— Je vois.

— J'ai gravé ces runes moi-même pendant la nuit de noces. C'est le genre de choses que fait un jeune frère pour le mariage de son frère aîné, enfin… C'était ce qu'avait décrété mon père, précisa Sandulf avec un sourire.

Brandt s'en était pris à lui avec véhémence quand il avait découvert son rôle, mais Ingrid avait compris qu'il n'ait pas voulu défier son père. C'est à cet instant-là que Sandulf avait été conquis par sa belle-sœur, quand elle lui avait dit d'ignorer les paroles blessantes de Brandt.

— Ingrid avait apprécié que je grave son nom, mais elle gardait le pendentif dans un coffre sous clé, déclarant qu'il était bien trop précieux pour être porté tous les jours. Mon père avait insisté pour qu'elle le porte le jour du massacre. Mon frère ayant été appelé ailleurs, c'était lui qui avait autorité sur elle.

— A-t-il été perdu lors du massacre ? s'enquit Ceanna.

Sandulf se concentra pour se remémorer la scène. Du sang partout, les vêtements d'Ingrid déchirés… Il ne se souvenait pas de l'avoir vu à ce moment-là. Ni même plus tôt, maintenant qu'il y réfléchissait. Ingrid était restée enroulée dans un châle tout le temps qu'ils étaient dans la grande salle.

— Je ne me souviens pas de l'avoir vu sur son cadavre, mais je pense qu'elle le portait. Elle n'aurait pas osé encourir la colère de mon père lors d'une occasion aussi importante pour ma famille. Elle était ainsi, toujours désireuse que les choses se passent en douceur.

Ceanna prit la figurine des mains de sa tante et la replaça dans la cassette, puis la tendit à Sandulf.

— Ceci vous appartient, ainsi qu'à votre famille, pas à l'homme qui se fait appeler frère Mattios.

Sandulf resta muet d'émotion et hocha simplement la tête en serrant la cassette contre lui.

— Avez-vous une explication, ma tante ? Comment cet objet a-t-il pu arriver en possession de frère Mattios ? demanda Ceanna en croisant les bras d'un air excédé, tout en foudroyant la mère supérieure du regard. Ou dois-je en arriver moi-même aux conclusions ? Le frère Mattios que vous connaissez n'est pas celui qui est parti de Jarrow à destination de votre monastère, c'est un imposteur. Les informations de Sandulf étaient exactes, finalement : vous avez hébergé un redoutable assassin à votre insu.

L'abbesse recula de quelques pas. Blême, elle tremblait.

— Il avait les documents requis à son arrivée, se défendit-elle. Nous l'attendions avec impatience, voyez-vous, afin qu'il examine un manuscrit dont la provenance était discutable et l'authentifie. Le père Callum m'a avertie qu'il le trouvait différent de ce à quoi il s'attendait, que son latin n'était pas très bon pour un érudit envoyé remplir pareille mission. Mais le père Callum est subitement tombé malade et il est mort. Vous devez comprendre que le frère Matt... que cet homme était absolument charmant. Très fervent pour prier. Adepte du silence. Apparemment très doux en dépit de cette affreuse cicatrice sur son visage.

— Personne ne m'a parlé de cicatrice, la coupa Sandulf, aussitôt tendu comme la corde d'un arc. Était-elle en forme d'étoile filante ?

— Il l'appelait son baiser de l'ange, répondit la tante de Ceanna. Et disait que cela n'avait fait que renforcer sa foi. Cela me plaisait chez lui, qu'il voie l'œuvre de Dieu en toute chose.

— Lugh, l'assassin d'Ingrid, avait sur le visage une cicatrice qui ressemblait à une étoile filante, expliqua Sandulf.

L'abbesse avait les mains tremblantes.

— On pourrait la décrire comme une étoile... Une étoile double avec une croix.

— Qui a pris soin du père Callum pendant ses derniers jours ? demanda Ceanna. Je suppose qu'il était en parfaite santé jusqu'à l'arrivée du frère Mattios.

— C'étaient votre belle-mère et frère Mat..., commença sa tante avant de s'écrouler à genoux. Puissent Dieu et tous les anges me pardonner ! Le père Callum était une belle âme. Emportez cette cassette loin d'ici. Détruisez-la. Elle doit être maudite.

— Cette idole païenne, comme vous l'avez qualifiée, revêtait une grande importance pour mon père, trancha Sandulf, incapable de retenir ses mots. S'il existe une quelconque malédiction, elle vient de l'assassin que vous avez hébergé.

— Sandulf ! s'exclama Ceanna en tendant la main vers lui pour l'empêcher de continuer.

Il s'inclina, sans faire mine de se repentir pour autant.

— Je vous demande pardon pour ces paroles, milady. Je serai honoré de reprendre cette figurine, au nom de ma famille, pour laquelle elle a une grande valeur, ma Mère.

L'abbesse se détourna, semblant émue.

— Nous aider garantira que le père Callum obtienne justice, ce qui lui a été refusé, dit doucement Ceanna.

Le teint de la vieille dame prit une couleur de vieux parchemin.

— D'après ce que ton mari a raconté sur ce tueur, on peut penser que les enfants du roi sont probablement morts. Je croyais avoir accompli mon devoir, avec fermeté, mais j'ai été trahie. Éhontément. À cause de mon arrogance j'ai envoyé ces enfants à leur mort, Ceanna.

— Connaissiez-vous le capitaine Feradach avant l'arrivée de ce frère Mattios ?

— Il est venu rendre visite à l'homme qui se faisait passer pour le frère Mattios, peu de temps après son arrivée de Jarrow. Celui-ci a présenté Feradach comme étant son frère. C'est pour cela que je l'ai recommandé pour un avancement auprès de ton père.

— Je vois, dit Ceanna en se redressant, telle une femme bafouée demandant justice. Il semblerait que vous ayez commis plusieurs graves erreurs, ma tante. Il y a toutes les raisons de croire que ce Mattios, ou Lugh, comme l'appelle Sandulf, va se rendre à Dun Ollaigh pour utiliser ces enfants dans son intérêt, au lieu de les remettre à leur tante en Eireann comme il l'avait promis.

Sandulf serra les dents. Dun Ollaigh, l'endroit où elle courrait les plus grands dangers ! Celui que représentaient sa belle-mère et ce Feradach s'était considérablement accru. Sa gorge se serra. Certes, il désirait plus que tout que Ceanna soit à ses côtés, mais il devait se montrer raisonnable. Il se battrait mieux en la sachant en sécurité, et cela signifiait ici, au monastère. Sandulf fit taire en lui la petite voix qui protestait. Quand tout serait résolu et qu'il aurait gagné sa récompense pour une vie meilleure, il pourrait revenir et commencer leur vie commune comme il se devait.

— Que dites-vous, ma tante ? demanda Ceanna en l'entendant marmonner.

— Je n'avais pas réalisé le danger, admit l'abbesse, effondrée. J'ai été tourneboulée par ses prières dévotes et son charme. Je me faisais tant de souci pour toi et je voulais que les enfants partent d'ici. Ils étaient très bruyants, vois-tu. La paix et le calme de ces lieux me manquaient.

Ceanna leva les yeux au ciel.

— Alors c'est tout aussi bien que je reparte, ma tante. Vous auriez découvert bien vite que j'aime trop bavarder.

Sandulf pinça les lèvres. À l'écouter, Ceanna repartait avec lui, à la poursuite de Lugh.

— Je voyagerai bien plus vite tout seul, intervint-il. Vous devriez rester ici.

L'expression blessée de Ceanna lui serra le cœur. C'était pour le mieux. Sa sécurité, avant toute chose. Que pouvait-il lui offrir, réellement ? Jusqu'à ce qu'il ait fait la paix avec ses frères, il ne pouvait commencer aucun projet. Il s'était illusionné jusque-là.

— Je partirai avec vous, répliqua Ceanna. Je connais Dun Ollaigh et son fonctionnement.

— Vous serez plus en sécurité ici. Votre tante le comprend maintenant.

— Désobéirais-tu déjà à un ordre de ton mari, ma nièce ? renchérit sa tante.

— Ma tante, voudriez-vous nous excuser un instant ? Il faut que je m'entretienne avec mon mari seule à seul. Il est parfois têtu.

— C'est toi qui as insisté pour l'épouser, ironisa sa tante.

— Je le sais et je n'ai aucun regret de l'avoir fait.

— Prenez tout le temps qu'il vous faudra.

La mère supérieure fit sortir sans ménagement les sœurs et les gardes du scriptorium.

Dans le silence qui suivit le départ de sa tante, Ceanna fit un effort pour se calmer. Elle avait l'impression d'avoir été rouée de coups. Elle savait que Sandulf s'inquiétait pour sa sécurité, mais elle avait néanmoins l'impression qu'il l'abandonnait à la première occasion. Son mari estimait qu'elle ne serait d'aucune aide dans la poursuite de l'assassin.

Elle pinça les lèvres. Il n'avait pas les idées claires. La découverte de cette Valkyrie dorée l'avait bouleversé. Le terrible regard qu'il lui avait lancé lui avait prouvé tout ce qu'elle avait besoin de savoir sur l'état de son cœur. Il était bien plus attaché à cette femme morte qu'il ne le serait jamais vis-à-vis d'elle. Il ne lui avait d'ailleurs jamais fait de promesses là-dessus. Il lui avait promis d'être son mari et n'avait jamais évoqué que son amitié. Elle n'était pas la personne dont il était amoureux. Cette réalité ne faisait qu'accentuer le poids qui oppressait la poitrine de Ceanna et l'empêchait de respirer, parce qu'elle savait de son côté qu'elle était en train de tomber amoureuse de Sandulf, un peu plus à chaque instant.

— Voyez donc les choses de mon point de vue, plaida-t-il. J'ai un devoir envers vous, en tant que mari, expliqua-t-il en mettant les mains dans son dos. Vous savoir en sécurité me permettra de me battre sans retenue. Si vous retournez à Dun Ollaigh, vous vous mettez en danger. D'ailleurs, vous vouliez vous réfugier au monastère, depuis le tout premier instant où je vous ai rencontrée, d'après vos dires.

Une petite partie de Ceanna savait qu'elle devait combattre la tentation de rester en sécurité derrière les hauts murs du monastère. Cela avait été son but : trouver un sanctuaire, à l'abri de sa belle-mère. Elle serait protégée ici, s'il existait toutefois une vraie sécurité à vivre comme une prisonnière. Ces derniers jours, elle s'était sentie plus vivante que bien avant même la mort de sa mère et de son frère.

Ceanna l'Indispensable. Ce mot tournait en boucle dans sa tête. Sandulf ne la considérait pas encore comme telle, mais elle le lui ferait comprendre.

— Vous avez besoin de moi, Sandulf. Plus que jamais.

Il contracta la mâchoire et se renfrogna.

— Je n'ai besoin de personne, et surtout pas de vous. Je suis parfaitement capable de m'occuper seul de Lugh. Quand j'étais enfant, mes frères passaient leur temps à me dire que j'étais incapable de faire les choses tout seul, alors même qu'il était évident que je le pouvais. Vous devez rester ici en sécurité. C'est votre meilleure façon de m'aider.

Ceanna se sentit transpercée par ces mots, mais resta bien droite sans ciller.

— Vous n'avez qu'une connaissance limitée de Dun Ollaigh ou de ses habitants. Et moi j'ai toute l'expérience nécessaire. Cependant nous ne saurons pas de quoi vous aurez besoin jusqu'au moment précis où vous en aurez besoin. C'est pour cela que je dois venir avec vous.

Sandulf prit son coude d'une main ferme, mais elle se dégagea avec un geste impatient.

— Je veux vous savoir à l'abri. Ce qui signifie que vous restiez ici, dans ce monastère.

Ceanna se haussa sur la pointe des pieds et effleura ses lèvres des siennes.

— Vous m'avez protégée pour arriver jusqu'ici. Pourquoi

ne devrais-je pas continuer à faire confiance à vos talents à l'épée ?

— Parce que… je recherche votre bien-être, répondit-il en se passant la main dans les cheveux, ce qui eut pour effet de redresser un épi sur son crâne. Pour une fois dans ma vie, je m'efforce de faire ce qu'il faut. Soyez raisonnable, Skadi.

— Vous essayez de me protéger, je le sais, mais vous aurez besoin d'être avec moi pour y parvenir. Je ne fais confiance à personne d'autre que vous.

Sandulf se rembrunit aussitôt.

— Et si je ne réussis pas ?

— Ce qui est arrivé à Ingrid n'était pas votre faute, mais celle de l'assassin, celui que vous voulez empêcher de récidiver, dit-elle avant de poser les mains sur sa poitrine. Il va vous falloir accepter que je retourne à Dun Ollaigh, et fasse traduire cet homme et son frère en justice. Je ne resterai pas en arrière, à m'inquiéter et me demander ce qui se passe à chaque instant.

Il la prit dans ses bras et la serra très fort, puis posa le menton sur le sommet du crâne de Ceanna.

— Dieu seul sait quelles péripéties Vanora et vous traverseriez si je n'étais pas là pour guider vos pas.

— Puisse cela ne jamais se produire !

Il éclata de rire, et la tension dans la nuque de Ceanna se relâcha. L'orage était passé, plus ou moins.

— Si jamais il doit y avoir un affrontement, assurez-vous de bien vous éloigner.

— Je ferai de mon mieux, promit-elle.

— Non, je le pense vraiment, Skadi. Il est hors de question que j'aie la mort d'une autre innocente sur la conscience.

Ceanna comprit au ton de sa voix qu'elle avait gagné et sentit son cœur se serrer. Elle était effrayée de voir à quel point elle tenait à cet homme et savait qu'elle devait le laisser aller tête la première vers le danger afin qu'il puisse mener à bien la quête qu'il s'était fixée. Il l'avait sauvée en l'épousant, et maintenant elle devait faire tout son possible pour l'aider à retrouver l'assassin. C'étaient les termes de leur marché.

Elle se dirigea vers la porte, et au moment où elle l'ouvrait sa tante fit irruption.

— Je pense qu'il est tout aussi bien que les messagers de mon père restent ici avec vous, ma tante. L'effet de surprise sera essentiel pour démasquer Lugh.

Sandulf se frotta le menton.

— Ma femme a raison. Les messagers peuvent profiter encore un peu de votre excellente hospitalité.

Les gardes restés dans le couloir protestèrent vivement, mais Ceanna fut soulagée quand sa tante se mit à sourire, le premier véritable sourire qu'elle lui offrait depuis son arrivée.

— Je crois que ma nièce fait là une excellente suggestion.

— Ma tante, quand nous retrouverons les enfants, je ferai le nécessaire pour qu'ils retrouvent leur famille en Eireann. Je vous en donne ma parole.

— Tu as horreur de franchir des gués, m'a-t-on dit, depuis la mort de ta mère et de ton frère.

Ceanna lança un coup d'œil à Sandulf, qui hocha la tête.

— Il y a des choses plus importantes que mes peurs irrationnelles. C'en est une. Guettez bien l'arrivée de mon message.

— En dépit de mes réserves, je vois que le mariage semble te réussir, ma nièce, conclut sa tante.

Ceanna pinça les lèvres. Elle serait une veuve sous peu si Sandulf ne réussissait pas. Mais elle ne pourrait pas supporter d'être abandonnée, même au prix de son salut. Elle n'avait qu'un désir, être à ses côtés, être sa Skadi en chair et en os, même si cela signifiait voir son époux bien-aimé mourir des mains du sinistre assassin qui avait massacré sa famille, ou mourir avec lui.

Chapitre 12

Ils atteignirent le pont sur la rivière Orchy au moment où l'éclat de l'été avait commencé à éclairer les insectes qui dansaient dans les rayons du soleil, en brefs scintillements dorés. Les merles et les grives pépiaient dans les buissons qui longeaient le sentier tandis que le vent faisait bruisser les sapins. Tout était paisible.

Ceanna lança un coup d'œil à Sandulf. Tout était paisible, en effet, mais pas lui.

Il avait à peine prononcé un mot depuis leur départ, et l'agréable camaraderie qui avait prévalu entre eux lors de leur voyage vers Nrurim semblait avoir disparu.

— Nous arrêterons-nous ici pour bivouaquer ? demanda-t-elle avec une jovialité forcée tout en indiquant une petite hutte nichée dans une clairière. Nous aurions un abri.

— Si vous voulez, répondit Sandulf en descendant de sa monture. Elle semble inhabitée.

— Alors nous devrions être en sécurité, déclara Ceanna en descendant à son tour de cheval.

Elle inspecta les paniers fixés sur la selle.

— Ma tante nous a gratifiés d'une belle quantité de provisions. Elle voulait que nous ne manquions de rien.

Sandulf haussa un sourcil dubitatif.

Ceanna repoussa une mèche de cheveux derrière son oreille, les joues brûlantes.

— Qu'y a-t-il ? Nous avons des tourtes, du fromage, de la viande froide et même quelques morceaux de confiserie au miel que ma tante adore.

— Oh ! je vous fais entièrement confiance pour penser à la nourriture !

— Ah, pensez-vous à autre chose ? rétorqua Ceanna.

— Oui, dit-il en la rejoignant pour la prendre dans ses bras. À ceci.

Son baiser fut farouche et sauvage, effaçant tous les soucis précédents de Ceanna. Il lui prit la main et l'appliqua contre l'avant de son pantalon, où elle le sentit dur et ferme.

— Voyez-vous ce que vous me faites ? susurra-t-il à son oreille, quels appétits vous déchaînez ?

Elle s'enflamma aussitôt. La nuit précédente lui avait appris qu'il pouvait en être tout autrement que se conformer simplement à remplir le devoir conjugal. Ceanna savait fort bien qu'elle ne voulait pas être telle que l'avait décrite sa tante : passive, obéissante, soumise. Elle voulait du feu, de la passion et de l'amour, et les avait eus.

— La nourriture peut attendre, répondit-elle.

— Bien, approuva Sandulf avec un sourire qui le transfigura.

Il la prit dans ses bras, entra dans la petite hutte et la déposa sur la table.

— Ici ?

— J'ai l'intention de vous savourer pleinement, sur les moindres parcelles de votre corps, décréta Sandulf en lui caressant les jambes, lui envoyant des ondes de chaleur partout.

Il se pencha pour lui mordiller le lobe de l'oreille.

— Et je vous invite à faire de même avec le mien, ajouta-t-il.

— Vous voulez vous unir à moi ? En plein jour ?

Les yeux de son époux pétillaient. Ceanna savait très

bien qu'elle pourrait passer le reste de sa vie à scruter ces yeux sans jamais en discerner toutes leurs nuances.

— Pourquoi attendre le couvert de l'obscurité alors que nous sommes parfaitement seuls ?

Sa réponse fut de lui passer les bras autour du cou et de l'enlacer.

Sandulf regardait Ceanna dormir. L'ombre de ses cils formait une demi-lune sur ses joues. Il en caressa une, très doucement.

Elle était petite, certes, mais elle était déterminée. Elle s'était vite introduite dans son cœur. Elle s'était donnée à lui, et lui avait permis de vivre de délicieux moments d'oubli et de paix entre ses bras.

Sandulf savait qu'il devait assurer sa sécurité, plus que tout. Elle était devenue importante, presque autant que les battements de son propre cœur. Mais il n'en avait pas fait assez pour la mériter.

Il contempla les poutres du toit, noircies de fumée. Cette fois il n'échouerait pas. Il lui fallait faire ses preuves en tant que mari, et cela signifiait trouver Lugh avant que celui-ci comprenne qu'il était sur ses traces. Et cette idée l'effrayait jusqu'au plus profond de lui-même.

Un silence inhabituel régnait dans le village perché entre la mer et la forteresse de Dun Ollaigh. Les bâtiments et leurs odeurs familières envahirent tous les sens de Ceanna. Ils lui avaient manqué d'une manière dont elle ne se rendit compte qu'en les retrouvant. À chaque coup d'œil elle revoyait un nouveau souvenir, mais tant que sa belle-mère et Feradach avaient la mainmise sur l'endroit il restait dangereux pour elle. Pour tous les deux.

— Bien, où allons-nous maintenant ? demanda Sandulf.

Ceanna réajusta la capuche de sa cape sur sa tête afin de rester dissimulée aux regards.

— Il nous est impossible d'aller à la taverne. Ma belle-mère y a des espions, c'est certain. Essayons Urist ?

— Il a tenté de vous trahir.

— Vraiment ? En sommes-nous sûrs ?

— Que voulez-vous dire ?

— Personne ne nous a suivis. Il a acheté ce cadavre pour le faire passer pour moi. Et les messagers sont partis avant l'embuscade, mais…

Elle se tut quand Sandulf toussa doucement.

— Quoi ? s'exclama-t-elle.

— Je croyais que vous détestiez prendre des risques.

— J'apprends que je suis bien plus douée pour cela que je ne l'aurais cru, répondit Ceanna en penchant la tête sur le côté.

L'atmosphère était bien trop paisible. Elle n'entendait même pas les femmes de pêcheurs vanter leurs marchandises à hauts cris dans le port comme il était de coutume à cette heure de la journée.

— Quelque chose ne va pas. Je ne sais pas quoi exactement. On dirait qu'une tristesse pèse sur le village, dit-elle avec un frisson le long du dos. C'est sans doute mon imagination trop fertile. J'espère que cela n'a pas un rapport avec mon père. Et qu'il est toujours en vie…

Ceanna sentit les larmes lui monter dans la gorge.

— Je veux le revoir, Sandulf. Je veux qu'il fasse votre connaissance et bénisse notre union.

Il lui coula un regard de biais.

— Je commence à connaître l'étendue de votre imagination.

Ceanna fut aussitôt envahie d'une joie qui balaya ses inquiétudes pour son père. Quand son époux lui disait ce genre de choses, elle en arrivait presque à croire que leur mariage avait une chance d'être heureux.

Sandulf plongea les yeux dans les siens.

— J'entends des cris. Comprenez-vous ce qui se dit ?

— « À mort le païen qui a tué notre lady ! », répéta Ceanna en fronçant le nez. Quelle lady ? Pensez-vous que quelqu'un s'en est pris à la statue de notre Vierge Marie à l'église ? Ce seront sûrement des jeunes gens éméchés, ceux qui sont engagés à la tâche sur les bateaux de pêche. Ils sont toujours prompts à ce genre de débordements. Du moins, cela ne concerne pas la mort de mon père, apparemment.

Sandulf la regarda d'un air perplexe.

— Et depuis quand peut-on tuer une statue ? Qui d'autre ici est une lady ? Réfléchissez donc un instant.

Ceanna plaqua les mains sur son ventre, horrifiée quand elle comprit.

— Ils blâment un pauvre innocent de ma mort. Comment est-ce possible ? Urist est-il revenu au village en faisant passer ce cadavre pour le mien ? Pourquoi agir ainsi ? Je devrais…

Sandulf lui serra aussitôt le bras avec fermeté.

— Que devriez-vous ? Vous faire reconnaître ? Et balayer ainsi tout espoir de surprendre votre belle-mère et ce Feradach ? Alerter Lugh ? Vous ne savez absolument pas pourquoi Urist a eu recours à ce stratagème, mais ce n'était certainement pas pour faciliter votre fuite. Autant arriver à Dun Ollaigh et supplier d'emblée que l'on vous tue en place publique !

Ceanna se dégagea violemment, furieuse de la part de vérité dans ses paroles.

— Je ne peux pas avoir le sang d'un innocent sur la conscience ! s'écria-t-elle.

Sandulf la foudroya du regard, attendant de toute évidence qu'elle change d'avis. Puis il émit un long soupir.

— Vous avez raison. Il faut faire quelque chose. Mais restez dans l'ombre. Ne révélez pas votre identité à moins que cela ne devienne absolument nécessaire.

— Qu'allons-nous faire ? demanda Ceanna.

— Qu'est-ce qui vous fait donc croire que je vais avoir besoin d'aide ? Vous restez ici avec Vanora. Je viendrai vous exposer la situation quand j'aurai découvert ce qui se passe.

— Nous sommes associés, Sandulf. Vous avez besoin de moi, que cela vous plaise ou non. Vous êtes loin de parler picte couramment, en dépit de vos progrès.

Il soupira, lourdement cette fois.

— Pourquoi me rendez-vous si difficile le devoir de vous protéger ? Où est donc passée cette femme qui détestait prendre des risques ?

— Elle a cessé d'exister peu de temps après vous avoir rencontré.

Ceanna pointa le doigt vers l'endroit où une foule se rassemblait. Une sorte de grondement sourd s'élevait dans le village, rompant le silence, mais ce bruit était tout aussi peu naturel.

— Ce sont les gens avec qui j'ai grandi. Ils pleurent ma mort. Mais pas mon père. Pas mon père, Sandulf, il est vivant ! Ils sont rassemblés autour de la plate-forme des exécutions, ce qui veut dire qu'il y aura bientôt là un prisonnier exposé à tous les regards, qui attendra que son sort soit fixé.

Ceanna sentit son cœur cogner dans sa poitrine. Pendant tout le chemin elle avait essayé de ne pas trop croire que son père respirât encore et qu'elle puisse le revoir, mais elle avait quand même toujours nourri l'infime espoir de le sauver. Cela avait commencé comme une minuscule braise et était devenu une flamme vigoureuse. Avec l'aide de Sandulf, elle savait qu'elle pourrait le sauver après avoir dénoncé les comploteurs. Ensuite son père se remettrait, et ils redeviendraient proches, comme avant.

— Ce sont certes vos gens, mais c'est peut-être aussi votre perte. Vous avez raison, vous laisser dans l'ombre serait une erreur. Mais suivez mon conseil pour le moment : révéler votre identité sera l'ultime recours.

Après que Ceanna lui eut fait un signe d'acquiescement, Sandulf s'accroupit dans la poussière et y traça rapidement son plan.

— Notre objectif principal est de déterminer l'identité du prisonnier et de décider si cette personne vaut la peine d'être sauvée.

— Cet homme a été capturé et maltraité à cause de moi. Bien sûr qu'il doit être sauvé !

— Si c'était Lugh ou Feradach, réagiriez-vous de la même façon ?

Ceanna plaqua les mains sur sa taille.

— Tout le monde a droit à un procès équitable, mais vous avez raison. Je ne risquerais pas ma vie pour l'un ou l'autre de ces hommes.

— Voilà là le bon sens de ma Skadi, dit Sandulf en déposant un baiser sur ses lèvres.

Ceanna détesta la façon dont son cœur tressauta dans sa poitrine. Elle comprit à cet instant précis qu'elle l'aimait et voulait passer le reste de sa vie à ses côtés. Sandulf n'avait pas demandé son amour, et Ceanna n'avait pas la moindre idée de la réaction de son époux s'il se rendait compte qu'il l'avait obtenu. Après tout, le mariage lui avait été imposé.

Elle tapota le croquis de Sandulf du bout du doigt.

— Vous avez dessiné la place, mais pas la plate-forme d'exécution où ont lieu les châtiments. Qui que soit cet homme, il sera attaché là, dans l'attente de son jugement. C'est ainsi que nous procédons à Dun Ollaigh. Nous devons nous approcher et découvrir l'identité de ce malheureux, avant qu'ils le mettent en pièces.

— J'espère passer inaperçu, déclara Sandulf en mettant un chapeau qu'il avait pris au monastère avant leur départ. Êtes-vous prête à affronter la foule sanguinaire ?

— Essayez d'adopter une démarche traînante de paysan

plutôt que de faire de grandes enjambées d'un pas martial comme le guerrier que vous êtes.

— Toujours le sens pratique...

— Toujours.

Ceanna se couvrit la tête avec un châle et se voûta.

— Nous y arriverons, n'est-ce pas ? demanda-t-elle.

Il la dévisagea longuement sans un mot.

— Nous laissons Vanora ici. Moins il y aura de questions sur nous, mieux cela vaudra. La chienne attirerait l'attention.

Ceanna caressa Vanora sous le menton.

— Elle est plutôt inoubliable, en effet.

Ceanna indiqua à la chienne de rester assise à l'endroit où étaient attachés leurs chevaux. L'animal lui lança un regard menaçant mais se coucha néanmoins, la tête entre les pattes.

— Bien, y allons-nous, oui ou non ? Pour découvrir ce qui se passe là-bas ? s'impatienta-t-elle.

Sandulf leur fraya un passage dans la foule agitée. Elle semblait s'écarter spontanément devant lui, comme si les gens sentaient instinctivement qu'il n'était pas le genre d'homme qui se laissait marcher sur les pieds. Plusieurs personnes leur lancèrent des regards curieux, mais on ne les arrêta pas.

Sandulf se détendit légèrement, mais il ne pouvait s'empêcher de suivre la lente progression de Ceanna. Enroulée dans une cape, avec la capuche baissée très bas sur le visage pour le dissimuler, elle marchait plus comme une jument prête à mettre bas que comme une lady. Plusieurs personnes la bousculèrent, mais elle continuait d'avancer, bouche pincée.

Quand elle remarqua qu'il la regardait, elle lui adressa un signe de la main en dessinant un cercle, pour lui signifier de se retourner et de se concentrer. Ceanna était logique. Sandulf avait certainement toutes les chances de rester incognito jusqu'à ce qu'ils se retrouvent confrontés à leur vrai problème, Feradach et son frère.

— Ils l'amènent par là, de ce côté de la place, murmura Ceanna en le saisissant par le coude après l'avoir rattrapé. Nous devrions avoir une bonne vue de la scène d'ici, ajouta-t-elle en lui montrant une ruelle étroite dans l'ombre, entre deux rangées de maisons rapprochées.

La foule était moins dense à cet endroit. Et un tonneau vide à l'entrée faciliterait leur camouflage.

Ils s'engouffrèrent dans le passage. Le gros de la foule passa devant eux avec le prisonnier. Sandulf hissa Ceanna sur le tonneau pour qu'elle voie mieux, puis reporta son attention sur le prisonnier, qui semblait plus mort que vif.

En dépit de la crasse et des traces évidentes de coups, la coupe de ses élégants vêtements de laine le désignait comme un Viking, tout comme lui. Ses cheveux blonds lui tombaient sur le visage tandis qu'on le traînait, ses jambes inertes glissant sur le sol. Sandulf fut soudainement paralysé, tout le corps tendu tel un arc, la bouche sèche. Il venait de reconnaître cet homme.

Au nom de tous les dieux, que faisait donc son frère Danr en ces lieux ?

Sandulf se passa les mains sur les yeux, espérant s'être trompé. Peut-être était-ce lui qui avait trop d'imagination, en fait. Ou la lumière du jour lui jouait-elle des tours ? Il était impossible que ce prisonnier fût Danr. Il était en sécurité en Eireann, avec les autres frères de Sandulf.

Puis l'homme cria en gaélique qu'il n'avait jamais vu ni même croisé la lady dont on lui parlait, et Sandulf fut glacé jusqu'aux os.

De toute évidence, Danr était venu à sa recherche et s'était retrouvé pris au piège, tel un animal, dans un malentendu. Le simple fait d'être un Viking le désignait déjà comme suspect, songea amèrement Sandulf, se souvenant de l'accueil peu chaleureux qu'il avait reçu lui-même peu de temps auparavant.

Rurik avait sans doute tout raconté aux autres, un conseil de guerre familial s'était tenu aussitôt, et Danr avait été envoyé pour ramener le frère incompétent dans le giron familial accablé de sa disgrâce, mais cela n'avait pas fonctionné comme prévu.

Cependant Sandulf arrangerait tout, à commencer par le sauvetage de Danr. C'était là la chance qu'il attendait depuis toujours vis-à-vis de sa famille. Il prouverait une fois pour toutes qu'il était digne d'être leur frère, l'un des fils du célèbre Sigurd.

Il s'avança. Quelqu'un l'attrapa par sa tunique et le tira en arrière. Il regarda Ceanna, sans comprendre, et se dégagea avec brusquerie.

— Je dois aller là-bas. Il le faut. Comprenez-vous ?

— Sandulf ! s'écria Ceanna en sautant du tonneau pour lui agripper le bras et le plaquer contre le mur de la maison à l'entrée de la ruelle. Nous sommes ici pour regarder, pas pour agir sans réfléchir, vous souvenez-vous ? Qui est cet homme ? L'un de vos compatriotes ?

— C'est Danr.

— Votre frère ? s'exclama Ceanna en le serrant moins fort. Oh ! non, Sandulf, comment est-ce possible ? Que fait-il ici ?

— Je ne sais pas. Je ne lui ai pas parlé depuis mon départ de Maerr.

— Mais qu'allons-nous faire ?

— Il n'y a pas de « nous ». Je vais agir seul. Il le faut. Mes frères m'ont tourné le dos après ce qui s'est passé à Maerr, et c'est là ma chance de me racheter à leurs yeux, de leur prouver que je suis un homme digne d'être leur frère.

Ceanna s'agrippa à ses deux bras.

— Vous devez rester avec moi jusqu'à ce que vous ayez repris vos esprits et soyez capable de réfléchir clairement.

Je refuse de vous laisser faire quelque chose qui mettra tout et tout le monde en danger.

— Vous allez m'arrêter ?

— Par la force physique, si c'est nécessaire. Je vais m'asseoir sur vous, vous ne pourrez plus bouger.

— Vous asseoir sur moi ? s'esclaffa Sandulf tandis que le brouillard de la colère rouge qui l'avait aveuglé s'atténuait peu à peu.

Le visage bouleversé de Ceanna était levé vers lui. Elle l'avait empêché de commettre une énorme erreur, du genre de celles qui lui avaient valu sa fâcheuse réputation auprès de ses frères. Il la caressa doucement et lui parla d'une voix beaucoup plus douce.

— Laissez-moi y aller. Il le faut, répéta-t-il.

— Non. Vous devez rester ici. Avec moi, dans cette ruelle. Nous établirons notre plan. Et nous l'exécuterons, ensemble, quand le moment sera propice.

— Mais mon frère souffre ! lança-t-il à mi-voix, furieux. Laissez-moi aller le sauver, c'est mon devoir. Restez ici si vous voulez, mais moi je ne peux pas me tenir à l'écart et le regarder mourir après avoir été accusé sans fondement.

Ceanna se plaça face à lui pour lui bloquer le chemin.

— N'oubliez pas vos résolutions précédentes. Danr comprendra pourquoi vous ne vous êtes pas immédiatement précipité à sa rescousse en brandissant votre épée, quand nous le libérerons. Il voudra retrouver ce Lugh autant que vous. Croyez bien que le respect de la loi existe encore à Dun Ollaigh. Votre frère sera toujours vivant quand nous irons le sauver, je vous le garantis. Essayez de le faire maintenant, et vous gâcherez la meilleure chance que vous avez de mettre la main sur Lugh.

Sandulf s'effondra contre elle, tout son corps tendu par le combat intérieur qu'il menait. Ceanna le serra dans ses bras et le retint fermement.

— Je sais, je sais, murmura-t-elle à son oreille.

— Nous devons le sauver. D'une manière ou d'une autre. Avant toute chose.

— Je suis d'accord, mais ce que vous avez déclaré concernant le secret de ma présence reste judicieux.

La voix calme et mesurée de son épouse apaisa aussitôt Sandulf.

— Alors que faisons-nous maintenant ?

— Nous attendons la nuit. Ils auront terminé leurs réjouissances et le laisseront attaché au poteau central. Il faudra ensuite présenter l'accusation contre lui à mon père. Je connais ces gens, je sais comment les choses sont pratiquées ici. Nous ne rendons pas de justice sommaire. Il y a des procédures à suivre. Feradach et ma belle-mère ne s'opposeront pas à ce qu'une procédure suive son cours, même si ce n'est qu'en paroles, afin de ne heurter personne. Le temps joue en notre faveur. Patientez.

— Et si nous ne pouvons pas le sauver par cette voie ?

— Depuis quand êtes-vous si pessimiste ? Sauver les gens, c'est votre travail, que je sache.

Comme le goût des premières mûres ou le chant du premier merle devant sa maison au printemps, une chaleur presque oubliée mais étrangement familière envahit Sandulf. Il avait passé l'hiver à souffrir de solitude, et voilà qu'il bénéficiait de l'aura d'une personne qui croyait sincèrement en lui et en ses capacités.

— Nous le ferons ensemble ?

— Je le garantis, répondit Ceanna en tirant son chapeau bien bas sur son front. Si vous êtes prêt, nous allons retourner vers Vanora et attendre.

Sandulf regarda une fois encore le poteau où était attaché son frère.

— Que va-t-il se passer aujourd'hui ?

— Selon nos usages, ils vont le laisser attaché au poteau jusqu'à ce que le lord prononce son jugement, si mon père est suffisamment en forme pour cela, bien sûr. Comme votre frère est un étranger, il y aurait peut-être même la nécessité d'obtenir la permission de Giric, le régent du roi. Danr survivra jusque-là. S'il est bien votre frère, il est solide comme de l'acier, à votre image.

Sandulf contempla la rue et la place désormais vides. Les cris et quolibets avaient cessé. Les propos de Ceanna se révélaient exacts. La loi et l'ordre existaient ici, ce n'était pas l'anarchie consécutive aux batailles. Avec de la patience, il pourrait peut-être réussir ses deux tâches.

Il lui prit la main, s'y cramponna tel un homme qui se noie à un espar et la porta à ses lèvres.

— Merci, murmura-t-il.

Après les soirées d'été où il ne faisait jamais complètement sombre, en ce tout début d'automne les jours commençaient vite à raccourcir. Elle avait observé les champs qu'ils avaient traversés et savait que les récoltes seraient correctes, mais elles n'avaient pas encore été rentrées alors que cela aurait déjà dû être fait depuis un moment. Si son père était encore en vie, il ne commandait plus ses intendants de la main de fer qui le caractérisait autrefois.

Ceanna chassa ses pensées sur la gestion de Dun Ollaigh et se creusa la tête pour mettre au point un plan afin de sauver Danr. Sandulf allait avoir besoin de son aide. Et elle voulait la lui apporter, non plus parce qu'elle désirait se montrer indispensable, mais parce qu'elle avait lu l'intense souffrance qui consumait le visage de son mari.

Elle savait ce que c'était que de perdre un frère.

Quand ils furent de nouveau près des chevaux, Vanora avait disparu.

— Vanora, appela doucement Ceanna. Viens ici, ma fille !

Elle entendit un gémissement sourd et des aboiements désespérés. Elle suivit le bruit et découvrit Vanora attachée devant la taverne. Ceanna la libéra rapidement et s'apprêta à repartir.

— Milady ! C'est vous ! Par tous les saints du ciel !

Nous vous croyions morte ! s'écria Bertana, l'épouse du tavernier, surgissant par la porte, alertée par les gémissements de Vanora. Votre père est sorti de Dun Ollaigh pour la première fois depuis des mois afin d'assister à vos funérailles. C'était il y a trois jours, et puis voilà que votre chienne sort de nulle part et vole l'une de mes tourtes ! Je n'osais même pas espérer ! Lady Ceanna ne serait jamais allée dans sa tombe sans sa chienne, me suis-je dit. Où se trouve la chienne, elle se trouve. C'est une bien vilaine affaire, si quelqu'un a mis une autre personne dans votre tombe et a fait ainsi tant pleurer votre père.

Ceanna se retourna enfin et dévisagea Bertana, qui se tenait juste derrière elle.

— Mais qui a déclaré que j'étais morte ? lui demanda-t-elle.

La femme la serra dans ses bras à l'étouffer.

— Nous avons tous été tellement inquiets ! Urist nous a raconté une histoire d'embuscade, où vous aviez été attaquée, mais j'étais au courant pour ce cadavre qu'il avait secrètement emporté. Alors je me suis demandé… Et votre pauvre père, si affligé… J'ai pensé qu'il allait expirer avec ce drame et que nous aurions d'autres funérailles avant peu. Mais mon mari m'a dit que j'étais stupide de m'imaginer que vous étiez vivante quelque part.

Ceanna leva les yeux vers les nuages qui s'amoncelaient. Son père était encore vivant il y avait trois jours de cela, et assez bien portant pour assister à ses funérailles. Elle s'accorda un instant pour dompter les émotions qui l'assaillaient.

— Vous étiez au courant pour ce cadavre qu'Urist a utilisé comme un leurre ? Et vous n'avez rien dit à mon père ?

Bertana haussa les épaules.

— La femme d'Urist a toujours été très bavarde. Elle me l'a révélé après votre départ. Urist est un opportuniste, il va où est l'argent, ce qui lui permet de vivre grassement à Dun Ollaigh et de bien se remplir le ventre, selon ma cousine. Je lui ai dit qu'il jouait sur deux tableaux, en préservant ses intérêts avant tout, attention ! Et j'ai été convaincue que vous deviez avoir des ennuis si vous aviez fait affaire avec lui. Mais excusez-moi, je suis là en train de jacasser. Je suis comme un ruisseau en crue, je ne sais jamais quand m'arrêter !

Ceanna lança un coup d'œil à Sandulf. À son grand soulagement il restait silencieux, à observer, les yeux mi-clos.

— Urist a commis une terrible erreur de s'allier à ces gens.

— Une erreur, terrible, en effet, répéta Bertana d'un ton ferme. Je vois cela, puisque vous êtes vivante, et revenue pour en témoigner.

— Qui est le prisonnier ? Et comment en est-on venu à l'accuser ? demanda Ceanna alors qu'une idée commençait à faire son chemin dans sa tête.

— Je n'en sais rien, mais il sera jugé demain matin. Urist viendra identifier le prisonnier à ce moment-là seulement, accompagné de votre belle-mère, ce qui permettra de lancer la procédure d'accusation. Il n'est pas assez rétabli pour se déplacer aujourd'hui et reste à Dun Ollaigh aux bons soins de Lady Mhairi.

L'idée de Ceanna se précisait. Urist détestait les Vikings, profondément, et pourrait voir cette arrestation comme l'occasion de leur porter un coup. Mais, s'il découvrait Sandulf à la place de Danr, que ferait-il ? Ceanna sentit l'excitation lui serrer la gorge.

Bertana tripota sa ceinture, où étaient accrochés ses clés et ses ciseaux.

— Milady, je ne sais ce qui serait le mieux, mais ma cousine a dit qu'il se passe quelque chose de curieux à Dun Ollaigh. Ce Feradach a pris la place de votre père et se comporte en propriétaire. Tout ce que je peux dire, c'est que je suis profondément désolée, du fond du cœur. Vous aviez raison de partir quand vous l'avez fait, et j'ai eu tort de permettre à mon mari d'envoyer ce jeune garçon vous dénoncer… Mais on l'a retrouvé ligoté, avant qu'il ait pu exécuter sa mission. Tout cela est très compliqué.

— Et le moine, le frère du capitaine Feradach, est-il à Dun Ollaigh ? s'enquit Sandulf, intervenant dans la conversation dans un picte fortement teinté d'accent.

Ceanna lui lança un regard lui intimant de se taire, mais il hocha la tête.

Bertana se tut et dévisagea Sandulf, semblant remarquer aussitôt son épée de facture étrangère ainsi que ses vêtements.

— Vous me semblez familier. N'étiez-vous pas ici le jour du départ de Lady Ceanna, ou vous confonds-je avec un autre ?

— Voici mon mari. Nous nous sommes mariés à Nrurim, avec la bénédiction de ma tante.

La femme fronça les sourcils.

— Notre abbesse a cautionné votre mariage avec un Viking ? Les miracles ne cesseront donc jamais ! Le frère de Feradach a dit des messes pour le repos de votre âme. Nuit et jour. Ils disent qu'il ne faudra plus très longtemps avant que votre père vous suive… Enfin, je ne sais pas trop… Mais je crois qu'il est toujours vivant.

— Expliquez-moi, demanda Sandulf à mi-voix, je doute que mon picte soit suffisant pour tout saisir.

Ceanna hocha la tête et traduisit pour lui. Ils devraient faire vite pour sauver le frère de Sandulf, et ils auraient besoin d'aide. Il fallait qu'elle fasse confiance à Bertana, c'est pourquoi elle lui raconta rapidement l'embuscade, sa méfiance à l'égard des intentions d'Urist sans oublier de lui faire part de ses inquiétudes concernant les enfants disparus du feu roi Aed. Bertana écarquillait les yeux de plus en plus au fur et à mesure de la progression du récit.

— Je n'ai jamais apprécié ce Feradach et je sais que votre belle-mère est une lady de haute naissance, et tout ça, mais il se trame quelque chose, et cela ne me plaît pas, déclara Bertana quand Ceanna eut terminé. Deux garçons, dites-vous ? Maintenant que j'y repense, il y avait deux garçons qui pleuraient toutes les larmes de leurs corps dans une chambre du logis, selon ma cousine qui y travaille aux cuisines. Je croyais qu'elle racontait des histoires. Pourquoi Lady Mhairi garderait-elle des enfants là-bas, étant donné l'état de faiblesse de son époux, et, Dieu me le pardonne, milady, sachant que sa belle-fille venait d'être sauvagement assassinée ?

— J'ai promis à ma tante de les mettre en sécurité et de veiller sur eux. J'ai l'intention de tenir cette promesse.

Bertana posa alors une main sur l'épaule de Ceanna.

— Je sais ce que vous avez fait pour nous tous ici. Vous avez continué l'œuvre de votre mère, en veillant sur chacun. Aujourd'hui votre belle-mère s'y prend différemment, sans montrer la moindre humanité. Et je peux vous assurer que cela ne plaît à personne. Ces petits, si ce sont bien ceux qu'a vus ma cousine… mon sang ne fait qu'un tour quand je pense à ce qui a bien pu leur arriver. Je veux vous aider, milady, et me faire ainsi pardonner d'avoir voulu envoyer mon garçon vous dénoncer.

Ceanna sentit sa gorge se serrer. Ses efforts à Dun Ollaigh pour bien faire n'avaient donc pas été vains, ils avaient été remarqués et appréciés.

— Alors gardez mon secret jusqu'à ce que je décide de ce qui sera le mieux.

Bertana jeta un coup d'œil de biais à Sandulf.

— Je dois dire une chose, milady. Si vous aviez des ennuis, vous auriez dû d'abord demander de l'aide à vos amis et vous expliquer plutôt que de vous jeter dans les bras d'un Viking.

— Qu'il soit Viking ou non, Sandulf Sigurdsson est l'époux que j'ai choisi. Et un ami véritable et sincère de Dun Ollaigh. Souvenez-vous-en.

Bertana fit une rapide révérence.

— Je ne voulais pas manquer de respect mais, si c'était un aussi bon ami que cela, vous auriez dû nous le dire avant de partir. Ma sœur Mildreth s'est enfuie avec l'homme qu'elle aimait, mais elle m'a prévenue afin que je ne m'inquiète pas. Je ne sais pas ce qui lui est arrivé ensuite.

Ceanna se promit intérieurement de lui donner des nouvelles de mère Mildreth si elle le pouvait et d'essayer de réunir les deux sœurs. Elle pinça les lèvres, en espérant qu'elle serait encore là pour le faire. Même chose pour les récoltes.

Son destin reposait sur celui de son mari, mais ces gens possédaient une parcelle de son âme.

— Vous voilà bien solennelle, constata Sandulf. Tout va bien ? Une nouvelle complication ?

Ceanna lui lança un bref sourire, repoussant ses pensées ainsi que les problèmes qui l'attendraient dans l'avenir.

— La chance nous sourit toujours. Nous pourrons sauver votre frère avant d'affronter Feradach et Lugh.

— Si nous sauvons mon frère, tout le monde découvrira ce qui se passe. Il y a bien plus en jeu ici. Voulez-vous que Lugh et Feradach volent vos terres ?

Ceanna fronça les sourcils.

— J'ai élaboré un plan, répondit-elle, ce qui amena immédiatement Sandulf à plisser les yeux afin de mieux la scruter. C'est un bon plan, je vous le promets, ajouta-t-elle donc.

— Vous allez prendre bien trop de risques, quel que soit ce plan.

Elle lui sourit aussitôt.

— Des risques calculés, précisa-t-elle. Rien n'ira de travers. Votre épée me défendra quand je révélerai mon identité, mais afin que mon projet réussisse vous devez prendre la place de votre frère.

— Nous ne nous ressemblons pas beaucoup, objecta Sandulf, les yeux flamboyants.

— Si, pour les Pictes, un Viking ressemble à un autre Viking. Mais vous frotter le visage avec de la boue augmentera nos chances.

Sandulf sourit, au grand soulagement de Ceanna.

— Libérer mon frère est la chose la plus importante pour moi, ainsi que découvrir comment et pourquoi il a été capturé.

— Feradach et son frère seront sur la place quand Urist portera son accusation, c'est évident. Ils ne feront pas attention aux mouvements du prisonnier.

— Je veux savoir pourquoi cet inconscient a voyagé jusqu'ici. J'avais toute la situation bien en main, déclara Sandulf en secouant la tête. En dépit de tout ce qu'il m'a dit, Rurik ne me fait pas confiance pour réussir seul cette tâche.

— Vous n'en êtes pas certain.

— Si. Je sais comment sont mes frères. Je serai le bébé de la famille pour toujours, à gambader entre leurs jambes. Avec une épée en bois à la main, jamais en acier. Ils ne voient pas le guerrier que je suis devenu, ce que j'ai accompli et tout ce que je serai capable d'accomplir à l'avenir.

— Cependant vous rêvez d'avoir votre place dans cette fratrie.

Sandulf resta longtemps silencieux avant de répondre :

— En effet. Plus que tout.

Chapitre 13

Sandulf fut satisfait qu'ils aient décidé d'opérer de nuit. Il devait reconnaître que le plan de Ceanna était ingénieux. Il comportait certes des défauts, dont celui – non le moindre – que son épouse se retrouve à présent sur la place en pleine nuit au lieu d'attendre en sécurité avec Bertana à la taverne. Mais Sandulf avait reconnu qu'il aurait besoin d'aide pour s'occuper de Danr s'il devait prendre sa place. Ceanna lui demandait de croire que les villageois se soulèveraient pour la soutenir une fois qu'ils se seraient rassemblés pour voir Urist procéder à l'identification du prisonnier.

De toute façon il n'avait pas de meilleur plan et savait que le temps était compté. Dans sa tête il entendait ses frères se disputer et savait ce que chacun dirait de ce projet. Brandt décréterait que c'était bien trop risqué. Alarr l'avertirait du danger à se faire prendre sans armes. Rurik étudierait soigneusement les lieux et aurait trois solutions alternatives possibles en cas d'échec de la première tentative. Danr, eh bien, quant à lui, s'attarderait sur les chevilles de Ceanna et lui dirait qu'il était stupide de ne pas lui avouer ce qu'il éprouvait pour elle. Mais comment le pouvait-il avec tout ce qui était suspendu au-dessus de sa tête ?

— Êtes-vous prêt ? Avez-vous assez de boue sur le visage ? lui demanda Ceanna en relevant sa capuche sur sa tête. Avons-nous pensé à toutes les éventualités ?

— Je vais garder une dague sur moi. Au cas où ce ne serait pas un procès équitable, comme vous le craignez.

— Ce serait extrêmement inhabituel pour mon père d'agir autrement. Il voudra que le meurtrier de sa fille soit puni selon la loi.

— Je reste néanmoins prudent. Je serais stupide d'être pris sans une arme sur moi.

Sandulf glissa la fine lame dans une poche secrète spéciale de sa botte droite. Il avait acheté cette paire de bottes à Constantinople après avoir vu comment une dague cachée dans celles d'un de ses amis leur avait sauvé la vie à tous deux.

Il était certain que Danr lui envierait ces bottes. Il adorerait ses vêtements et affirmerait, Sandulf l'imaginait déjà, que c'était l'élégance de ces bottes qui faisait succomber les nombreuses femmes qui se jetaient à sa tête… et à ses pieds bien chaussés.

Sandulf fut traversé d'une tristesse soudaine inhabituelle. Il avait envie d'entendre de nouveau les plaisanteries de Danr. Ses facéties lui manquaient, ainsi que l'inévitable silence qui suivait ses déclarations, comme si Danr attendait pour juger la réaction à ses piques. Avant tout, c'était tout simplement sa voix qui lui manquait.

— Nous allons le libérer, assura Ceanna.

Il lui sourit et lui serra la main.

— Oui. Ensemble.

Elle répondit à son maigre sourire avec quant à elle un franc sourire. Le cœur de Sandulf se serra une fois de plus. Le bonheur de qui ferait-il passer en premier ? Celui de son épouse ou celui de son frère ?

Il chassa cette pensée. Il n'en arriverait pas là.

Il lui fallait d'abord survivre.

Le faible éclat du clair de lune baignait la place du marché, où se détachait la plate-forme d'exécution. Sandulf vit Ceanna plaquer la main sur sa bouche pour retenir un cri. Danr s'était affaissé contre le poteau, à genoux, les mains au-dessus de la tête.

— Restez là, chuchota Sandulf. Jusqu'à ce que je donne le signal. Il peut y avoir des espions ou des gardes qui surveillent.

— Et comment puis-je aider si je reste tapie dans l'ombre ? protesta Ceanna en soupirant.

— Ceanna !

Elle leva les yeux au ciel.

— Faites cela pour moi. Je vous en prie, insista Sandulf.

Puis il s'élança jusqu'à la silhouette prostrée de son frère.

— Nous allons te sortir de là vivant, Danr, lui glissa-t-il à l'oreille.

Danr gémit pour toute réponse. Ceanna vit le visage de Sandulf se contracter tandis qu'il se débattait avec les liens qui retenaient son frère. Danr ne pourrait jamais marcher seul jusqu'à l'endroit où elle se trouvait.

Ignorant la consigne de Sandulf, elle se précipita vers eux. Son époux haussa un sourcil en la voyant.

— Il vous faut une autre paire de mains.

Il ne put que hocher la tête devant l'évidence.

— Quand je détacherai les cordes, empêchez sa tête de heurter le sol.

— Je le tiens.

Sandulf défit précautionneusement les liens, marmonnant un juron quand un nœud résista, mais il insista, et le tout céda brusquement. Danr s'effondra. Vacillant sous son poids, Ceanna réussit à l'allonger en douceur.

De près, la ressemblance avec Sandulf était évidente. Même si Ceanna n'avait pas eu connaissance de leur parenté, elle l'aurait devinée.

Sandulf lui fit un signe de tête de remerciement.

— Tout va bien, Danr ? Ton petit frère t'a presque sauvé.

Son frère émit un vague grognement qui pouvait tout aussi bien signifier « Il t'a fallu le temps, espèce d'idiot ! ».

— J'ignore pourquoi j'attends toujours des remerciements de ta part, Danr. Peut-être devrais-je te laisser mourir ici.

Danr ouvrit un œil.

— Ah, c'est toi, Sandulf ! Rurik m'a dit que tu étais ici quand il m'a envoyé au nord. C'est tout juste si je l'ai cru. Tu sais comment il peut être. Et puis, ces gens complètement fous ont prétendu que j'avais assassiné la fille de leur lord. Je n'ai jamais vu cette femme de ma vie. Et te voilà, donc j'en conclus que tout doit être ta faute.

— Rurik est-il heureux avec son épouse ?

— Extrêmement, répondit Danr en fermant les yeux.

— Il faut l'éloigner d'ici, avant que quiconque comprenne ce qui se passe, intervint Ceanna avec un chuchotement rauque et pressant.

— Ceanna, je n'aurai peut-être pas d'autre occasion, rétorqua Sandulf.

Ceanna s'obligea à sourire, essayant de refouler la peur qui l'étreignit soudain à l'idée du risque que prenait Sandulf.

— Si, vous aurez votre occasion, je vous le jure. Mais au moment propice, et ce n'est pas maintenant. Notre plan va fonctionner. Pour l'instant, passez les cordes autour de vos poignets avant que quelqu'un arrive.

Prononcer ces mots l'aida à refréner la nausée de panique qui l'avait saisie, et qui disparut aussitôt qu'elle avait surgi.

— Ceanna ? Il me semble que je suis censé avoir assassiné une Lady Ceanna, marmonna Danr.

— C'est Lady Ceanna, mon épouse, et elle est on ne peut plus vivante.

— Cela, je le vois, répliqua Danr.

Ceanna passa un bras sous les épaules de Danr et l'aida à se relever. Elle commença à l'éloigner, mais il trébucha, et son poids pesa lourdement sur elle. Elle ne put retenir un gémissement. Elle serra les dents et redoubla d'efforts, mais la masse imposante de Danr l'empêchait d'aller bien vite.

Sandulf passa alors à son tour un bras sous l'épaule de Danr et l'entraîna.

— Nous allons t'éloigner d'ici avant que je m'attache.

Danr se dégagea.

— Je peux marcher. Laisse-moi le temps de faire revenir le sang dans mes pieds. Tu es toujours pressé, toi.

— C'est ma faute, pas la sienne, objecta Ceanna. Je me suis tordu la cheville.

— Pars avec ma femme, ordonna Sandulf tout bas. Quand nous en aurons terminé avec cette affaire, nous pourrons discuter. Par le nom de Sigurd, comment as-tu pu te retrouver dans cette situation ? Je ne le saurai jamais !

Danr posa les mains sur ses genoux. La sueur perlait sur son front.

— Tout ce que tu fais, Sandulf.

Sandulf crispa la mâchoire.

— Tout ce que je fais ? Que veux-tu dire ? s'emporta-t-il.

Ceanna se prépara à une altercation entre les deux frères.

Danr resta silencieux, puis sourit.

— Tout ce que tu fais est différent de la manière dont je le ferais. Je peux marcher, maintenant.

Sandulf lui donna une bourrade dans le dos.

— Bien, va.

— Tous vos frères sont-ils ainsi ? demanda Ceanna en secouant la tête.

— Brandt est bien pire. Il me faisait sans cesse des reproches. Il voulait que tout soit fait à son idée. Il ressemblait beaucoup à notre père sur ce point.

— Il est toujours comme cela, précisa Danr.

— Il n'est donc pas étonnant que vous ayez saisi la première occasion de vous échapper ! s'exclama Ceanna.

— On peut voir les choses ainsi, concéda Sandulf en se penchant vers elle pour effleurer ses lèvres d'un baiser, qui l'embrasa aussitôt tout entière. Conduisez mon éclopé de frère à l'abri. Je m'occupe du reste. Je peux m'attacher tout seul.

Ceanna voulait lui dire une foule de choses, mais ce n'était pas le moment. Elle était étonnée d'avoir cessé de croire aux héros, alors que l'homme qui lui faisait face en offrait une imitation très convaincante.

— Je vous aime, chuchota-t-elle avant de perdre tous ses moyens.

Elle vit les yeux de son époux scintiller dans la faible lueur de la lune.

— Ne dites pas cela. Ne le dites jamais !

Ceanna se recula d'un bond, comme s'il l'avait frappée.

— Je comprends.

L'aimait-elle ? Réellement ? Sandulf n'arrivait pas à oublier l'expression bouleversée de Ceanna après sa rebuffade. Il n'était pas digne de son amour, pas encore, et peut-être même ne le serait-il jamais. Ses frères en étaient convaincus. Mais il allait essayer de se montrer à la hauteur.

Il avait mal à l'endroit où il avait attaché ses bras au poteau. Heureusement les liens étaient assez lâches pour lui permettre de bouger quand il en aurait besoin, mais il fallait que l'élément de surprise joue en sa faveur. Il garda le visage tourné contre le poteau et se concentra sur tout ce qui l'attendait, et sur la façon dont il pourrait empêcher Ceanna de tenter toute action inconsidérée. D'après les suppositions de celle-ci, Feradach et son frère agiraient vers le midi, quand tout le monde serait rassemblé et que le jugement commencerait.

Cependant ils firent leur apparition alors que la lueur rosée de l'aube avait à peine commencé à éclairer la place et que tout était encore paisible. Urist, une femme élégamment vêtue et les deux frères, reconnaissables car l'un en costume de garde et l'autre en robe de moine s'avancèrent vers lui. Sandulf les repéra du coin de l'œil. En dépit de la tentation, il garda les yeux braqués sur un nœud du bois et se repassa en mémoire le plan qu'il avait mis au point avec Ceanna. Pour les maîtriser tous il avait besoin de son épée, que Ceanna porterait sur elle. Sa dague ne serait efficace que sur un seul adversaire. Lequel des deux frères lui offrirait la meilleure garantie de succès ?

— Il faut procéder avec précaution, dit la femme élégante.

Il en déduisit que c'était Mhairi, la belle-mère de Ceanna. Elle s'exprimait avec un léger accent nasal. Les semelles de ses chaussures claquaient sur les pavés et s'arrêtèrent tout près de la plate-forme où Sandulf était attaché.

— Nous voulons que justice soit faite. Vous pourrez reconnaître le coupable, Urist ab Urist, n'est-ce pas ? Quand le moment sera venu ?

Urist acquiesça bruyamment.

— Ses traits sont gravés dans mon esprit, milady. Je ne ferai pas d'erreur. Vous serez fière de moi. Cet homme a assassiné votre belle-fille. Il l'a tant mutilée qu'il valait mieux que ni son père ni vous ne voyiez son cadavre. C'était de la pure cruauté, le capitaine Feradach a été d'accord avec moi.

Urist vint jeter un coup d'œil à Sandulf et fut aussitôt bouche bée quand il le reconnut. Sandulf murmura dans un souffle « Ceanna est ici », et Urist se recula instantanément.

— Pour le salut de Lady Ceanna j'identifierai le coupable, déclara Urist. Je le promets. Je ne l'abandonnerai pas. Je proclamerai la vérité lors du jugement. Maintenant laissez-moi partir, il me faut encore un peu plus de bière. Je n'ai pas besoin d'en voir plus.

— Il n'ira pas bien loin, dit Mhairi après que le bruit des pas du guide se fut évanoui. Vos gardes pourront le récupérer à la taverne la plus proche quand le procès commencera.

— Il vaudrait mieux que le témoin ne soit pas ivre,

rétorqua une voix masculine. Pourrons-nous le dégriser à temps ?

— Ne vous inquiétez pas. Tout se passera très bien. Vous verrez. Le choc du procès combiné avec les funérailles tuera le vieux fou, assura Mhairi.

— Tu n'aurais pas dû venir ici, Lugh, lui reprocha Feradach. Tu aurais dû rester où tu étais et t'assurer que ton travail était terminé.

— Tu m'as envoyé un message me prévenant qu'un Viking demandait le chemin de Nrurim. Mon ange de Glannoventa pourrait être en danger.

— Tu n'aurais jamais dû accepter cette mission de la part de Glannoventa. Qu'en as-tu retiré ? Rien.

— J'ai rencontré mon ange, la femme la plus douce et la plus gentille dont tu aies jamais pu rêver.

— Et qui a failli tout faire rater. Tout cela parce que ton Annis de Glannoventa avait des yeux d'ange et ne devait pas avoir de sang sur les mains. Te commettre dans le royaume des Vikings pour récolter de prétendues fabuleuses richesses, Lugh ? Et qui as-tu tué ? Deux femmes ? Qu'y as-tu gagné ? L'assurance de te faire tuer ensuite, à mon avis. Ton vilain visage y a même gagné une nouvelle cicatrice.

— Mon ange m'a offert une pièce de tissu pour étancher le sang quand le bateau est parti. C'est pour cela que j'appelle cette cicatrice mon baiser de l'ange.

— Arrête de nous rebattre les oreilles avec ton ange du ciel, le rabroua Feradach. Tu n'as fait que parler de cela depuis ton arrivée, et je suis lassé de l'entendre. Tiens-t'en à nos affaires en cours.

Les doigts de Sandulf le démangeaient de prendre la dague dans sa botte, mais il résista. Frapper maintenant ne serait qu'une demi-mesure, se dit-il.

— Je me sentirais plus tranquille si nous ne nous étions pas servis du corps de cette morte dans votre petite embuscade, reprit Lady Mhairi. Vous avez eu la main bien trop lourde avec votre épée ce soir-là. Dieu merci, personne n'a posé de questions sur le cadavre disparu de cette femme.

— Cet ivrogne stupide d'Urist a donné sa parole de se taire, quand j'ai posé ma lame sur le cou de son fils. J'aurais dû l'achever. Vous avez dit que votre mari s'effondrerait sur le cercueil de sa fille et ne s'en relèverait pas. Or il semble plus robuste que jamais depuis qu'il a appris sa mort. Depuis qu'il a posé la tête sur le cercueil et que la foule l'a bruyamment soutenu.

— La profondeur de ses sentiments à l'égard de sa fille m'a surprise. J'ignorais qu'il l'aimait tant, répliqua Mhairi. Si quiconque pense que j'ai le moindre rapport avec tout cela, ce pourrait être la fin de nos espoirs et de nos projets, Feradach.

— Vous êtes bien trop nerveuse, ma chère. Même si cet idiot d'Urist joue sur plusieurs tableaux, de toute façon Ceanna est loin d'ici, dit Feradach avec un rire sec. Je doute qu'elle survive fort longtemps. Cette femme n'oserait même pas chasser une oie et est terrifiée par son ombre.

— J'espère que vous avez raison.

Des mains brusques tirèrent la tête de Sandulf en arrière sans ménagement, accompagnées d'une odeur fétide qui lui leva le cœur.

— Cet homme fera un parfait bouc émissaire pour le sacrifice qui apaisera les villageois. Je devrais lui trancher la gorge tout de suite et m'en débarrasser. Qui pleurera un Viking ? Certainement pas moi, assura Lugh.

— Regarde ! N'est-ce pas là ton bracelet manchette qu'il porte, mon frère ? Celui que tu as perdu pendant ton expédition ?

— En effet ! Eh bien, eh bien, il semblerait que tous nos problèmes soient sur le point d'être résolus, Feradach ! C'est donc là le Viking qui était à ma recherche. Mon ange me remerciera à genoux, et je suis impatient d'entendre ses louanges infinies.

Quand ils revinrent aux écuries, Ceanna entreprit de nettoyer grossièrement les blessures de Danr en dépit des protestations du Viking, assurant qu'il allait parfaitement bien. C'étaient surtout des contusions après qu'il avait été rossé, et des coupures et griffures superficielles plutôt que quelque chose de sérieux.

S'affairer à cette tâche au lieu de ressasser les paroles de Sandulf quand il l'avait repoussée permettait à Ceanna d'apaiser les tremblements de ses mains.

Sandulf n'avait jamais fait mystère des raisons pratiques et rationnelles ayant précipité leur mariage. Et Ceanna ne se faisait pas d'illusions : elle l'avait piégé lors de leur entretien avec sa tante et lui avait forcé la main. La seule fois où ils avaient parlé de sentiments, à la chaumière de mère Mildreth, il lui avait très gentiment mais fermement promis son amitié, et rien d'autre.

— Restez ici, Bertana va vous soigner, dit Ceanna à Danr quand elle eut terminé de s'occuper de lui. Sandulf et moi avons préparé notre plan jusqu'au moindre détail. Je reviens, je me montre à découvert dès que la foule sera assez importante, et Sandulf fera le reste. Bertana a déjà fait du bon travail en répandant des rumeurs sur le fait que ma mort était un mensonge.

Danr lui bloqua alors le passage devant la porte.

— Avec tout mon respect, vous vous trompez. Aucun fils de Sigurd n'est un pleutre. Je vais me joindre à ce combat. Je serai à vos côtés.

— Vous avez été roué de coups. Et vous êtes resté attaché à un poteau presque une journée entière.

— Autant de raisons supplémentaires pour me battre, répliqua Danr en lui tendant les mains. Donnez-moi une arme, n'importe laquelle. Laissez-moi vous aider. Je vous suis reconnaissant pour ce que vous avez fait tous deux jusqu'ici, mais mon frère provoque trop les divinités qui contrôlent son destin. Ces hommes sont décidés à le tuer, et il n'a pas son épée.

— C'est moi qui l'ai, pour plus tard. Nous l'avions prévu, rétorqua Ceanna.

— Mon petit frère écervelé ! Apprendra-t-il un jour ? s'exclama Danr, devenu blême.

— Il a une dague dans une poche secrète de ses bottes. Il a dit que vous les aimeriez beaucoup, d'ailleurs.

Danr ne put s'empêcher de sourire.

— Il a une haute opinion de ses frères, insista Ceanna. Et il veut qu'ils pensent de même en ce qui le concerne.

— Rurik m'a raconté ce qu'il a fait aux autres tueurs, il les a achevés sans hésitation. Mais ce garçon doit arrêter de tout faire tout seul, déclara Danr en secouant la tête. C'est ainsi qu'il s'attire de graves ennuis. Vous auriez dû le voir l'été précédant la mort de notre père. Il s'est précipité sur nos ennemis, tout seul. Nous avons tous pensé qu'il partirait au Valhalla ce jour-là. Brandt s'est battu comme un lion pour aller le sauver et n'en a obtenu aucun remerciement.

— Mon mari n'est plus le garçon assoiffé de gloire dont vous vous souvenez, répliqua Ceanna en tremblant d'indignation. C'est un homme, c'est mon mari, et vous le traiterez avec respect.

Danr lui fit alors une profonde révérence.

— Oui, milady. Je vous demande pardon.

— Accordé, répondit Ceanna en inclinant la tête. Il a longtemps été obsédé par le fait qu'il ne pouvait pas se mesurer à ses frères. Il m'a parlé des concours de ricochets, où il perdait systématiquement.

— Jusqu'au jour où il a gagné, rétorqua Danr en éclatant de rire. Nous devrions en refaire un.

— Je pense qu'il en serait enchanté.

— Il était seul dans la maison ce jour-là, veillant sur notre belle-sœur, reprit gravement Danr. S'il avait eu de l'aide, qui sait ce qui serait arrivé ? Un jeune guerrier contre quatre assassins qui ont réussi à tuer notre père et Vigmarr, deux des meilleurs guerriers du Nord, avant même que quiconque ait compris ce qui se passait ! Il a de la chance d'avoir eu la vie sauve.

— J'ai compris que ses frères étaient tous partis au moment du drame, excepté Alarr, le frère du milieu, qui a été grièvement blessé devant la maison.

— Et il y a un frère qui n'était pas là alors qu'il aurait dû l'être, dit vivement Danr en rougissant avant de baisser la tête. Je dois désormais vivre avec cela, milady. Je ne l'oublierai jamais. Je vous jure que j'ai changé de comportement depuis.

— Où étiez-vous ?

— Avec une femme. Un corps chaud et doux, avec des cuisses généreuses, vite consommé, vite oublié, avoua Danr avec un rictus. Je ne suis pas fier de ce qui s'est passé, milady, mais je veux une chance de me racheter. Accordez-la-moi, je vous en prie. Laissez-moi vous assister dans les plans de Sandulf. Il ne peut porter ce fardeau seul.

Ceanna contempla les ombres changeantes. Danr et Sandulf se ressemblaient beaucoup : aucun d'eux ne voulait qu'il arrive du mal à l'autre.

— Appelez-moi Ceanna, s'il vous plaît. Je suis votre sœur.

— Je n'y avais pas pensé. J'ai gagné trois nouvelles sœurs, en l'espace de quelques mois. Toutes parfaites. J'aime sincèrement mon petit frère, mila… Ceanna. C'est simplement divertissant de se moquer de lui. Je vois qu'il a grandi au-delà de tout ce que je pouvais imaginer depuis notre séparation. Je connaissais le jeune garçon, j'ai très envie de découvrir l'homme. M'accorderez-vous l'honneur et le privilège de me battre à vos côtés ? Me permettrez-vous de réussir ce que j'ai raté il y a toutes ces années ?

— Il m'a donné des ordres bien précis vous concernant.

— Et si j'échoue à vous protéger, vous ma nouvelle belle-sœur, que serai-je ? Ne croyez-vous pas que je porte un fardeau assez lourd déjà avec les morts de la fiancée d'Alarr et d'Ingrid, gravées au plus profond de mon âme ?

En dépit des contusions et de la fatigue évidente du guerrier, Ceanna lut la supplique dans son regard. Elle lui tendit l'épée de Sandulf.

— De toute façon, je doute de pouvoir la manier s'il le fallait.

Elle lui expliqua rapidement le plan qu'elle avait préparé avec Sandulf.

— Vous pourrez la lui passer quand je me ferai reconnaître. Tous les regards seront braqués sur moi.

Danr effectua quelques moulinets avec l'épée.

— Elle est bien équilibrée. Je préfère la mienne, mais cela conviendra jusqu'à ce que je puisse la récupérer.

— Sandulf va en avoir besoin.

Danr prit un air parfaitement innocent. Il était facile de comprendre pourquoi les femmes tombaient sous son charme telles des mouches.

— Vous avez dit qu'il avait une dague. Et tout peut se passer très vite dans ce genre d'action.

— Sandulf et moi nous tenons à notre plan. Suivez-le, insista Ceanna avant d'ajouter « s'il vous plaît » après une courte réflexion.

— Je verrai ce que l'on peut faire, conclut Danr, les yeux rieurs.

— Milady, le soleil se lève ! lui cria Bertana par la porte.

Ceanna grinça des dents. Se disputer avec Danr était inutile. Elle releva sa capuche sur sa tête pour dissimuler ses traits.

— C'est le moment, dit-elle.

— Si vous lui tranchez la gorge, ils vont rechercher le meurtrier ! s'écria Mhairi alors que l'homme tirait la tête de Sandulf en arrière, ce qui lui permit de voir l'horrible cicatrice familière de Lugh, la double étoile avec une croix, ainsi qu'une nouvelle qui s'y était superposée.

— Certes, mais sans faire trop d'efforts, répliqua Lugh tandis que ses mains se resserraient autour de la gorge de Sandulf, l'empêchant de respirer.

— Giric, le régent du roi, est déjà à la recherche de l'assassin d'Aed, intervint Feradach, et furette non loin d'ici. La dernière chose dont nous avons besoin, mon frère, c'est que la garde du roi fourre son nez dans nos affaires. Patience ! Ta soif de sang sera étanchée. Je suis d'accord avec milady. Nous attendons et laissons la foule se charger de son exécution.

L'étau autour de la gorge de Sandulf se desserra. Il reprit avidement une bouffée d'air.

— C'est bon, je vais attendre, concéda Lugh.

— Que se passe-t-il ? Belle-maman, pourquoi cet homme est-il attaché ?

Le cœur de Sandulf s'arrêta. Pourquoi Ceanna ne pouvait-elle jamais s'en tenir à ce qui avait été convenu ? Elle se mettait en danger, sans le moindre renfort. Les villageois n'étaient pas encore assez nombreux.

— Lady Ceanna ! Par tous les…, commença Sandulf.

Il s'interrompit et reprit la parole sur un ton très différent.

— C'est extrêmement agréable de voir que mon épouse est saine et sauve, en parfaite santé.

— Si j'ai bien compris, vous avez arrêté cet homme pour mon assassinat, belle-maman, déclara Ceanna en pointant le doigt vers Sandulf. Libérez-le. Comme vous pouvez le voir, je suis on ne peut plus vivante.

Sandulf plissa les yeux pour mieux voir. Où était son épée ? Comment Ceanna pouvait-elle l'avoir oubliée ? Elle semblait croire que de simples mots régleraient la situation. Il se débattit dans ses liens, mais un nœud se montrait décidément réticent.

— Mon frère, je peux me charger d'elle avant que

quiconque le remarque, proposa Lugh à voix basse. On le mettra sur le compte du Viking, qui aura tenté de s'échapper. Les villageois goberont l'histoire sans problème. Je pourrai faire un sermon sur le sujet ensuite.

— Oui, fais-le.

Sandulf tordit son poignet de droite et de gauche, et réussit à dégager sa main. Il saisit la dague dans sa botte, se retourna vivement mais il était trop loin pour frapper avec efficacité. Lugh était déjà presque sur Ceanna. C'est alors que Sandulf vit son frère, même s'il était visiblement mal en point, s'interposer devant elle, épée brandie, en poussant le cri de guerre de leur famille.

Lugh essaya au dernier moment de dévier sa trajectoire, mais son élan continua à le propulser en avant. D'un seul mouvement, Danr embrocha l'impitoyable assassin.

On entendit une sorte de gargouillis, puis Lugh s'affaissa sur le sol aux pieds de Ceanna. Danr fit un petit geste élégant de la main et s'inclina vers Sandulf. Brandt le traitait toujours de comédien, se souvint ce dernier.

Il serra sa dague à en avoir mal aux doigts.

— Mon frère, tu étais censé te reposer après l'épreuve que tu as traversée.

— Je crois que je t'ai sauvé la vie, Sandulf. Ne la mets pas en péril si inconsidérément la prochaine fois.

— Gardes, saisissez-les ! cria Lady Mhairi. Ces païens ont attaqué un moine et l'ont tué !

Personne ne broncha. Tous les regards stupéfaits semblaient rester braqués sur Ceanna.

— Qu'attendez-vous ? Cet homme, ce païen, vient de tuer un moine de sang-froid ! cria Feradach.

Les gardes et la foule qui s'amassait rapidement, de plus en plus nombreuse, restèrent toujours aussi immobiles.

Ceanna leva les bras.

— Au nom de l'amour et de l'affection que vous avez prodigués à ma famille ainsi qu'à moi-même, je vous en conjure, retenez vos armes. Ces Vikings m'ont sauvé la vie. Il y a eu un complot contre mon père et moi. Ma belle-mère et Feradach, le capitaine des gardes, veulent ma mort.

La foule commença à gronder.

— Dieu bénisse Lady Ceanna ! Dieu soit loué, vous êtes vivante ! cria une femme.

Le cri fut repris, de plus en plus fort, jusqu'à ce que la foule fasse trembler le sol. Ceanna resta bouche bée, sans faire un geste. Puis elle prit à Lugh l'épée qu'il avait brandie contre elle et la leva au-dessus de sa tête. Elle sourit sans retenue quand la foule la salua alors de plus belle.

Sandulf regarda Feradach et Lady Mhairi. Les villageois amassés les empêcheraient de s'échapper, mais ils restaient dangereux.

— Lady Ceanna n'a pas toute sa raison, comme son père, proclama Lady Mhairi. Il n'y a aucun complot. Tout juste un malentendu. Le saint prêtre allait l'étreindre, ému de la voir vivante. Ceanna, regardez ce que vous avez fait !

— J'ai entendu ce que vous, votre amant et ce soi-disant homme de Dieu aviez projeté de faire, intervint Sandulf. Même les hommes attachés à des poteaux ont des oreilles.

— Et qui êtes-vous ?

— Sandulf Sigurdsson, mari de Ceanna de Dun Ollaigh.

— C'est impossible, s'exclama Mhairi, ouvrant la bouche de stupéfaction, à s'en décrocher la mâchoire.

— Nous nous sommes mariés à St. Fillans avec la bénédiction de ma tante, confirma Ceanna à haute voix.

— La mère abbesse a donné sa bénédiction ? s'étrangla Mhairi.

— Oui, et elle ne peut être désavouée, répliqua Sandulf.

Il évalua la distance entre la femme et le capitaine des gardes. Et Danr avançait lentement vers lui, prêt à agir.

— Où sont les enfants royaux, belle-maman ? continua Ceanna. Les enfants du feu roi Aed, que le faux moine avait promis de conduire en Eireann. J'imagine qu'ils sont quelque part à Dun Ollaigh.

Sa belle-mère fit un pas en arrière et trébucha.

— Tu avais dit que c'était Ceanna, Feradach. Tu as affirmé que c'était elle avant que le cercueil soit scellé. Nous l'avons enterrée.

— C'était son idée à elle seule ! s'écria Feradach en regardant autour de lui d'un air égaré. Celle de Lady Mhairi et de mon frère. Mise au point à St. Fillans. Je n'ai rien à voir avec cette histoire ! Je ne peux plus la supporter, avec ses pleurnicheries et caprices incessants. Et sèche comme un coup de trique ! Gardes, arrêtez-la !

— Menteur ! Je t'empêcherai de déverser tes calomnies ! hurla Lady Mhairi en se précipitant pour s'emparer de la dague que tenait Sandulf.

Avant même qu'il puisse réagir, elle l'avait plongée dans la gorge de Feradach. Il s'effondra aussitôt.

La foule contemplait le spectacle dans un silence stupéfait. Urist, qui avait assisté à toute la scène sans broncher, regarda rapidement autour de lui et tomba à genoux en proclamant sa loyauté avec véhémence, expliquant qu'il avait reconnu Sandulf et ne l'avait pas dénoncé.

Ceanna se précipita vers Sandulf et lui passa les bras autour du cou.

— Mon mari ! s'exclama-t-elle tandis que la foule exprimait son approbation avec force cris de joie.

— On dirait que vous leur avez manqué, murmura Sandulf en observant les réactions de la foule et l'effet que cela produisait sur son épouse.

Ces gens l'aimaient, et elle semblait en être ravie. Il le réalisa violemment. Comment pourrait-il lui demander d'abandonner tout cela ?

Le devoir de Sandulf était envers sa famille, et celui de Ceanna envers ces gens.

Il avait œuvré des années pour venger le meurtre d'Ingrid

et de son bébé qui n'avait jamais vu la vie. Ses frères auraient besoin de lui. Quant à Ceanna, elle n'aurait nul besoin de sa présence.

Sandulf sentit soudain un énorme poids peser dans sa poitrine à cette pensée. Il voulait qu'elle ait besoin de lui, qu'elle l'aime de tout son cœur et ne le déclare pas simplement parce qu'il avait encouru des dangers pour elle.

Il voulait lui prouver qu'il était digne de son amour.

Il s'efforça de songer à autre chose et de se concentrer sur le présent, plutôt que de s'inquiéter à propos des batailles à venir.

— Je pense que vous feriez mieux de rentrer à Dun Ollaigh, belle-maman, dit Ceanna d'un ton très posé avant de lui tendre la main tandis que la foule se calmait. Nous avons fort à faire.

Sa belle-mère avait l'air hagard et regardait partout autour d'elle sans poser les yeux sur quiconque, à l'opposé du regard glacial qu'elle avait adressé à Sandulf quelques instants auparavant.

— Il faut que j'aille voir ton père, Ceanna. Il est des plus révoltant que tu sois partie si longtemps. Tu l'as inquiété au point qu'il a failli en mourir. Et j'ai craint que tes funérailles ne soient que le prélude aux siennes. Il a insisté pour s'y rendre. Et il faudra lui annoncer avec ménagement que tu es toujours vivante.

— Vous avez enterré le cadavre d'une autre femme, il me semble. L'auriez-vous déjà oublié ?

— Cet homme, Urist, m'a bernée avec un cercueil déjà scellé. Feradach m'a expliqué que son frère avait perdu le contrôle dans la clairière, quand tu n'avais pas voulu répondre à ses questions. Je le craignais, il me faisait peur, je te le jure sur ma vie. Et son frère était pire encore. Il a dit que ta tête avait été complètement écrasée, ajouta Lady Mhairi.

— Ce n'est pas ce que vous avez dit à Feradach il y a quelques instants, répliqua Sandulf. Si ma mémoire est bonne, vous vouliez que le choc des funérailles tue votre époux, Lady Mhairi. Vous saviez depuis le début que ce cadavre n'était pas celui de Ceanna et avez joué la comédie. Urist, s'il y a une seule chose à mettre à son crédit, a refusé de révéler où se trouvait Ceanna quand Feradach a menacé de tuer son fils.

— Exactement, renchérit Ceanna d'un ton glacial.

— Tu as toujours été bien trop têtue, Ceanna. Je n'ai jamais voulu que ton bien, répliqua sa belle-mère avec un petit sourire en minaudant. Il est certain que tu as raconté foule d'inventions sorties de ton esprit fertile à ces hommes en embellissant les faits. Mais toi et moi connaissons la vérité, n'est-ce pas ? Je n'ai jamais été ton ennemie, Ceanna. Cherche au plus profond de ton cœur. Tu sais que c'est la vérité.

Ceanna fit signe à deux villageois de saisir sa belle-mère par les bras.

— Ma belle-mère doit rentrer à Dun Ollaigh avec moi. Mon père doit entendre ce qui vient de se passer ici.

Un petit sourire qui ne dit rien de bon à Sandulf apparut sur les lèvres de Mhairi.

— J'en serai heureuse, opina-t-elle.

Ceanna donna rapidement des instructions aux villageois, qui obéirent sans discuter. Elle était dans son élément, pleine d'assurance et d'autorité.

— Votre belle-mère est sans doute la plus dangereuse de tous. Faites-vous confiance à ses gardes ? murmura Sandulf tandis qu'il se baissait pour replacer sa dague dans sa botte.

— Je suis d'accord avec vous, acquiesça Ceanna en lui tendant l'épée de Lugh avant d'essuyer ses mains sur sa robe.

Elle avait les yeux brillants de larmes retenues.

— Il faut que je voie mon père. Il doit savoir que je suis vivante pendant qu'il est encore temps. Il mérite la vérité, mais ma belle-mère a raison, il faudra le faire en douceur.

— Nous irons tous, promit Sandulf en posant la main sur l'épaule de son épouse.

Elle appuya brièvement la tête contre sa poitrine, comme pour y puiser de la force, mais sembla ensuite se rappeler quelque chose et se redressa, pour parler aux gens qui venaient la saluer.

— Milady, je voulais vous dire à quel point j'étais désolé, plus désolé que vous ne le saurez jamais. Et je ne vous ai pas trahie. Je leur ai raconté qu'un Viking vous avait enlevée et que j'imaginais que vous aviez péri en forêt. Mais je ne pouvais en être certain, tant ma tête me jouait des tours après le coup que j'ai reçu, débita Urist en gaélique, l'air contrit.

— On m'a dit qu'ils avaient menacé votre fils en lui mettant une épée sur la gorge, mais votre histoire n'a jamais varié, approuva Sandulf. Merci de n'avoir rien révélé et d'avoir protégé Lady Ceanna, à votre manière.

Urist se redressa soudain et s'adressa à Ceanna.

— J'ai eu raison d'emporter ce cadavre, mais je me suis trompé sur l'identité de nos assaillants. Je pensais que ce serait ce Viking-ci, sauf que maintenant il dit qu'il est votre mari, ce qui signifie qu'il sera bientôt mon lord. Ce Feradach n'était qu'une créature de l'enfer.

— J'espère que mon père va vivre encore un peu. Et je suis reconnaissante…

— Et je n'ai pas non plus trahi votre mari. J'aurais pu, mais je ne l'ai pas fait. Ma loyauté vous est acquise, milady.

— Votre retard nous a servi par deux fois, ajouta Sandulf en picte, tout en lui tendant la main. Laissons donc le passé derrière nous.

— Pourquoi ne m'avez-vous pas dit que vous parliez ma langue ? Vous êtes un bon Viking !

— Et souvenez-vous-en ! lança Ceanna en le foudroyant du regard.

Elle ne faisait visiblement pas entièrement confiance à Urist, mais il les avait aidés, c'était indéniable.

— Mon mari est une bonne personne, et je ne veux plus que vous nous créiez d'ennuis !

Urist détala tel un lapin, en criant à la cantonade que le mari de Lady Ceanna était vraiment un bon Viking.

Sandulf resta impassible. Il se faisait peu d'illusions sur le fait d'être accepté par ces gens autrement que parce qu'il était l'époux de Ceanna. Avec le temps, il espérait… Il changea le cours de ses réflexions. L'avenir était très incertain pour lui.

— Ta femme est un personnage bien plus important que je ne le croyais tout d'abord. Bien joué, mon frère, lui dit Danr à mi-voix. J'imagine que tu l'as trouvée lors d'un de tes voyages. Plutôt jolie, à sa façon, mais…

Il la comparait sans doute à l'une de ses conquêtes, songea Sandulf, qui plaignit son demi-frère. Il ne comprenait pas la différence. Ceanna avait occulté toutes les autres femmes pour lui. Il réalisait maintenant l'étendue de la rage absolue de Brandt à la mort de sa femme. Il refusait de penser à la manière dont il réagirait si pareille tragédie arrivait à Ceanna. Mais ce qu'il éprouvait pour elle était bien trop nouveau et bouleversant pour être confié à son frère.

— Je comprends ce que tu veux dire, répondit-il quand il en fut enfin capable. Mais tu te trompes. Ceanna est bien plus qu'une quelconque conquête. C'est mon épouse, ma Skadi.

— Donc une force dont il faut tenir compte.

— Exactement.

Sandulf l'observait s'arrêter pour parler à ses gens, en se laissant volontiers étreindre affectueusement tandis qu'elle s'avançait vers la forteresse.

Il avait pensé que ce serait un soulagement de pouvoir offrir sa protection à Ceanna, mais il sentit soudain un grand vide s'ouvrir en lui. Il n'était pas encore prêt à renoncer.

Il voulait être son héros, celui qui lui offrirait tout ce que son cœur désirerait, et cela l'effrayait. Il avait failli causer sa mort ce jour-là. C'était l'intervention de son frère qui l'avait sauvée, pas la sienne.

Il fallait qu'il garde bien à l'esprit qu'il ne la méritait pas encore.

Chapitre 14

Ceanna essaya de se concentrer sur les petites tâches, au lieu de réfléchir à l'énormité de ce qui venait de se passer. Sandulf avait failli mourir. Elle était encore horrifiée par la vision de cet homme qui l'étranglait. Puis elle revit la lame qui avait failli la tuer. Danr avait eu raison quand il lui avait dit qu'elle aurait besoin de son aide.

C'était plus facile ainsi de ne pas penser à ce qui aurait pu se produire quand elle avait ordonné à ses gens d'enterrer les cadavres et d'entraver sa belle-mère. En faisant de petites choses.

Quand elle eut exécuté ces tâches, elle retourna à Dun Ollaigh avec Sandulf et son frère. Sa belle-mère les suivait, entre le mari de Bertana et un autre homme.

— Pensez-vous que les gardes vous seront loyaux, ou qu'ils le resteront plutôt envers votre belle-mère ? demanda Sandulf quand ils arrivèrent aux portes.

Il s'exprimait d'un ton détaché, comme s'il était encore gêné de l'altercation qu'ils avaient eue, quand elle lui avait offert son cœur et qu'il l'avait refusé.

— Je me débrouillerai, quoi qu'il arrive, déclara Ceanna en serrant les poings, s'appliquant à mettre un pied devant l'autre avec assurance.

Le simple fait de le dire lui redonna confiance. Elle

n'avait pas de temps à perdre en rêves et désirs, mais devait se concentrer sur ce qu'elle avait à accomplir.

— Les gens de Dun Ollaigh méritent mieux que ce qu'ils ont pour le moment. Je suis la seule à pouvoir arranger les choses, asséna-t-elle.

Elle garda la tête haute. C'était terminé, elle ne mendierait plus l'amour de personne. Elle aimait Sandulf, mais ce n'était pas réciproque, et elle ne pouvait le forcer à croire qu'elle lui était indispensable.

— Vous seule ?

— Je suis en train d'y réfléchir, au moment même où nous parlons.

— Ah, vous et vos plans !

Ceanna se tut aussitôt. Sandulf devait se rendre compte qu'elle réussirait à Dun Ollaigh. Revenir lui avait fait comprendre ce qui lui échappait auparavant : elle était loin d'être seule. Les villageois lui faisaient confiance pour qu'elle les aide. Et ils l'avaient aidée à leur tour, quand ils avaient compris ce qui se tramait. Ils l'aimaient, même si lui n'éprouvait rien pour elle.

— Celui-ci a fonctionné, n'est-ce pas ? répliqua-t-elle.

Le sourire qu'il lui adressa la fit fondre.

Mais elle se reprit aussitôt. Sandulf n'avait pas besoin de son amour, et d'ailleurs il n'en voulait pas.

— Danr, rester caché jusqu'au dernier moment était un coup de maître, déclara Sandulf.

Celui-ci éclata de rire.

— Sandulf, tu es marié à une femme qui est aussi romantique qu'un rocher de granit, et qui ressemble plus à ta tante Kolga qu'à Ingrid. Te souviens-tu comment tu jurais que tu n'épouserais jamais quelqu'un comme elle ? Et que ce serait une femme qui serait en tout point comme Ingrid ?

L'amusement s'évanouit du regard de Sandulf.

— Ma femme ne ressemble en rien à ma tante, se récria-t-il.

— Je ne voulais pas t'offenser, lâcha Danr en levant les mains. Kolga était celle qui prévoyait toujours les choses, avec une vision d'avenir pour Maerr, selon ma mère. Une personne pragmatique, pas une rêveuse.

Ceanna fut furieuse de se sentir percée par une flèche de jalousie. Danr avait raison, elle avait l'esprit pratique. Mais elle voulait que Sandulf la mette sur le même pied qu'Ingrid : digne d'être aimée.

— Je prendrai cela comme un compliment. Avoir l'esprit pratique donne des résultats, dit-elle néanmoins.

— Nous en reparlerons, Danr, lança Sandulf en se renfrognant, mais sache que ma terre à terre d'épouse et moi-même avions la situation en main sans ton intervention.

— Mon intervention, comme tu la nommes, a sauvé vos deux vies, mon petit frère.

Ceanna se racla la gorge pour se rappeler à leur attention, et ils se retournèrent, surpris.

— Vous pourrez vous disputer tant que vous voudrez un peu plus tard, mais pour le moment nous devons nous atteler à notre tâche : assurer que Dun Ollaigh soit entre de bonnes mains et que mon père se remette. Je soupçonne des manigances de ma belle-mère pour l'affaiblir. Ma tante a dit que frère Mattios et elle ont soigné le père Callum, le prêtre qui est mort subitement. Quelque chose dans cette histoire me paraît malheureusement familier.

— Qu'est-ce que je disais ? L'esprit pratique jusqu'au bout des doigts, déclara Danr. Je m'inquiétais autrefois que tu ne t'entiches d'une femme avec toutes sortes d'attributs désirables, mais dénuée de toute jugeote.

La façon dont il avait proclamé cela, avec un petit rictus narquois, fit naître une grosse boule dans la gorge de Ceanna. Elle voulait être le genre de femme avec laquelle Sandulf choisirait avec enthousiasme de passer le reste de sa vie.

Maintenant qu'ils étaient débarrassés de Feradach et de

son frère, Sandulf n'avait plus aucune raison de la protéger jusqu'à ce qu'elle soit hors de danger. Elle l'était désormais.

— Mon père sera dans sa chambre, je suppose, marmonna-t-elle.

Sandulf lui serra la main.

— Êtes-vous nerveuse à l'idée de le revoir ?

Ceanna se plaqua un sourire sur le visage, heureuse de ce prétexte. Sandulf n'avait certainement pas besoin qu'elle roucoule autour de lui devant son frère.

— C'est plus difficile que je ne l'aurais pensé, avoua-t-elle.

— Mais vous avez déjà tout prévu, j'imagine, dit Sandulf, ses yeux prenant aussitôt une nuance plus foncée.

Ceanna fixa son regard sur les grandes portes de Dun Ollaigh.

— En quelque sorte.

— Tout ceci vous appartient ? s'enquit Danr.

— Après la mort de mon père, j'en serai responsable, avec mon mari. Mais j'espère que ce jour arrivera dans longtemps.

Danr envoya une énorme bourrade dans le dos de Sandulf.

— Tu as toujours eu le chic pour sentir bon, même quand tu tombais en plein milieu d'un tas de fumier.

Le regard que lança Sandulf à Danr se passait de commentaire.

— La demeure de ma femme n'est pas un tas de fumier, Danr.

— C'est une façon de parler ! Je suis certain que ton épouse me comprend. Je suis heureux de ta bonne fortune.

Sandulf grommela dans sa barbe et cogna à la porte.

Les gardes dévisagèrent Ceanna bouche bée. Elle les salua par leur nom, et ils reprirent vite contenance.

— Faites-moi donc entrer, que j'aille voir mon père.

— Est-ce vraiment vous, milady ? demanda le plus vieux des gardes. Nous avons entendu des rumeurs, mais

Feradach a dit avant de partir que nous devions empêcher quiconque d'entrer, sauf lui et Lady Mhairi.

— Feradach a toujours aimé débiter des mensonges, et il n'est plus en état de donner des ordres, répliqua Ceanna avant d'expliquer rapidement la situation, puis de montrer du doigt sa belle-mère.

— Je pense que ma belle-mère a besoin de se reposer après cette épreuve.

— Je ne peux qu'approuver, opina le garde.

On conduisit Lady Mhairi à sa chambre. Elle s'y rendit sans protester, en faisant profil bas. Elle lança bien un regard assassin à Sandulf, mais il fut si fugace que Ceanna crut l'avoir imaginé.

— Me conduirez-vous auprès de mon père ? Il doit être informé de la destitution de Feradach, et de ma résurrection… Si on peut l'appeler ainsi.

Elle eut un petit rire pour accompagner ses propos, mais elle avait l'estomac serré.

Les gardes firent de même, mais ils surveillaient Sandulf et Danr du coin de l'œil. Feradach avait été craint plus qu'admiré, cependant Ceanna comprit instantanément qu'ils n'étaient pas très rassurés non plus qu'un Viking devienne potentiellement le maître des lieux.

— Ma fille ! Ma fille, tu es revenue ! s'écria le père de Ceanna d'une voix nasillarde depuis sa chambre.

La servante fit une révérence et quitta la pièce à leur entrée. La main du père de Ceanna était cramponnée à la couverture.

— Ils ont dit que tu étais morte et m'ont emmené à tes funérailles. Mhairi a décrété que je serais bouleversé si je voyais ton cadavre. Mais, quand j'ai posé la tête sur ce cercueil, j'ai su au plus profond de mon cœur que tu étais vivante et que tu reviendrais prendre la place qui est tienne en tant que Lady de Dun Ollaigh. J'ignore d'où m'est venue cette croyance, mais je m'y suis accroché de toutes mes forces : je me persuadais que je vivrais encore assez longtemps pour te revoir et te demander pardon d'avoir épousé une femme telle que ta belle-mère.

Ceanna se précipita immédiatement vers lui et lui prit les mains en les serrant avec force. La dernière fois qu'elle l'avait fait, il pouvait à peine plier les doigts. Cette fois la réponse était bien plus ferme.

— Je suis revenue, père, avec mon époux. Nous vous avons sauvé.

Elle fit un geste vers Sandulf, qui observait la scène d'un air inquiet. Il semblait plus lointain que jamais, comme s'il cherchait une excuse pour s'en aller.

Quelque chose du caractère bien trempé de son père refit surface.

— Tu es mariée à un Viking ? Comment est-ce possible ? C'est un homme du Nord que ma fille a choisi ? C'est inimaginable !

— Avec la bénédiction de ma tante, se défendit Ceanna sans lui lâcher la main avant de lui narrer rapidement toute l'histoire.

Elle pria intérieurement pour que son père s'abstienne de toute remarque désobligeante sur les Scandinaves.

— Si c'est vraiment ton choix, alors j'en suis heureux, marmonna-t-il.

— Nous avons découvert un complot contre Dun Ollaigh et votre vie, déclara posément Sandulf. Votre capitaine des gardes complotait avec votre femme pour prendre le contrôle de la forteresse et des terres. Il est possible que ce plan ait été conçu avant même votre mariage avec elle.

Le père de Ceanna ferma les yeux et resta silencieux un long moment. S'était-il endormi, ou ces révélations étaient-elles trop difficiles à supporter ? Il finit par prendre la parole, à voix très basse.

— Je les ai entendus parler il y a quelques jours, quand ils croyaient que je dormais. J'ai à moitié espéré l'avoir rêvé, mais je savais au fond de moi-même que j'avais été un homme stupide et égoïste, qui avait permis à une vipère d'entrer dans mon foyer et d'empoisonner ma famille. Je croyais avoir perdu ma fille bien-aimée. Je ne rêve pas, tu es bien là, en chair et en os, n'est-ce pas ? Tu es là, ma fille, n'est-ce pas ? Je voulais implorer ton pardon. Te dire à quel point je t'aime.

Il resserra les doigts autour de ceux de Ceanna.

Elle retint ses larmes. Son père la croyait.

— Je suis bien réelle, je suis vivante et je suis ici, à votre chevet. Et vous allez vous rétablir. J'ai rencontré une guérisseuse lors de mon voyage, qui s'appelle mère Mildreth. Elle viendra s'occuper de vous si je le lui demande, j'en suis certaine, en particulier parce que je crois qu'elle est la sœur disparue depuis des années de la femme du tavernier. Je vais lui envoyer un messager dès ce soir.

Son père s'affaissa sur ses oreillers et lui adressa un sourire tremblotant.

— J'ai à peine pu avaler quoi que ce soit depuis que j'ai appris ta mort supposée, et le résultat est que j'ai l'esprit un peu brouillé.

— Je crois que vous avez été empoisonné, à petit feu. Et je crois aussi que ma belle-mère a empoisonné un prêtre de St. Fillans. Ma tante…

— Notre abbesse a toujours voulu ordonner le monde à son idée. Mhairi était sa création, et son projet pour moi. J'ai été un pauvre fou solitaire.

Il ferma les yeux et soupira.

— Viens t'asseoir à côté de moi, s'il te plaît, reprit-il.

Après qu'ils eurent discuté de sujets et d'autres, et que son père eut fini par somnoler, Ceanna se souvint de ce qu'elle avait encore à faire et appela les servantes dans la chambre.

— Le frère de Feradach, ce faux moine, avait deux

enfants sous sa garde. Quelqu'un les a-t-il vus ? leur demanda-t-elle.

— Ils sont en sécurité à Dun Ollaigh, répondit l'une d'elles. L'un d'eux n'arrête pas de pleurer et de demander de rentrer à la Cour. Le frère Mattios…

— Allez chercher les enfants, je vous prie, et faites-les venir dans la grande salle, coupa Ceanna.

— Tu reviens t'installer ici, j'en suis heureux, murmura son père, sortant de sa somnolence. Nous allons faire une fête pour célébrer ton mariage. J'imagine que les Vikings ont les mêmes réjouissances que nous.

Ceanna vit aussitôt Sandulf arborer un air furieux.

— Nous n'avons nul besoin de fête, père, dit-elle maladroitement. Sandulf et moi avons fort à faire. Et bien des choses à remettre en ordre.

— Dun Ollaigh a besoin de toi, Ceanna. Quand tu es partie, tout est allé de travers. Tout ira bien maintenant que tu es revenue chez nous, avec ton mari à tes côtés.

Ceanna lui effleura le front d'un baiser.

— Essayez de vous reposer, lui recommanda-t-elle.

— Milady, votre belle-mère ! s'écria une servante en faisant irruption dans la chambre.

Ceanna posa un doigt sur ses lèvres et indiqua son père d'un signe de tête. La femme opina du chef et suivit Ceanna et Sandulf hors de la chambre.

— Quel est le problème avec ma belle-mère ? A-t-elle tenté de s'échapper ?

— Lady Mhairi est morte !

Ceanna flageola sur ses jambes. Ce ne fut que la poitrine solide de Sandulf contre laquelle elle s'appuya qui l'empêcha de tomber.

— Comment ?

— Lady Mhairi gardait les herbes servant à préparer les potions de votre père dans sa chambre. Quand je suis entrée pour lui demander où étaient les enfants, je l'ai trouvée avec un gobelet à côté d'elle et sa boîte d'herbes ouverte, et vide. Morte…, murmura la servante dans un souffle.

Ceanna la prit dans ses bras. Sa belle-mère avait choisi la solution de facilité. Elle n'aurait pas à répondre de ses crimes ni à avouer ce qu'elle savait. Ceanna aurait dû se sentir triste pour la femme qui avait été mariée à son père, mais en fait elle n'éprouvait que du soulagement.

— Vous avez bien fait de venir me voir, dit-elle à la servante affolée.

— Et sa Seigneurie ?

— Sa Seigneurie sera informée quand elle se réveillera, déclara Sandulf avant même que Ceanna trouve quoi répondre, et elle lui lança un regard reconnaissant. Elle a besoin de repos et a subi assez de chocs pour aujourd'hui.

La servante fit une révérence tandis qu'une autre se précipitait pour annoncer que les enfants royaux mangeaient des pommes dans le verger des cuisines. Ceanna demanda qu'on les laisse terminer et qu'on les conduise ensuite devant elle, puis que l'on envoie un messager à la recherche de mère Mildreth, et un autre à sa tante pour l'informer des derniers événements.

— Vous sentez-vous bien ? demanda Sandulf à Ceanna dans le calme soudain qui s'ensuivit. Vous avez à peine dormi la nuit dernière, et voilà que vous vous occupez de tout à la fois.

Ceanna replaça une mèche de cheveux derrière son oreille.

— Moi ? Je vais parfaitement bien. L'activité me stimule.

Sandulf la prit dans ses bras. Elle se blottit contre sa poitrine avec un frisson. Il la relâcha.

— Ce n'est pas un aveu d'échec de reconnaître que vous avez besoin d'aide, Ceanna.

Elle resta devant lui, tremblante, puis se recula.

— Cela va mieux, dit-elle, les lèvres blanches et pincées. Il faut faire sortir ces enfants de ce royaume pour qu'ils soient en sécurité. Il faut qu'ils aillent en Eireann, où ils étaient censés avoir été conduits en premier lieu. Je dois arranger les choses, Sandulf, avant que le régent du roi découvre ce qui s'est passé.

Le cœur de Sandulf se mit à tambouriner violemment. Certes, il savait déjà qu'elle comptait pour lui, mais la voir ainsi le bouleversait. Les gens de Dun Ollaigh avaient besoin de Ceanna. Ils dépendaient d'elle. Elle était vitale pour leur avenir, et ils le savaient. Donc ils n'allaient pas la laisser l'oublier.

Et lui, qui était-il ? Pour qui était-il indispensable ? Ses propres frères ne lui faisaient même pas confiance pour mener sa tâche à bien. Alors qu'il voulait que l'on ait besoin de lui. Il était fatigué d'être seul.

Il n'aurait jamais dû refuser l'amour de Ceanna, quelle qu'eût été la manière dont il avait été offert. Mais dire quoi que ce soit ce jour-là alors qu'il y avait encore tant à faire et à résoudre aurait été une erreur.

— La première chose que vous allez faire, c'est manger, lui conseilla-t-il en guise de réponse. J'insiste, en tant que votre mari.

Elle lui tapota la joue.

— En temps et en heure. Ensuite nous réfléchirons à la suite de notre action.

Sandulf s'apprêta à protester, mais se tut. Elle avait encore besoin de lui. C'était déjà quelque chose.

— Vas-tu enfin me dire pourquoi tu te comportes ainsi ? demanda Danr à Sandulf le lendemain matin alors qu'ils se trouvaient à l'écart dans la grande salle de Dun Ollaigh, tandis que Ceanna consultait plus loin les registres du domaine, les fils d'Aed jouant près d'elle.

Danr semblait revigoré après une bonne nuit de sommeil et terminait ce qui avait été de toute évidence un copieux petit déjeuner. Cependant Sandulf remarqua qu'il n'avait aucunement tenté de badiner avec les servantes depuis qu'il était à Dun Ollaigh.

— Que veux-tu dire ?

— Que tu es comme un ours mal léché. Tu es bien pire que notre père pour ce qui est d'être mal embouché. Et tu m'évites. Le manque de curiosité dont tu fais preuve à propos de ma présence ici me surprend.

Sandulf se crispa. Il pouvait difficilement raconter sa bévue avec Ceanna à son frère. Et lui expliquer à quel point il avait l'impression qu'elle lui filait entre les doigts. Et comment il essayait de lui faciliter la tâche.

Et à quel point il ne savait plus que faire.

— Pourquoi es-tu venu ? J'ai pourtant expliqué à Rurik que j'étais capable de m'occuper de Lugh tout seul.

— Je me suis dit qu'une épée supplémentaire ne serait pas de trop dans cette affaire, répondit Danr.

Sandulf donna un coup de poing sur la table, faisant tressauter les chopes.

— Tu as réussi à te retrouver prisonnier, Danr !

— Et à qui la faute ? rétorqua Danr en haussant les épaules. Ça y est, tu me fais tes gros yeux. Père n'aurait pas mieux réussi que toi à me faire peur.

Sandulf se pinça la racine du nez, excédé.

— Alors pourquoi es-tu là, vas-tu enfin le dire ?

Danr sortit d'une bourse une pointe de flèche dorée décorée d'un trait d'argent.

— J'ai réussi à la conserver, en dépit de tous les aléas. Annis l'a découverte dans la chambre de son beau-père. Rurik et moi avons pensé qu'il fallait que tu la voies.

Sandulf prit la flèche et la fit jouer entre ses doigts. Il employa tous ses efforts à refréner sa nausée. Même après tout ce temps, il aurait voulu que les pendentifs qu'il avait découverts lui-même soient une erreur, des trophées volés pendant le raid, plutôt qu'un… paiement. Il aurait aussi préféré imaginer que sa mère avait envoyé Rangr sur le bateau de son oncle pour veiller sur lui et non pas avec la mission de le tuer.

— C'est le pendentif de naissance d'Alarr. Celui que ma mère a déclaré avoir perdu juste avant que Brandt épouse Ingrid, murmura Sandulf. Nos autres frères savent-ils qu'Annis l'a retrouvé ?

— Brandt séjourne chez Alarr en ce moment, répondit Danr en haussant les épaules, donc c'est possible. Pourquoi ?

Sandulf ôta la chaîne qu'il portait au cou et la lui présenta.

— J'ai les deux autres, celui de Brandt et le mien.

— Ta mère te les a confiés quand tu es parti ? Au cas où tu en aurais besoin ? Brandt était furieux ce jour-là, mais je sais qu'il voulait que tu restes. Une fois sa colère passée, tout serait rentré dans l'ordre.

Sandulf leva les yeux au ciel. Les paroles de Brandt résonnaient encore à ses oreilles après toutes ces années, mais elles avaient cessé de le blesser. Il chercha au plus profond de lui-même la rage qui l'avait rongé si longtemps, pour se rendre compte qu'elle aussi avait disparu.

Sandulf expliqua comment il était entré en possession des deux pendentifs. Et parla de la Valkyrie que Lugh avait dissimulée dans ses affaires.

— Je me demande sans cesse si ma mère était impliquée. Ou voulait-elle simplement que quelqu'un veille sur moi ?

— Quand as-tu vu ta mère le porter pour la dernière fois ?

Sandulf ferma les yeux et convoqua ses souvenirs.

— Le dernier Jul, c'est certain, car père a fait toute une histoire pour qu'elle le porte, et ils se sont disputés. Je m'en souviens parce que mère l'a traité d'ivrogne. Tout cela m'amène à croire que ma mère devrait répondre à certaines questions.

— En effet. Le silence d'Hilda sur le sujet est révélateur.

— Il faudra que j'aille la voir avant de rapporter la Valkyrie d'or et l'épée de Lugh à Brandt.

— Tu ne feras pas cela tout seul, mon frère. Tu es le

petit d'Hilda. Elle te ment, et tu la crois parce que c'est ce que tu préfères croire. Tu es son fils. Mais moi ? s'exclama Danr en se frappant la poitrine. Je connais ses méthodes, comment elle arrange ses discours et les sentiments à son avantage, comment elle joue avec les vies des autres pour mener à bien ses projets. Je sais de quoi elle est capable, et moi seul pourrai obtenir la vérité de sa bouche.

Sandulf contempla les trois pendentifs. Tout ce qu'avait dit Danr était exact. Il croirait ce que lui dirait sa mère, parce qu'il avait envie de le croire. Même maintenant, il préférait encore penser qu'elle avait envoyé quelqu'un pour veiller sur lui parce qu'elle l'aimait, plutôt qu'un assassin pour l'exécuter, comme cela avait failli être le cas sur ce bateau.

— Alors nous irons ensemble, dit-il à Danr.

— J'en serai honoré.

— Qu'allez-vous faire ? Rendre visite à votre mère ? demanda Ceanna, troublée, en levant le nez des registres de comptes mal tenus du domaine.

Elle s'était imaginé que Sandulf avait compris qu'elle avait besoin de son aide et voulait qu'il soit à ses côtés. Mais voilà qu'il souhaitait partir à la première opportunité. Il avait été franc quand il lui avait dit ne pas vouloir de son amour et il avait respecté son serment : il était resté avec elle jusqu'à ce qu'elle atteigne un lieu où elle serait en sécurité.

Les lignes de chiffres dansèrent devant ses yeux.

— Pourquoi y aller maintenant ? continua-t-elle. Nous avons d'autres responsabilités plus urgentes. Ces enfants doivent être mis à l'abri avant que quiconque découvre leur identité. Ils sont un danger pour nous, et sont eux-mêmes en danger vis-à-vis du régent. Il faut que nous les conduisions auprès de leur tante en Eireann, au plus vite. Vous étiez d'accord, Sandulf.

— Cela ne prendra pas longtemps, Ceanna. Danr m'a appris que ma mère a quitté Maerr pour l'île de Skio avec

Joarr, le timonier de mon père, qu'elle a épousé. Je ne savais même pas que ma mère avait des sentiments pour lui. Apparemment ils se sont mariés pratiquement avant même que les cendres du bûcher funéraire de mon père soient refroidies.

— Et nous devons aussi rapporter cette Valkyrie à votre frère, reprit Ceanna. Il faut qu'elle lui revienne. Il doit savoir que vous avez tenu votre promesse : l'homme qui a tué la femme de votre frère est mort. C'est certainement plus important que revoir votre mère et son nouvel époux !

Sandulf contempla le plafond sculpté afin de tenter de se calmer.

— Sandulf ?

— Je le ferai quand j'estimerai le moment venu ! s'exclama-t-il.

Ceanna émit un petit bruit entre le soupir et le sifflement de dédain, puis plaqua la main sur sa bouche. Sandulf fut aussitôt bourrelé de remords. Il voulut l'attirer contre lui, mais elle se raidit. Il s'arrêta et se passa la main dans les cheveux.

— Ce sont mes frères qui me mettent dans un état pareil, pas vous, se défendit-il, mais son excuse lui parut lamentable. Je ne voulais pas crier sur vous.

— Mais vous l'avez fait.

— C'est vrai, et je vous supplie de me pardonner.

Ceanna fit un signe d'acquiescement très sec.

— Que vous a raconté Danr ? Vous vous devez de me le dire. Pourquoi est-ce si important d'aller chez votre mère ? Pourquoi devez-vous agir immédiatement ?

Sandulf lui parla des pendentifs de sa mère et lui expliqua comment les trois s'étaient retrouvés en possession d'assassins. Elle l'écouta en observant un silence de plomb.

— Il faut vous entretenir avec votre mère. Elle est la seule à pouvoir tout éclaircir.

— Exactement. C'est pourquoi il faut que j'aille la voir

avec Danr. Il est persuadé de pouvoir obtenir la vérité de sa part.

Ceanna hocha la tête.

— Laissez faire Danr à son idée. Il peut inviter votre mère à Dun Ollaigh. Pourquoi ne voudrait-elle pas rendre visite à son plus jeune fils et faire la connaissance de sa nouvelle épouse ?

— Mais…

Sandulf se passa de nouveau la main dans les cheveux. Essayer d'expliquer le dépassait. Il ne voulait pas que Ceanna le prenne pour un couard de refuser d'envisager la possibilité de la trahison cruelle de sa mère. Il voulait qu'elle continue à le considérer comme son héros et en plus, tout bien réfléchi, il n'était pas certain d'être prêt à affronter Brandt. Il ne se sentait pas encore assez… homme, pour être le bienvenu au bercail.

— Mais quoi ? s'écria-t-elle en croisant les bras. Vous avez réussi ce que vous aviez décidé. Lugh est mort.

— Pas de ma main. J'avais promis de le faire moi-même.

Ceanna secoua la tête, visiblement excédée.

— Ah, les hommes ! Comme si cela avait la moindre importance de savoir qui l'a tué ! Vous êtes vivant, et Lugh et son frère ne pourront plus faire de mal. Vous avez tué trois autres hommes impliqués dans le complot, si vos frères et vous avez raison au sujet de ces pendentifs. Soyez reconnaissant envers Danr de vous avoir sauvé la vie. Moi, je le suis.

Sandulf déglutit péniblement plusieurs fois. C'était plus compliqué que cela. Il aurait voulu pouvoir regarder Brandt dans les yeux et lui dire que c'était lui le bras vengeur. Brandt n'aurait alors eu d'autre choix que de lui pardonner. Cela aurait donc prouvé aussi qu'il était digne de l'amour de sa femme.

— Je suis reconnaissant envers Danr, murmura-t-il.

— Alors dites-le-lui, s'écria Ceanna en le dévisageant

sans aménité. Il s'en veut de ne pas avoir été présent à la cérémonie le jour du massacre. Vous n'êtes pas le seul à vous sentir coupable. Laissez-le faire à son idée.

Sandulf la dévisagea, étonné. Il savait que Rurik se sentait coupable de n'avoir pas été là, mais il n'avait jamais songé que Danr pouvait éprouver le même sentiment.

— Il vous l'a avoué ? demanda-t-il.

— C'est pour cela qu'il avait votre épée.

— Mais j'étais là et je n'ai rien pu empêcher. Brandt m'avait confié la vie d'Ingrid, et je suis resté paralysé quand j'aurais dû me jeter sur les assaillants. J'ai essayé de veiller sur Ingrid et j'ai échoué, dit-il avant d'inspirer profondément. Je ne suis pas un héros, Ceanna, et je ne le serai jamais. Arrêtez de tenter de faire de moi ce que je ne pourrai jamais être.

Le visage de Ceanna se ferma. Sandulf savait qu'il l'avait blessée sans en avoir eu l'intention, mais il avait dit la vérité. Il n'était pas encore digne de mériter son amour, ni le pardon de Brandt. Mais, par tous les corbeaux d'Odin, que faudrait-il pour cela ? L'assassin était mort, il avait protégé sa propre épouse.

— Je ne vous ai pas demandé d'être un héros, rétorqua Ceanna en pointant le doigt sur sa poitrine. Je peux très bien me débrouiller sans que l'on me protège. Un héros qui cède à tout ce que je demande et me garde dans une tour imprenable en guise de destin ? Cessez de m'insulter. Cessez d'essayer de me contrôler. Ce n'est absolument pas ce que je veux.

Sandulf fut déchiré par ces paroles. Il ignorait comment, mais il avait réussi à gâcher quelque chose de très précieux, si précieux qu'il n'avait pas compris qu'il le possédait jusqu'au jour où il l'avait perdu. Peut-être n'était-il pas digne de son amour, mais il l'avait eu.

Il souffrait comme si l'on venait de lui arracher le cœur, à vif. Qu'avait-il fait ?

— Nous sommes donc d'accord là-dessus.

— En effet. Je vais emmener les enfants en Eireann, demain. Je tiendrai la promesse que nous avons faite à ma tante. Vous pouvez m'accompagner, ou non, comme vous voudrez. Partez avec Danr, si vous le voulez. Montrez-lui que vous n'avez pas confiance en son jugement. Montrez-lui que vous l'estimez indigne de cette tâche.

Sur ces paroles amères, Ceanna commença à s'éloigner.

Sandulf savait que s'il la laissait partir il perdrait tout espoir de regagner son cœur. Il avait commis une grave erreur sur la place, mais il se devait d'espérer que voyager de nouveau ensemble restaurerait au moins quelque chose de leur amitié.

— J'irai avec vous. Je veux venir avec vous. J'ai également fait ce serment à votre tante. Danr est capable de se débrouiller seul un moment avant que je le rejoigne, ou alors il me fera parvenir des messages.

Ceanna se retourna vers lui, les yeux flamboyants de rage.

— Après que nous aurons raccompagné les enfants, vous et moi irons voir votre frère, puisque lui aussi est en Eireann, le voyage jusque chez lui sera court. Pas d'excuses, Sandulf. Nous n'attendrons pas les messages de Danr rapportant ce qu'il a appris de votre mère. Votre frère aîné a besoin de la Valkyrie d'Ingrid. Il a besoin de savoir que l'homme qui a tué sa femme est mort. Ne mérite-t-il pas la paix ?

Sandulf se frotta la nuque. Se rendre auprès de sa mère pour lui demander la vérité n'aurait pas vraiment été une excuse suffisante pour éviter de voir Brandt et de clore ainsi leur conflit, mais Ceanna avait raison. Ces jeunes enfants et elle avaient besoin de lui pour les protéger pendant leur voyage vers l'Eireann.

— Et s'il me tourne le dos ? objecta-t-il.

— Vous aurez fait votre devoir, quelle que puisse être sa réaction ensuite.

Chapitre 15

Ceanna contempla le hameau prospère d'une région agréable d'Eireann, où ils étaient arrivés quelques jours après avoir remis les enfants du roi Aed à leur tante. Sandulf avait insisté pour qu'ils s'acquittent de cette tâche en premier lieu.

Il l'avait à peine touchée depuis le début de leur voyage, depuis leur dispute concernant le projet de Sandulf d'aller chez sa mère avec Danr pour l'interroger.

Les affinités qu'ils avaient découvertes et appréciées lors de leur voyage vers Dun Ollaigh avaient disparu. Plutôt que de la traiter comme une amie ou une épouse, Sandulf avait commencé à la considérer comme aussi fragile que du verre.

Il semblait pouvoir à peine la regarder, et Ceanna savait ce que cela signifiait. Tout comme ce qui allait arriver. Il allait trouver une manière de lui annoncer qu'il l'abandonnait. Il ne voulait pas partager la responsabilité de diriger Dun Ollaigh.

Il ne voulait pas être son mari.

Quant à elle, elle voulait plus de ce mariage qu'un nom ou un conjoint vaguement engagé. Et elle savait également qu'elle n'avait aucun risque pour le moment d'être enceinte.

— Tout ce que nous avons à faire, c'est remettre la

Valkyrie d'Ingrid à votre frère, déclara-t-elle. Cela devrait être vite fait.

Devant l'air perplexe de Sandulf, elle ajouta :

— Je ne peux pas demander à mère Mildreth de rester trop longtemps auprès de mon père, je dois vite y retourner.

Ceanna sentit les battements de son cœur s'accélérer. Elle n'avait qu'une envie : qu'il la prenne dans ses bras et la comprenne. Il n'était pas le héros dont elle rêvait dans son enfance, certes, mais elle l'aimait de tout son cœur. Cependant il avait refusé l'amour qu'elle lui avait offert, et elle ne commettrait plus la même erreur.

— Je comprends.

— Alors allons-y. Plus vite ce sera fait, plus vite nous pourrons passer à autre chose.

— Comme ma lady voudra, répondit Sandulf en s'inclinant sur sa main selon les usages.

Ceanna sentait son cœur se briser morceau par morceau. Quand elle avait insisté pour que Sandulf aille voir Brandt, elle savait qu'il serait accueilli à bras ouverts dans sa famille et qu'elle le perdrait pour toujours. Mais elle l'aimait trop pour l'empêcher d'aller de l'avant.

Sandulf était crispé plus que jamais en pénétrant dans la grande salle fraîchement bâtie de la demeure de son frère Alarr. Ils étaient arrivés en plein milieu du repas, mais on les avait néanmoins fait entrer.

À la surprise de Sandulf, personne ne lui posa de questions sur la raison de sa présence. D'ailleurs il n'était même pas certain que le garde avait bien compris son nom. On s'était contenté de les faire entrer.

Sandulf regarda Ceanna, qui lui fit un signe de tête et lui serra la main avant de s'écarter.

— J'ai confiance en vous, murmura-t-elle.

Il lui fit à son tour un signe de tête pour lui indiquer qu'il avait compris. Il était heureux qu'elle fût restée là pour assister aux événements et ne soit pas rentrée directement à Dun Ollaigh.

Il s'avança vers les sièges occupés par Brandt et Alarr. Tous deux avaient considérablement vieilli depuis la dernière fois qu'il les avait vus. Le visage de Brandt n'était que dureté et rides entrecroisées. Il ressemblait désormais à une version bien plus dure de leur père. Cependant ils s'illuminèrent tous deux aussitôt qu'ils le virent.

— Sandulf ?

Il s'agenouilla devant Brandt et déposa l'épée de Lugh à ses pieds.

— Voici l'épée de l'homme qui a tué ton épouse, mon frère, déclara-t-il.

Brandt sembla brièvement ébranlé.

— Je t'avais dit que ce n'était pas la peine.

Sandulf sentit la colère l'envahir. En dépit de ce qu'avaient assuré Rurik et Danr, son frère aîné le congédiait comme si tout cela n'était rien.

— Mais si !

— Nous ne sommes donc pas d'accord sur ce sujet, protesta Brandt en haussant un sourcil.

— Écoutez donc Sandulf ! intervint Ceanna en levant les mains pour faire taire les frères. Il a surmonté bien des épreuves pour vous apporter ceci. Il est venu faire amende honorable et non raviver d'anciennes rivalités.

Elle était frémissante, alors qu'elle délivrait son discours en scandinave avec un accent épouvantable. Sandulf fut bouleversé. C'était bien là sa Skadi, même si une certaine froideur avait subsisté entre eux pendant leur voyage. Et il savait qui en était responsable.

— Et peut-on savoir qui vous êtes ? lui demanda Alarr en haussant un sourcil étonné.

— L'épouse de Sandulf, Lady Ceanna, la maîtresse de

Dun Ollaigh. Écoutez-le, ou ce sera la dernière fois que vous verrez votre frère.

Brandt et Alarr se dévisagèrent, l'air stupéfait. En général Sandulf trouvait qu'ils ne se ressemblaient pas, mais cette fois leur expression d'étonnement était absolument identique.

Lady Breanne, la femme d'Alarr, se leva et fit sortir tout le monde.

— Sandulf, tu as toujours été si prompt à prendre la mouche, dit Alarr une fois qu'il ne resta que la famille dans la salle. Je vois que tu es bien assorti à cette femme ! Certes, elle est petite, mais féroce, et décidée à te protéger. De plus, elle ne parle pas trop mal notre langue.

— Il le faut bien, répliqua Ceanna en gaélique, tout en haussant le menton. J'ai entendu Sandulf parler de ses frères.

— Ah, Sandulf, tu m'as manqué, pour l'amusement que tu procures, reprit Alarr. Viens donc, mon frère, ne nous querellons pas ! Ma femme propose bonne chère à notre table.

Sandulf prit la main de Ceanna. Elle la serra, mais se dégagea. Cette fois elle était à ses côtés, comme une égale. Il eut aussitôt l'espoir que leurs malentendus puissent être résolus.

— Je suis d'accord, mon frère, il semblerait que nous ayons tous deux été chanceux dans le choix de nos épouses, répondit-il.

— En effet, lança Brandt en arborant soudain la même expression que son père avant qu'il explose de rage. Continue, Sandulf, ne nous laisse pas dans l'expectative.

— En plus de l'épée, j'ai aussi repris cela pour toi, Brandt.

Sandulf lui tendit le coffret gravé qu'ils avaient découvert dans l'abbaye.

— Ceci appartenait à Ingrid.

Brandt parut ébranlé.

— Ce coffret n'a jamais appartenu à ma femme, rétorqua-t-il.

— Ouvrez-le, je vous en prie, avant de dire cela, intervint Ceanna. Beaucoup de sang a été versé pour qu'il puisse vous parvenir.

Brandt souleva le couvercle et blêmit aussitôt.

— Le présent d'Ingrid…, constata-t-il en se rétractant plus encore. Elle le détestait et le remisait dans un coffret. Je n'y avais pas repensé depuis des années. Je te remercie de me l'avoir rapporté, mais il ne vaut pas la moindre goutte de sang versée pour lui.

— Père avait insisté pour qu'elle le porte à la fête du mariage, alors que tu étais absent. Danr a assuré qu'elle le portait. Lugh prélevait toujours un trophée sur ses victimes, vois-tu.

— Et c'est donc ce qu'il a volé à Ingrid, dit Brandt en prenant la figurine. Savais-tu que cela aussi était dans le coffret ?

— Quoi ?

Il brandit un autre pendentif, représentant le marteau de Thor, sur une chaîne brisée. L'or scintilla dans la lumière.

— Personne ne l'a vu dans l'abbaye à Nrurim quand on a ouvert le coffret ! s'exclama Ceanna. Il devait être enveloppé dans du tissu, ou coincé dans un recoin de la boîte. Il a dû se dégager pendant notre voyage, avec les cahots. Est-il important ? Et vaudrait ce bain de sang ?

Brandt serra le pendentif si fort que ses articulations blanchirent.

— Il appartenait à ma défunte épouse, c'était le bijou qu'elle préférait. Elle disait qu'elle le portait toujours discrètement contre son sein, mais quand je ne l'ai pas trouvé après sa mort j'ai cru que…

— Ainsi ses dernières paroles avaient un sens, l'interrompit Sandulf en rejoignant Brandt pour poser une main sur son bras.

Son frère ne fit pas mine de se dégager.

Sandulf se concentra pour bien se souvenir des paroles d'Ingrid.

— Elle n'a pu prononcer que quelques mots. Amour. Absolu. Nos deux cœurs. Toujours. Elle est morte en prononçant ton nom, donc je pense que ces quelques mots t'étaient destinés.

Brandt regarda Sandulf, les yeux pleins de larmes retenues.

— Elle a donc eu le temps de parler ? Je ne le savais pas. Je n'y ai jamais pensé.

Sandulf se recula de quelques pas. Le mal qu'il avait infligé à son frère ce jour-là en ne lui transmettant pas les paroles d'Ingrid était bien pire que tout ce qu'il avait imaginé.

— L'un de mes plus grands regrets lors de cette journée, c'est de n'avoir pu te transmettre ces mots avant mon départ. Je t'ai laissé croire qu'elle était morte sans rien dire, alors qu'elle a utilisé son dernier souffle pour parler, Brandt. Ce souvenir a hanté mes nuits. Pardonne-moi. Ni toi ni elle ne méritaient cela.

Il attendit, tandis que Brandt ne bougeait pas, crispé sur son siège, les doigts cramponnés au pendentif d'Ingrid, et se prépara à l'explosion de colère de celui-ci.

— Je suis descendu au port, mais ton navire était déjà parti, expliqua Brandt d'une voix très basse transfigurée par l'émotion. Je voulais m'excuser de m'être emporté. Je voulais te dire que j'étais plus furieux contre le fait de ne pas avoir été là avec elle pour la protéger que je n'étais en colère contre toi. Je voulais que tu restes, mais tu es parti sans un regard en arrière, selon Kolga. Me pardonneras-tu, mon frère ? Parce que moi je t'ai pardonné il y a bien longtemps déjà.

— Je te pardonne, répondit Sandulf en s'obligeant à sourire. Notre tante a toujours su dire les choses avec tact…

L'expression de Brandt trahit une vulnérabilité que Sandulf ne lui avait jamais vue auparavant.

— Serais-tu resté, si j'étais arrivé à temps pour t'exprimer cela ? Je venais de perdre mon épouse, je n'avais pas envie de perdre aussi mon plus jeune frère.

Sandulf se pressa les pouces sur les tempes. Serait-il resté ? Comment répondre ? Comment expliquer ce qu'il ressentait au plus profond de son cœur ? Il lança un coup d'œil à Ceanna, vit son air déterminé et sut aussitôt ce qu'il devait dire.

— Cela a toujours été mon choix de partir, Brandt, ce n'est pas à cause de toi que je l'ai fait. Peut-être le jeune garçon que j'étais alors serait-il resté.

Il releva la tête et regarda tour à tour ses deux frères droit dans les yeux.

— Oui, j'aime à penser que je serais resté. Je recherchais toujours ton admiration, à l'époque.

— Et aujourd'hui ?

— L'homme que je suis devenu est heureux que tu ne sois pas arrivé au navire à temps. J'aime ce que je suis aujourd'hui, grâce aux épreuves que j'ai endurées. J'ai appris à survivre, à résister. J'ai appris à me relever de mes défaites, plus fort. Et j'ai appris ce qu'est la vraie amitié. Mais avant tout j'ai appris qu'on n'abandonne jamais ses frères, quelle que soit la distance mise entre nous, car ils sont toujours dans notre cœur. Je n'étais pas seul. Les leçons que m'ont données tous mes frères, et en particulier mon frère aîné, m'ont formé, m'ont guidé et m'ont permis de mener ma quête jusqu'au succès.

— Alors resteras-tu pour nous assister en ce qui concerne l'avenir ? Je n'ai nul désir de perdre de nouveau mon frère. Il y a beaucoup de choses dont nous devons nous entretenir, et la question de savoir pourquoi Danr était invisible n'est pas la moindre.

Ceanna se couvrit la bouche de la main pour cacher son trouble. Durant tout le trajet elle avait redouté cela : la confirmation de ce qu'elle savait au plus profond d'elle-même. Sandulf devait rester avec ses frères et envisager ce qu'ils feraient quand Danr reviendrait avec les informations qu'il aurait glanées auprès d'Hilda.

Mais elle-même ne pouvait pas rester ici. Cette grande salle lui rappelait ses devoirs envers Dun Ollaigh. Il fallait que quelqu'un y assume et organise les tâches quotidiennes. Son père n'était pas encore complètement rétabli et avait besoin de son aide.

Elle se sentait soudain vide, même si elle était enchantée que Sandulf ait pu réintégrer sa famille. Il avait toujours été très clair sur ce qu'il voulait. Il n'avait jamais désiré son amour, ni souhaité posséder son cœur, même si désormais il avait les deux.

— Sandulf, commença-t-elle, tête baissée, je devrais… Euh… Personne n'a besoin de moi ici. Vous êtes de nouveau dans votre famille.

Sandulf lui saisit la main et l'attira contre lui. Elle le repoussa doucement, et il la relâcha tandis que ses frères observaient la scène avec intérêt.

— Il faut que nous parlions, murmura-t-il.

— Oui, plus tard. Vous avez pour le moment fort à faire avec vos frères. Ce que nous avons à nous dire peut attendre.

Elle se mordit les lèvres. Ces paroles lui parurent bien mièvres alors qu'elle avait envie de hurler, mais elle ne pouvait pas influencer son choix. Il emporterait son cœur avec lui, où qu'il aille, et elle ne pourrait qu'espérer qu'il revienne sain et sauf.

Sandulf fronça les sourcils.

— Non, maintenant, ma chère épouse. Ma Skadi chérie. Ma Ceanna. Et nous nous entretiendrons en tête à tête.

Ceanna fondit aussitôt, car elle ne pouvait rien lui refuser quand il la dévisageait de la sorte et lui parlait de cette voix chaude et enveloppante.

— Prends tout le temps qu'il te faut, mon frère, nous sommes là ! dit Brandt dans un rire sonore en entendant cette répartie virile.

Alarr fit un signe de tête à Lady Breanne, qui les fit entrer dans une petite pièce.

— Vous devriez pouvoir parler tranquillement ici.

— Qu'y a-t-il ? demanda Ceanna quand ils furent seuls.

Sandulf la scrutait avec une intensité qui la déstabilisait. Il se pencha vers elle et se mit à jouer avec une boucle de ses cheveux en la tortillant entre ses doigts.

— Savez-vous à quel point vous êtes belle ?

— Avez-vous perdu la tête ? s'exclama Ceanna, mais elle rayonnait intérieurement.

Sandulf la trouvait belle, et ce compliment avait pour elle d'autant plus de valeur qu'elle venait de voir l'épouse d'Alarr, qui était magnifique.

— Non, je vois enfin clairement ! Quand j'ai répété les paroles d'Ingrid à Brandt, j'ai fini par comprendre ce qu'elle avait voulu dire. J'ai revu son visage, lorsqu'elle les a prononcées, et j'ai compris à quel point elle s'était battue pour lui exprimer tout son amour lors de ses derniers instants.

— Même après tout ce temps, je suis certaine que c'est important pour lui de le savoir, dit Ceanna d'une voix étranglée.

Elle avait eu envie de pleurer en entendant les derniers mots prononcés par la jeune femme. Il lui serait d'autant plus difficile de quitter Sandulf, mais elle savait au plus profond d'elle-même qu'elle devait retourner à Dun Ollaigh.

— Son esprit sera en paix, et votre sommeil sera plus paisible, poursuivit-elle avec une tentative de rire qui se termina en vague hoquet. Ou peut-être aimez-vous être hanté ?

Sandulf lui prit le visage entre les mains.

— Devez-vous toujours plaisanter pour essayer de m'empêcher de réfléchir aux choses sérieuses ? Pourquoi ne pensez-vous pas un peu plus à vous ?

— C'est plus facile de plaisanter que de croire à des choses impossibles.

— Lesquelles ? Un amour passionné entre un homme et une femme, par exemple ?

Ceanna fit un vague signe de tête, la gorge serrée.

— Un rêve irréaliste, me suis-je toujours dit.

Il entrelaça les doigts avec les siens.

— Alors il faudra que j'y croie pour deux. Pour nous deux, précisa-t-il en penchant la bouche vers la sienne.

— Inutile. Je veux bien y croire, si vous y croyez aussi, murmura-t-elle contre ses lèvres.

Sandulf lui leva le menton pour l'obliger à plonger les yeux dans les siens.

— Je vous aime, Ceanna, de toute mon âme et de toutes les fibres de mon être. Vous m'avez plu depuis que je vous ai vue dans cette taverne, où vous avez tenu tête au propriétaire, et je vous ai aimée depuis que vous vous êtes endormie dans mes bras. Mon cœur a su dès lors que je voulais me réveiller tous les jours auprès de vous pour vous contempler, mais je devais me montrer digne de votre amour. Et, quand j'ai répété les paroles d'Ingrid à Brandt et repensé à ses efforts surhumains pour les prononcer, j'ai compris qu'attendre mon dernier souffle pour dire ce genre de choses serait une erreur. Je ne serai peut-être jamais digne de votre amour, mais vous devez savoir dès cet instant que le mien vous est acquis, pour toujours.

— Je vous aime aussi. J'étais sincère le jour où je l'ai proclamé avant que vous preniez la place de Danr sur la plate-forme d'exécution, avoua Ceanna dans un souffle. Cela s'est produit alors que je ne cherchais rien, c'est comme cela, voilà tout. Et je sais que vous emporterez mon cœur avec vous, où que vous alliez.

— Et où vais-je donc ? lui demanda Sandulf en haussant les sourcils.

— Vos frères ont réclamé votre aide, et je ne peux pas rester. Mon père a besoin de moi, et avant tout les gens de Dun Ollaigh.

— Votre engagement et votre dévouement envers vos responsabilités sont deux des nombreuses choses que j'aime chez vous.

— Je croyais que cela vous contrariait. Je vous ai obligé à faire tant de choses et à prêter tant de serments !

— Je peux faire plusieurs choses à la fois, se récria Sandulf avant de la serrer dans ses bras. Skadi, vous vous trompez terriblement sur l'endroit où l'on a besoin de moi. Mes frères ont certes peut-être *envie* que je reste, mais ils n'en ont pas *besoin*. Brandt avait raison il y a toutes ces années, ils peuvent résoudre leurs problèmes sans mon intervention.

— Votre intervention ?

Sandulf lui adressa un demi-sourire.

— J'étais très pénible quand j'étais enfant et je voulais absolument participer à tout ce qu'ils faisaient. Malheureusement, la plupart du temps c'était en dépit du bon sens.

Il soupira et resta un instant pensif avant de reprendre :

— J'ai besoin de vous à mes côtés, et dans mon lit. Je sais que cela signifie choisir Dun Ollaigh, et pas mes frères, mais c'est là que je veux être, si vous le voulez.

— Je croyais…

— J'ai dit des choses que je regrette parce que je redoutais de venir ici pour me confronter à mon frère. Et, si je n'étais pas venu, je me serais toujours demandé si j'étais capable de tenir mes serments, si l'on pouvait me faire confiance. Si je pouvais sincèrement être le mari qu'il vous faut, et que vous méritez. Je veux croire que je peux l'être, avec votre amour pour me nourrir d'espoir.

— Vous êtes déjà l'homme avec qui je veux passer le reste de ma vie, nul besoin de tenter de le devenir. J'ai essayé d'arrêter de vous aimer après que vous m'aviez repoussée, mais j'ai échoué lamentablement.

— J'en suis heureux. Ce jour où je vous ai repoussée,

c'était parce que j'avais peur. Je veux votre amour. Je l'ai toujours voulu. C'est lui qui me permet de respirer.

Sandulf traça doucement une ligne le long de sa joue.

— Ceanna, comprenez bien ceci : mes frères sont dans mon cœur, certes, mais sa totalité vous appartient. Et je n'ai plus peur de vous le dire.

Ceanna le dévisagea, surprise. Il voulait être avec elle ! Il l'aimait. Sincèrement.

— Je croyais que tous les héros n'étaient que des produits de mon imagination enfiévrée, mais j'avais tort. Vous êtes mon héros. J'ai redouté notre séparation plus que tout. Mon cœur aussi vous appartient. J'ai essayé de me rendre indispensable pour vous quand nous étions à Nrurim, pour que vous me gardiez. Mais j'ai compris que je devais rester moi-même, telle que je suis, avec mes erreurs et mes défauts.

— Indispensable, vitale, cruciale et essentielle, voilà ce que vous êtes en étant simplement vous-même, dit Sandulf en éclatant de rire. Vous étiez fabuleuse face à mes frères. Je n'ai jamais vu quiconque capable de les calmer ainsi à part vous.

— Alors restons proches et soudés, comme une vraie famille se doit de l'être. Nous pourrons les aider avec les ressources de Dun Ollaigh s'ils en ont jamais besoin un jour. Toujours.

— Dans quelque temps, j'aimerais que nous prenions la mer pour mon pays, la Scandinavie, afin d'y vivre nos vies, déclara Sandulf en posant la main sur le ventre de Ceanna. Et, un jour, d'y élever nos enfants.

— Je suis d'accord, c'est un bon projet d'avenir, il me plaît, répondit Ceanna en lui présentant ses lèvres.

Ils retournèrent dans la grande salle, main dans la main.

— Assieds-toi et explique-toi, dit Alarr en indiquant des chaises. Raconte-nous ta vie depuis ton départ de Maerr.

Lady Breanne servit deux chopes de bière.

Sandulf relata rapidement son voyage à Constantinople, l'attentat contre sa vie sur le bateau, comment il avait survécu. Puis il expliqua son enquête sur les assassins après avoir surpris une conversation à Constantinople, comment il avait compris leur identité. Puis sa traque finale à Nrurim.

Ceanna prit une chope de bière et raconta à son tour comment Danr avait été sauvé, comment il lui avait sauvé la vie à son tour et s'était ensuite porté volontaire pour découvrir la vérité autour de ces pendentifs retrouvés en possession des assassins. Sandulf apprécia qu'aucun de ses frères ne fasse de réflexions sur le fait qu'il eût laissé ce devoir à son demi-frère.

— C'est une bonne décision d'envoyer Danr, approuva Brandt. Notre mère sait comment nous manipuler. Danr est le plus susceptible d'entre nous de discerner la vérité. Est-ce trop d'espoir que de penser que tu as vu le visage de l'assassin de notre père ce jour-là ?

Sandulf fit un signe de dénégation désolé.

— Ce n'était qu'une silhouette dans l'ombre, répondit-il.

— Alors nos recherches continuent. Notre honneur sera lavé, si ce ne sont nos terres.

Les frères levèrent leurs chopes, et Sandulf prêta serment au nom des fils de Sigurd, pour restaurer l'honneur de la famille, avec ses frères. Et cette fois le sentiment était différent, parce qu'ils le juraient tous ensemble.

— Resterez-vous avec nous pendant que nous attendons le retour de Danr à bon port ? demanda Lady Breanne de sa voix nasillarde. Cela fait très longtemps que vous tous ne vous étiez retrouvés en toute amitié et en harmonie.

Les dernières ombres qui pesaient sur l'âme de Sandulf s'évanouirent. Ses frères étaient fiers de lui, il était important pour eux.

Mais il avait une autre vie, dans laquelle son rôle était plus qu'essentiel. Il tendit la main à Ceanna, qui s'approcha.

Elle la serra fermement, et il comprit que c'était sa manière de lui dire qu'elle le soutiendrait, quelle que soit sa décision.

— Je serai toujours là pour vous, mes frères, quand vous aurez besoin de moi, mais je dois rentrer à Dun Ollaigh avec mon épouse. J'ai juré d'aider ses gens, et je le ferai. Je veux leur dédier ma vie, ainsi qu'à mon épouse.

Vous avez aimé ?
Découvrez prochainement la suite de votre série
« Les guerriers d'Odin »,
dans votre collection Les Historiques.

Retrouvez prochainement, dans votre collection Les Historiques

Au secours du Viking, de Jenni Fletcher - N°912

SÉRIE : LES GUERRIERS D'ODIN - TOME 4

Royaume de Maerr, Norvège, IXe siècle

Grièvement blessé, Danr gît au milieu des membres de son clan sauvagement assassinés par l'ennemi. À présent que son père, le roi Sigurd, n'est plus, et que ses frères se sont lancés à la poursuite des meurtriers, il n'a plus aucune raison de s'accrocher à la vie. Et alors qu'il s'apprête à rejoindre le Valhalla où reposent les guerriers Vikings, il est secouru par une créature semblant tout droit sortie d'un songe. Une jeune femme aussi sauvage que les terres de Norvège et aussi belle que la déesse Freyja. Bien qu'envoûté, Danr refuse pourtant de penser à autre chose que la vengeance. Une résolution de plus en plus difficile à tenir à mesure qu'il apprend à connaître sa sauveuse et que la perspective d'une vie loin de la guerre s'impose peu à peu à lui...

Promise à un Highlander, de Millie Adams - N°913

Écosse, 1 818

Penny est horrifiée : son père a décidé de d'accorder sa main à Lachlan Bain, un ancien serviteur de sa famille devenu un héros de guerre décoré et fortuné. Car cette union de convenance a pour seul et unique but de rembourser les dettes dont son père est criblé. Déterminée à tirer son épingle de ce jeu régi uniquement par des hommes brutaux et peu sensibles à son épanouissement personnel, Penny entreprend alors de se rapprocher de Lachlan, dans l'espoir de faire naître l'étincelle de l'amour entre eux. Aussi insensible et méprisant puisse-t-il se montrer envers elle, elle parviendra à briser le masque de froideur de celui qu'elle appelle désormais son époux...

La jouvencelle et le chevalier, de Nicole Locke - N°914

France, XIIIe siècle

Déterminée à secourir sa sœur retenue prisonnière dans la forteresse de Warstone, Biedeluue parvient à se faire passer pour une des employées de cuisine du château. À son grand dam, sa mission est mise à mal par Louve, un ténébreux mercenaire lui aussi infiltré chez les Warstone. Quelles que soient les raisons qui l'ont poussé à venir ici, elles ne doivent aucunement faire tomber sa couverture, pense Biedeluue, en proie à la panique. Mais plutôt que de dénoncer Louve, elle a une bien meilleure idée : elle fera de lui son allier. Car qui de mieux qu'un chevalier pour l'aider à délivrer sa sœur et la protéger au cas où le danger viendrait à elle ?

La tentation de lord Tintagel, de Bronwyn Scott - N°915

SÉRIE : SEIGNEURS DE CORNOUAILLES- TOME 3

Cornouailles, 1 824

Audevere Brenley… Ce nom, jamais Inigo ne l'oubliera. Car la jeune femme a causé la mort de son meilleur ami, avec qui elle était alors fiancée. Et aujourd'hui, voilà qu'elle s'apprête à lier son destin à celui d'un autre homme. Poussé par son désir de vengeance, Inigo est résolu à briser les nouvelles fiançailles de son ennemie. Peu importe les sentiments qu'il éprouve pour elle depuis qu'il l'a rencontrée. C'était compter sans les révélations de la belle Audevere, qui le supplie de la protéger des malversations de son père, le seul autre individu ayant eu un rapport conflictuel avec son défunt meilleur ami… Soudain en proie au doute, Inigo s'interroge : se pourrait-il qu'Audevere soit en réalité innocente ?

La prisonnière du Viking, d'Harper St. George - N°916

Angleterre, IXe siècle

Prenez-la… Ces mots hantent les pensées de Merewyn. Comment sa belle-sœur a-t-elle pu la livrer aux guerriers vikings qui attaquaient leur manoir, simplement pour protéger la récolte ? Depuis ce jour funeste, Merewyn mène une vie de captive et a dû faire une croix sur sa noble ascendance pour servir le fils du seigneur viking. Heureusement, malgré la réputation sanguinaire et la carrure impressionnante de son nouveau maître, Eirik ne la traite pas comme une esclave. Au contraire, il lui assure qu'il ne lui fera aucun mal, et se montre… protecteur. Mais peut-elle faire confiance à un homme qui l'a brutalement arrachée aux siens ?

L'insoumise des Highlands, de Ruth Langan - N°917

Écosse, 1 315

Sauvageonne éprise de liberté, Meritt Lamont voit sa vie basculer quand sa famille est décimée par une attaque féroce du clan ennemi des Campbell. Devenue chef de clan du jour au lendemain, elle apprend à manier l'épée et se bat comme une lionne pour faire vivre ses vassaux. Un jour, elle sauve un homme tombé dans une embuscade et le soigne avec dévouement… jusqu'à ce qu'elle découvre que leur hôte n'est autre que le frère cadet du chef des Campbell. Furieuse, elle prépare sa vengeance, mais sa jeune sœur, secrètement amoureuse du blessé, s'oppose à ses plans…

Les Historiques

HARLEQUIN